Band 1

RACHE IST HONIGSÜSS

2017 · Sechste Auflage

Umschlagfoto: Castel Katzenzungen
Design & Layout: Athesia-Tappeiner Verlag
Druck: Athesia Druck, Bozen

ISBN 978-88-6839-190-4
Band 1 aus der Reihe »Südtirolkrimi«

www.athesiabuch.it
buchverlag@athesia.it

Ralph Neubauer

RACHE IST HONIGSÜSS

Commissario Fameo flirtet

Südtirolkrimi

Band 2

ISBN 978-88-6839-191-1

Band 3

ISBN 978-88-6011-158-6

Band 4

ISBN 978-88-6839-163-8

Band 5

ISBN 978-88-8266-995-9

Band 6

ISBN 978-88-6839-049-5

Auf www.südtirolkrimi.de finden Sie ein Kontaktformular.
Sie finden mich auch bei Facebook:
www.facebook.com/ralph.neubauer.94 und unter »Südtirolkrimi«

Null

Dünner Rauch stieg auf und kräuselte sich im leichten Wind. Das Vorderrad des auf der Seite liegenden Traktors drehte sich langsam und quietschte leicht. Sonst war kein Geräusch zu hören. Alle Vögel hatten schlagartig mit ihrem Morgengezwitscher aufgehört. Maria lag benommen auf dem Boden. Als sie dann den alten Sepp zerquetscht unter seinem Traktor liegen sah, schrie sie.

Später würde sie zu Protokoll geben, dass der alte Bauer – mit seinem Traktor die Straße von der Brücke her kommend – heruntergefahren war. So wie jeden Morgen um halb neun. Maria ging den Weg von ihrem Haus zu ihrem Friseursalon und der alte Sepp kam auf seinem Traktor vom Dorfgasthaus Zur Brücke. Dort bekam man schon ab acht Uhr Kaffee oder ein Glas Wein. Maria würde sich erinnern, wie sie der Sepp angesehen hatte. Eigentlich hatte er durch sie hindurchgesehen, hatte sie gar nicht bemerkt. Sein Oberkörper war plötzlich nach vorne gesunken, ganz plötzlich, und dabei hatte er den Lenker nach links verrissen. Der Traktor war ungebremst auf sie zugefahren. Sie hatte noch zur Seite springen können und der Traktor hatte den niedrigen Zaun an der Stelle durchbrochen, an der sie gerade noch gegangen war. Dann war er die niedrige Böschung hinuntergefallen.

Eins

Fabio Fameo saß vor dem Vögele am Bozner Obstmarkt und genoss einen Espresso. Dazu aß er ein Tramezzino mit einer leckeren Füllung aus Ei, Thunfisch, Schinken und Majonäse. Der Bozner Sommer war unerträglich, fand er. Im Kessel der Bozen umgebenden Berge staute sich die Hitze. Früh am Morgen ging es einigermaßen. Ab zehn war es dann über 30 Grad heiß und kaum auszuhalten. Allerdings hatten die Bozner den Bogen raus, das hatte er schon bald feststellen müssen, nachdem er hierherversetzt worden war.

»Mein lieber Fameo«, hatte der Questore zu ihm gesagt, »ich habe für einen Mann wie Sie eine bessere Verwendung als hier in der Questura in Rom.« Das hatte ihn schon misstrauisch gemacht. Etwas Besseres, als in Rom bei der Polizei zu arbeiten, gab es für ihn nicht. Und das wusste auch sein Chef. »Sie sind für Leitungsaufgaben bestimmt«, war der Questore fortgefahren. Schon bald könne er Vicequestore werden – nicht gleich in Rom, erst einmal auf dem Land. Und dann werde man sehen, ob er auch dieser Aufgabe gewachsen sei. Und so hatte man ihn in die Provinz nach Bozen abkommandiert. Der Vicequestore in Bozen werde in zwei Jahren pensioniert und dann, wenn er, Fameo, sich bewähre, sei es nicht ausgeschlossen, dass er ... und so weiter. Spätestens da war sicher, dass man ihn in Rom loswerden wollte. Und jetzt saß er seit drei Monaten in Bozen. Leiter der Polizia Criminale. Dem Vicequestore direkt unterstellt. Sozusagen der Erste Kommissar Bozens. Aber als er am ersten Tag um acht Uhr seinen Dienst in der schmucklosen Bozner Questura antreten wollte, empfing ihn kein salutierender Poliziotto, so wie er es aus Rom gewohnt war. Auch Sekretärin Carlotta war noch nicht da. Nur die Putzfrau schaute ihn verwundert an und meinte, sie sei mit seinem Zimmer noch nicht fertig, ob er nicht lieber erst einen Kaffee in der Bar der Questura nehmen wolle.

Vor zehn ist in Bozen nichts los. Oder genauer, mit den Boznern ist vor zehn nichts los. So um zehn sitzen oder stehen sie in den vielen kleinen Bars, nehmen einen Espresso, essen ein wenig und plaudern kurz mit dem Wirt. Dann gehen sie zur Arbeit. Im Bozner Sommer, das hatte er schnell gelernt, bedeutete das, bis zwölf durchzuhalten, um dann zu einer drei Stunden währenden Mittagspause zu entschwinden. Die einen gehen ausgiebig essen, die anderen nach Hause, einen Mittagsschlaf halten. Nach drei am Nachmittag kommen die meisten für weitere knappe drei Stunden und verschwinden dann in ihren Gärten, sofern sie einen besitzen. Um ihn kümmerte sich in der Questura niemand. Positiv betrachtet konnte man sagen, der Vicequestore ließ ihn in Ruhe. Die anderen hielten Distanz.

In den ersten Wochen hatte er sich gefühlt, als sei er amputiert worden. In Rom war er gewöhnlich 12 bis 13 Stunden im Büro gewesen, er hatte interessante Fälle bearbeitet. Der letzte war es dann wohl auch, der ihm die Versetzung eingebracht hatte. Wenn man der Macht zu nahe kommt, keilt sie aus. Das hatte er begriffen. In Bozen hatten sie ihn jetzt ausgebremst. Auch im wörtlichen Sinne. Hier läuft die Welt ganz einfach viel langsamer. Er hatte sich die Ermittlungsakten der letzten Jahre geben lassen. Hier und da ein Mord oder Totschlag, alles Beziehungstaten. Viele Verfahren wegen illegalen Aufenthalts, meist Prostituierte aus Fernost oder Nordafrika. Viele Verkehrsdelikte, teils mit tödlichem Ausgang, wegen der vielen Bergstraßen. Ein bisschen Betrug, ein bisschen räuberische Erpressung, viel Kleinzeug halt. Da war er aus Rom ganz andere Kaliber gewohnt. Zuerst hatte alles in ihm rebelliert. In Rom war er ein erfolgreicher Ermittler, fast ein Star. Und jetzt sollte er Eierdiebe jagen. Er hatte auch einige Auseinandersetzungen mit seinen laxen Untergebenen. Aber die gaben ihm danach einfach keine Angriffsfläche mehr. Er hatte das Gefühl, einen Pudding an die Wand nageln zu wollen. Schließlich hatte er beschlossen, es dabei zu belassen.
Und jetzt saß er morgens um zehn im Vögele und genoss die einzigen Stunden des Hochsommertages, an denen man frei durchatmen konnte. Und er vermutete, dass es all die anderen Figuren aus der Questura ebenso machten. Dem Vicequestore sagte man nach, dass er auf dem Parkett eine gute Figur abgebe. Im Büro je-

denfalls war er höchst selten anzutreffen. Wahrscheinlich gab er im überwiegenden Teil seiner Arbeitszeit eine gute Figur ab. Fabio Fameo hatte beschlossen, die Arbeitsweise der Questura in Bozen zu studieren, aber nicht zu ändern. Dass man in Rom echtes Interesse an seinem Fortkommen hatte, konnte er jetzt sicher ausschließen. Die wollten ihn in Bozen beerdigen. Deshalb hatte er vor, sich wieder mehr um sich selber zu kümmern. In den letzten fünf Jahren hatte er so viel gearbeitet, dass er kaum noch Sport getrieben hatte. Er sah zwar nach wie vor ganz gut aus, aber wenn er den sich leicht abzeichnenden Bauchansatz wieder loswerden wollte, dann musste er jetzt wieder aktiver werden. Mit Zweiunddreißig geht das auch alles nicht mehr so schnell, hatte er irgendwo gelesen. Und um eine neue Bleibe wollte er sich auch kümmern. Die Polizei hatte ihm für den Übergang eine ihrer Dienstwohnungen gegeben. Ein kleines, mieses, dreckiges Loch war das, mitten in der stickigen Altstadt von Bozen, durch die sich von morgens ab zehn bis abends um acht Touristenmassen wälzten und nachts die Betrunkenen die Bürgersteige entlangtorkelten.

Zwei

Als Fabio Fameo auf dem Weg zu seinem Büro Carlotta, der Sekretärin des Vicequestore, begegnete, wurde er mit einem Lächeln bedacht. »Warum lächeln Sie?«, fragte er sie. »Sehe ich heute etwa besonders gut aus oder besonders komisch, oder ist es bloß, weil Sie sich auf das Wochenende freuen?«

»Commissario«, gurrte sie zurück, »es hängt schon mit dem Wochenende zusammen. Ich habe heute nach der Mittagspause frei. Mein Freund hat ein Wochenendhaus auf dem Ritten und bei dieser Hitze halten es bloß die Touristen in Bozen aus.« Fameo war nicht überrascht. Er hatte gehört, dass alle, die es sich irgendwie leisten konnten, eine Hütte, ein kleines Häuschen oder auch ein komfortables Wochenendhaus auf dem Bozner Hausberg, dem Ritten, besaßen. In der Höhe war die Hitze erträglich, die Luft besser. Und dass die Bozner bereits im Laufe des frühen Freitags in die Höhen entwichen, um frühestens am Montag im Laufe des späten Vormittags wieder am Arbeitsplatz einzutreffen, hatte er bereits registriert. Es interessierte sowieso niemanden. Der Vicequestore, so hatte er gehört, werde heute ohnehin nicht erwartet. Nur, dachte er, was mache ich selbst an diesem gottverdammten Wochenende? Auf keinen Fall wollte er in seinen miesen zwei Zimmern hocken und schwitzen. Er könnte an den Gardasee fahren, überlegte er. Dort kannte er noch ein paar Leute. Aber ob die sich noch an ihn erinnerten? Und was die wohl sagen würden, wenn er dort unvermittelt auftauchen würde? Rom war für einen Wochenendausflug zu weit weg. Außerdem war es nach der Trennung von Cinzia nicht einfach, im gemeinsamen Bekanntenkreis einfach so weiterzumachen, als sei nichts passiert. Alles Mist! Lustlos griff er zur Ausgabe der *Dolomiten*, einer der deutschsprachigen Zeitungen in Südtirol. Dank seiner deutschen Mutter, der er die deutsche Sprache verdankte, fiel es ihm nicht schwer, sich in Südtirol zu verständigen. Bozen war wenigstens eine italophile Ecke Südtirols. Aber was war das schon gegen das Leben in Rom?

»Bauer tödlich verunglückt«

In Prissian ist ein Bauer mit seinem Traktor eine Böschung hinuntergestürzt. Nach den Angaben der örtlichen Carabinieri scheint der Bauer nach einem Schwächeanfall die Kontrolle über sein Gefährt verloren zu haben, welches den Bauer unter sich begrub, als es in den Graben fiel. Der Bauer ist noch am Unfallort seinen tödlichen Verletzungen erlegen.

Wo liegt eigentlich dieses Prissian? Welche Carabinieristation ist zuständig? Ich weiß eigentlich noch nichts von meinem Bezirk, sagte Fameo zu sich selbst. Er holte die Übersichtskarte und fand den kleinen Ort Prissian als eines von zwei Dörfern auf den Höhen des Tisner Mittelgebirges, auf etwa 600 Metern Höhe über dem Etschtal gelegen. Die zuständige Carabinieristation war in Terlan, einem Weinanbauort im Etschtal, nur eine viertel Autostunde von Bozen entfernt. In Fameo reifte ein Plan für seine Wochenendgestaltung. Er würde die Carabinieristation in Terlan besuchen, unangemeldet. Sozusagen dienstlich. Und dann würde er nahtlos ins Wochenende gleiten. Irgendwo in den Bergen sich ein Quartier suchen, ein bisschen wandern, gut essen und, wer weiß, vielleicht gab es auch ein Dorffest irgendwo. Warum sollte er als Einziger in Bozen bleiben? Sekretärin Carlotta sagte er, dass er einen auswärtigen Termin habe, und wünschte ihr ein schönes langes Wochenende. Den Fahrer der Bereitschaft wies er an, den Wagen bereitzuhalten. Mit einigen wenigen Dingen wie Zahnbürste, frischer Wäsche, leichter Kleidung und seinen geliebten Ledersandalen, die er schnell aus seiner Wohnung holte, nahm er im Dienstwagen Platz und befahl dem Fahrer, ihn zur Carabinieristation in Terlan zu bringen. Auf der Fahrt erfuhr er vom Fahrer, dass der Leiter dieser Station ein Maresciallo Aiutante war, Tommaso Caruso hieß und aus Sardinien stammte.

Es war kurz vor zwölf, als der Wagen auf den Hof der Carabinieri-Station rollte. Fameo stieg aus und betrachtete die Station. Blättriger gelbgrauer Putz reflektierte die gleißende Mittagssonne. Der staubige, schmucklose Vorhof lag direkt an der Durchgangsstraße. Die vorbeifahrenden Autos schienen die Verkehrsregeln angesichts der Polizeigewalt besonders streng einzuhalten. Sie fuhren alle eher langsamer als erlaubt. Die Ankunft Fameos schien von niemandem bemerkt worden zu sein. Jedenfalls zeigte sich niemand. Fameo betrat die Carabinieri-Station und klopfte kurz und energisch an die erste Bürotür. Ohne eine Reaktion abzuwarten, öffnete er die Tür und trat ein. Das Erste, was ihm auffiel, war der Deckenventilator, der stoisch seine Kreise drehte und dabei leicht quietschte. Ansonsten bewegte sich in dem Raum nichts und niemand. Die beiden Schreibtische waren nicht besetzt. Ein kleines Kofferradio dudelte leise Unterhaltungsmusik. Fameo holte Luft und rief: »Ist niemand da?« Keine Antwort. Der Blick in das durch eine Verbindungstür zu erreichende zweite Büro war ihm durch das in den Raum ragende Türblatt verstellt. Er wollte gerade die Tür anfassen, um sie weiter zu öffnen, als er ein Rumpeln aus dem Zimmer vernahm. Ein junger Carabiniere lugte um die Ecke. Es war deutlich, dass er nebenan geschlafen hatte. Seine Augen waren noch ganz verklebt und sein Hosengürtel war gelöst. Fameo räusperte sich. »Commissario Fameo aus der Questura in Bozen«, stellte er sich kurz vor. »Kann ich Maresciallo Caruso sprechen?« Der junge Carabiniere war zu verdutzt, um das zu tun, was man ihm beigebracht hatte, salutieren und Meldung machen. Fameo ließ es dabei. In Südtirol ist eben alles anders. Und Rom ist weit weg. Was soll's. Und als der junge Carabiniere immer noch nicht reagierte: »Nun, junger Mann, können und wollen Sie mir bitte helfen? Ich möchte zu Maresciallo Caruso. Noch heute!« Der Carabiniere erwachte aus seiner Erstarrung. Dabei fand seine rechte Hand sogar den Weg an seinen Kopf. »Der Maresciallo, natürlich, sofort, ich werde ihn holen, sofort Commissario!« Dann salutierte er noch einmal, ging schnell davon und ließ Fameo im Raum stehen. Über den Umgang mit ranghöheren Polizisten der Polizia di Stato haben die hier wirklich noch nie etwas gehört, dachte Fameo. Oder es ist wieder die alte Geschichte. Welche Polizeieinheit ist die bessere? Die Polizia di Stato oder die Carabinieri? Wo bin ich hier bloß hingeraten? Pennt der doch während der

Dienstzeit. Und wie das hier aussieht. Klein, speckig, uralte Büromöbel, drei verschiedene Sorten Stühle, ein Computer aus der frühen Steinzeit und ein antikes Telefon mit Wählscheibe. Die Farbe der Wände war ursprünglich wohl weiß gewesen. Geblieben war ein schales Mausgrau, oder war es ein frisches Steingrau? Eher doch ein fahles Aschgrau. Über diese Betrachtungen betrat Maresciallo Caruso den Raum.

Caruso war ein Mann von stattlicher Größe. Mindestens einen Meter 95 schätzte Fameo. Über den breiten Schultern thronte ein kantiger, aber fast kahler Schädel. Die wenigen verbliebenen Haarinseln waren millimeterkurz geschoren. Zusammen mit der Narbe über der linken Wange verlieh dies Caruso das Aussehen eines Piraten, zumal sich dicke Armmuskeln unter dem Uniformhemd abzeichneten. Caruso hatte scharfe, graublaue Augen. Sein Blick wirkte stechend, lauernd. »Sie sind ein Commissario aus Bozen? Ich kenne Sie nicht. Darf ich Ihren Dienstausweis sehen?« Fameo reichte ihn rüber. Der Maresciallo las den Namen laut vor. »Fabio Fameo also. Sie sind der Neue aus Rom, richtig? Es ist lange her, dass einer aus der Questura uns hier besucht hat. Hat Ihr Besuch einen bestimmten Grund?« Fameo war sich nicht sicher, wen er da vor sich hatte. Der Maresciallo machte einen entspannten Eindruck. Jedenfalls war er von seinem Besuch nicht sonderlich beeindruckt. Eher erstaunt, dass sich jemand aus Bozen für seine kleine Station zu interessieren schien. »Maresciallo Caruso«, fing Fameo das Gespräch an, »ganz richtig, ich bin neu hier. Und ich komme aus Rom. Sie kommen aus Sardinien?« Maresciallo Carusos Augenbrauen gingen hoch. »Das wissen Sie?« Caruso lächelte leicht. »Ja, ich komme aus Sardinien. Ich bin als junger Carabiniere hierhergekommen. Jetzt tue ich hier in dieser Station seit über dreißig Jahren meinen Dienst. Ich glaube manchmal, man wird mich hier beerdigen«, der Maresciallo lachte. »Aber ich bin unhöflich. Darf ich Ihnen etwas anbieten? Etwas zu trinken vielleicht?« Fameo nickte: »Gerne, wenn ich Ihnen keine Umstände mache.« Der Maresciallo musterte Fameo. Er schien nicht gekommen zu sein, um Ärger zu machen. Caruso wurde mutiger. »Commissario, wenn Sie heute nur deshalb gekommen sind, um uns kennenzulernen, würde ich Sie auch zum Essen einladen. Nichts Besonderes, aber das, was wir hier auf dem Land gewöhnlich zu uns nehmen.« Fameo war angenehm überrascht. Die Frage, wie er sein langes Wochenende am besten einleiten solle, war hiermit beantwortet. Er nahm daher die Einladung dankend an. Was sich Caruso darunter vorstellte, wurde ihm schnell klar. Caruso wohnte in der oberen Etage der Station. Dort bewohnten er und seine Frau eine kleine Dienstwohnung. Hinter dem Haus hatten sie einen Gemüsegarten angelegt. Seine Frau war gerade dabei, das Mittagessen vorzubereiten. Caruso wusste, dass niemand den Kochkünsten seiner Frau widerstehen konnte, und plante daher, den Commissario mit einem guten Essen für sich einzunehmen. Wenn er den Commissario so vor sich sah, wirkte der irgendwie verloren, einsam und unzufrieden. Weiß der Teufel, warum der heute hier aufgetaucht ist. Jedenfalls ist er bisher damit nicht herausgerückt. Ein gutes Essen hat noch jeden Mann aufgemuntert. Außerdem kann man am Küchentisch mehr erfahren als in der Amtsstube. Und so kam es, dass Fabio Fameo an einem heißen Freitag vor einem Berg selbstgemachter Spaghetti con fiori di zucca zu sitzen kam. Die Kürbisblüten kamen aus dem eigenen Garten. Anschließend gab es Obst und dann Espresso. Carusos Frau kochte phantastisch. Das Tischgespräch ging während des Essens vom Wetter zum Bozner Treibhausklima und irgendwann bemerkte Caruso: »Commissario, was ist der Grund für Ihren Besuch in Terlan? Gibt es etwas, was ich für Sie tun kann?« Fameo räusperte sich: »Ich hatte die Idee, mir eine Carabinieristation des Bezirks anzusehen. Der Bezirk ist groß und ich möchte mir ein Bild machen von den Menschen, der Landschaft, den Mentalitäten, den Zusammenhängen. Ich möchte meine neue Umgebung kennenlernen.« Caruso atmete innerlich auf. Von diesem Commissario waren also zunächst keine Schwierigkeiten zu erwarten. Der war nur neugierig.

»Die Menschen hier, Commissario, sind anders als in der Großstadt. Das werden Sie bestimmt schon festgestellt haben. Aber schon die Bozner unterscheiden sich von den Menschen hier im Etschtal und auf den Höhen links und rechts vom Tal. Und wiederum ganz anders sind die Menschen in den engen, kleineren Tälern und auf den Bergbauernhöfen. Die Südtiroler sind italienische Staatsbürger, sie fühlen sich aber nicht als Italiener. Mit uns Italienern haben sie mittlerweile ihren Frieden gemacht. Aber vor dreißig Jahren, als ich hier anfing, war die Carabinieristation wie eine Festung ausgebaut. Die Autonomiebewegung der Südtiroler hatte auch Terroristen hervorgebracht. Als Carabiniere war man damals hier verhasst. Heute ist das anders. Man respektiert uns zwar, aber ein Grundmisstrauen bleibt. Und unsere Aufgaben haben sich dramatisch gewandelt.«

»Erzählen Sie mir davon, Maresciallo, das ist alles interessant für mich. Ich habe in Rom nur wenig über den Norden Italiens mitbekommen. Über die Geschichte Südtirols habe ich etwas gelesen. Ich kenne die Trennung von Österreich, die Italianisierung des Landes, die kurze Zeit des Nationalsozialismus und die Kämpfe um die Autonomie. Nicht dass ich mich auskennen würde, aber die groben Abläufe verstehe ich. Ich habe zum Beispiel gelesen, dass die Männer hier Schürzen tragen. In Bozen habe ich das aber bisher nicht gesehen. Ist da was dran?«

»Ja, Commissario«, sagte Caruso, »in Bozen und Meran sieht man die Schürzen selten. Sie sind übrigens blau. Hier auf dem Land tragen sie viele Männer. Zumeist die älteren, die selber noch den Faschismus erlebt haben. Die blaue Schürze ist ein Symbol für das Tirolertum. Die könnten sich auch draufsticken: ›Schaut her, ich bin und bleibe ein Tiroler!‹«

»Dann sind die Südtiroler wohl sehr eigen, so wie die Sarden?«

Caruso hob den Finger und lachte: »Keine Vergleiche mit den Sarden! Aber der Vergleich würde auch hinken. Die Menschen hier sind ehrlich, fleißig, rechtschaffen. Zumindest die Alten. Die Jungen sind mittlerweile wie sie halt überall sind. In Südtirol läuft die Zeit mittlerweile schneller. Vor zwanzig Jahren war es noch ein verträumtes Land mit paradiesischer Landschaft. Heute hat der Tourismus das Bild wesentlich geändert. Die Leute verdienen gutes Geld damit. Das wirkt sich aus. Ich mache Ihnen das an unseren Aufgaben deutlich. Früher, also vor dreißig Jahren, hatten wir Carabinieri es mit der einen oder anderen Wirtshausschlägerei zu tun. Wenn wir zufällig zur Stelle waren. Denn normalerweise regeln die hier auf dem Land alles untereinander. Vielfach mussten wir auf Geheiß von oben die Leute kontrollieren. Es gab Schmuggel – über die Pässe nach Österreich. Und heute? Heute hat jeder ein Auto. Wir sind fast ausschließlich mit der Verkehrssicherung beschäftigt. Dabei möchte ich sagen, dass wir als einziges Regulativ die Verrückten davon abhalten, sich zu Tode zu fahren. Gerade die jungen Leute rasen mit hochmotorisierten Kleinwagen über die Pässe. Die veranstalten nachts Wettrennen. Mit 160 Stundenkilometern rasen die den Gampenpass hinauf und herunter. Jedes Jahr haben wir Tote zu beklagen. Wir müssten noch mehr beklagen, wenn wir Carabinieri nicht ständig auf der Hut wären. Wir ziehen Führerscheine ein, legen Autos still, mahnen und strafen. All das, um Schlimmeres zu verhindern. Außerdem wissen wir, dass zum Wochenende die Alkoholfahrten zunehmen. Dann suchen die Trinker ihre Schleichwege durch die Obstplantagen. Aber wir kennen alle ihre Schleichwege und niemand kann sich ausrechnen, wo wir auftauchen. Aber, Commissario, glauben Sie mir, das macht alles keinen Spaß mehr. Ich bin hier mit fünf Carabinieri für ein recht großes Gebiet zuständig. Wir können nicht überall sein. Und jetzt im Sommer kommen noch die Motorradfahrer aus Deutschland und Österreich dazu. Die kommen jedes Wochenende, um die kurvenreichen Passstraßen zu befahren. Fast jedes Wochenende kommt es dabei zu oft tödlichen Unfällen. Es gibt im Sommer kein Wochenende, an dem meine Leute keine Berichte schreiben müssen. Ganz ehrlich, mir war es lieber, Schmuggler zu jagen. Das hatte einen Reiz. Aber die Dinge ändern sich, die Welt bleibt nicht stehen und Südtirol ist längst in der Moderne angekommen. Aber auf den Bergen und in den Dörfern, da können Sie noch einen Hauch von dem erleben, was Südtirol ausmacht.«

»Das sollte ich vielleicht versuchen«, sagte Fameo. Er hatte soeben den Entschluss gefasst, sein Wochenende in einem der

Dörfer zu verbringen, um den Hauch zu erleben, den Südtirol ausmacht. Wenn ich schon hierher verdammt worden bin, dann will ich auch wissen, mit welchem Menschenschlag ich es zu tun habe. Zu Caruso gewandt sagte er: »Der Grund, warum ich nach Terlan gekommen bin, liegt in meiner Zeitungslektüre. Die *Dolomiten* haben über einen Unfall mit einem Traktor in einem Dorf mit dem Namen Prissian berichtet. Ihre Station ist zuständig und ich habe mir gedacht, jetzt fahre ich mal dorthin.« Der Maresciallo atmete auf. »Commissario, den Bericht über den Unfall habe ich heute früh fertig gestellt. Sie können ihn gern lesen.« Der Maresciallo machte eine Pause. »Dieser Unfall ist schlimm. Wir haben eine Augenzeugin. Daher wissen wir, dass dem Fahrer des Traktors übel geworden sein muss. Nach der Aussage der Zeugin ist er plötzlich zusammengeklappt. Der Traktor sei dann aber weitergefahren, und zwar einen kleinen Abhang hinunter. Die Unfallstelle ist eine Dorfstraße, die zu dem Anwesen des Bauern führt. An einer Seite ist die Straße mit einem niedrigen Zaun begrenzt, hinter dem Zaun ist eine Obstplantage. Das Grundstück liegt zwei Meter tiefer als die Straße, und dort ist der Traktor hinuntergefallen. Das Tragische ist, dass der Traktor den alten Mann unter sich begraben hat. Er wurde regelrecht zerquetscht. Ich glaube nicht, dass er hat leiden müssen. Den Grund für den Schwächeanfall kann man nur annehmen. Der Mann war 84 Jahre alt, gehbehindert und – den Aussagen einiger Dorfbewohner nach – in den letzten Jahren zunehmend schwächer geworden. Es sieht alles nach einem altersbedingten Schwächeanfall aus.« Der Commissario unterbrach den Maresciallo. »Ein Bauer, der mit 84 noch Traktor fährt? Musste er noch arbeiten?« Caruso lächelte leise. »Commissario, die Männer hier oben sind von einer eigenen Art. Sie tragen blaue Schürzen, um uns Italienern zu zeigen, dass sie hier diejenigen sind, die das Sagen haben. Die meisten haben Grund und Boden und ringen ihm ihr ganzes Leben lang fleißig seine Früchte ab. Ob der alte Bauer noch gearbeitet hat, weiß ich nicht. Aber es ist nicht unwahrscheinlich. Was ich herausgefunden habe, ist lediglich, dass er aufgrund einer Verletzung stark gehbehindert war. Deshalb hat er jeden Weg mit seinem Traktor gemacht. Das ist übrigens ein Ding, das sollten Sie sich mal ansehen – steht bei uns in der Garage. Ich habe ihn vorsichtshalber hier sichergestellt. Fahrtüchtig ist der jetzt sowieso nicht mehr. Es ist ein alter Urus, polnisches Fabrikat, Baujahr so gegen 1948, ein echtes Unikum. Mit dem ist der Maier, so hieß der Bauer, jeden Morgen den kurzen Weg von Schloss Katzenzungen zum Gasthaus Zur Brücke gefahren. Keine vierhundert Meter sind das. Dort hat er ein Glas Wein getrunken, vielleicht auch einen Kaffee, was weiß ich, und ist dann wieder nach Hause gefahren. Jeden Tag, Jahr für Jahr.«

»Er wohnte in einem Schloss?«, wollte Fameo wissen.

»Schloss Katzenzungen ist eine alte Burg aus dem 12. Jahrhundert. Sie gehört dem alten Maier. Seit drei Generationen hat die Bauernfamilie Maier sie in ihrem Besitz. Sie ist ziemlich heruntergekommen, ein altes Gemäuer halt. Ich möchte da nicht wohnen. Sie können es sich ja mal ansehen. Wenn Sie hier aus dem Fenster schauen, über das Etschtal hinweg, dann sehen Sie auf der anderen Seite ein Mittelgebirge. Das ist der Vorbichel. Dahinter gibt es eine Hochebene, das Gemeindegebiet von Tisens. Dort finden Sie die zwei Dörfer Prissian und Tisens. Allein diese beiden Dörfer haben vier Burgen oder Ansitze. Wenn Sie die Straße von Nals aus nach Prissian nehmen, dann führt direkt rechts nach dem Ortseingang ein Weg zum Schloss Katzenzungen.« In Fameo reifte ein Gedanke zur weiteren Gestaltung seines Wochenendes. »Kann man da oben auch ein Quartier bekommen?«

»Kein Problem, die leben da oben vom Fremdenverkehr. Es gibt überall Pensionen und auch einige Hotels. Jetzt ist da wenig los, da werden Sie ohne Probleme eine Unterkunft finden.« Caruso musterte Fameo. »Commissario, ich will Ihnen nicht zu nahe treten, aber wenn ich Ihnen eine Empfehlung geben darf?«

»Nur zu! Ich bin dankbar für jeden Hinweis.«

»Nun, wenn Sie mit den Leuten in Kontakt kommen wollen, dann sollten Sie wissen, dass die Prissianer dafür bekannt sind, dass sie Fremde gerne auf den Arm nehmen. Sie frotzeln jeden. Allerdings wird Ihnen das nicht passieren, wenn sie dort oben so modisch angezogen sind, wie jetzt. Jeder erkennt in Ihnen den Großstädter und man würde die Distanz suchen.«

Fameo musste schmunzeln. Das hatte der Maresciallo nett ausgedrückt. Er hätte auch sagen können: »Lieber Commissario, Sie sehen aus wie ein Lackaffe, und so würde man Sie da oben auch behandeln.« Fameo hatte eine Schwäche für ausgewählte Garderobe. Seine Anzüge waren nach Maß gefertigt. Die Stoffe sehr wertvoll, und das sah man ihnen auch an. Seine Schuhe waren handgearbeitet und stets poliert. Er wusste, dass sein Erscheinungsbild ihn eitel erscheinen ließ. Aber das war er nicht. Er hatte einfach Spaß an stilvoller Garderobe. Dafür gab er sein Geld auch gerne aus. Gute Kleidung war ihm einfach wichtig. In Rom war das kein Problem. Da liefen fast alle in seiner Umgebung so herum. Aber schon auf der Questura in Bozen ging es anders zu. Hier auf dem Land war er mit seinem Anzug wahrscheinlich wirklich einfach »overdressed«.

»Ich habe noch ein paar Sachen zum Wechseln dabei. Eine einfache Leinenhose und ein Paar Sandalen. Ich dachte, heute ist Sandalenwetter«, grinste er den Maresciallo an. »Meinen Sie, ich sollte mich hier umziehen, bevor ich mich unter die Dorfbevölkerung mische?«

Der Maresciallo musste jetzt lachen. »Das ist eine gute Idee, Commissario. Tarnung ist gut. Sie können sich im Nebenzimmer umziehen, wenn Sie wollen. Ich empfehle Ihnen auch, nicht mit einem Polizisten dort hinaufzufahren, wenn Sie nicht wollen, dass man Sie als Polizeibeamten erkennt. Ich kann Ihnen ein Zivilfahrzeug zur Verfügung stellen, nichts Besonderes, aber unauffällig.«

Fameo strahlte: »Bestens, so machen wir es. Ich sage nur meinem Fahrer Bescheid, dass er jetzt zurückfahren kann.« Als Fameo seine eilig eingepackten Utensilien aus dem Wagen holte, stellte er fest, dass die Frau des Maresciallo seinen Fahrer gleichfalls mit einem Mittagessen versorgt hatte. Nette Leute, dachte Fameo. Er schickte seinen Fahrer nach Hause und vereinbarte, dass er ihn hier am Montag zu Mittag wieder abholen solle.

Jetzt kann das Wochenende beginnen, freute sich Fameo. Und als er sich umgezogen hatte, fühlte er sich in seiner Leinenhose, dem kurzärmeligen weißen Hemd und seinen Sandalen so, als sei er in der Sommerfrische am Meer. »Gibt es dieses Wochenende irgendwo ein Fest?«, wollte er wissen. Der Maresciallo schüttelte den Kopf. »Nein, dieses Wochenende haben wir es hier ruhig. Kein Fest, keine Alkoholkontrollen, also für uns ein ruhiges Wochenende. Genießen Sie doch einfach die Ruhe in den Bergen. Geselligkeit finden Sie auch in den Gasthäusern. Die gibt es da oben genügend. Bis um elf Uhr abends haben die alle offen.«

Fameo nickte nur. In Rom geht es um elf erst richtig los. Und hier ist um elf alles vorbei. Bozen war da ähnlich. Es gab zwar hier und da Kneipen, die länger aufhatten, aber ein richtiges Nachtleben war das nicht. In Südtirol ist eben alles anders.

Maresciallo Caruso versorgte Fameo mit einem alten Fiat Punto und einer Übersichtskarte der Gegend, in der das Revier der Carabinieristation eingezeichnet war. Außerdem erhielt er die Telefonnummern der Bereitschaft und Carusos Privatnummer, für alle Fälle. Und dann fuhr er nach Prissian.

Drei

15 Prozent Steigung hatte die Straße, die von Nals nach Prissian führte. Der alte Punto tat sich schwer, die Steigung im zweiten Gang zu nehmen. Die Straße zog sich haarnadelkurvig nach oben. Von Terlan aus sah das gar nicht so weit aus, dachte Fameo. Aber die Dörfer lagen wirklich recht hoch. Er hatte von Caruso noch erfahren, dass die Straße vor zwanzig Jahren eher einem Eselssteig glich. Es sei damals immer sehr mühsam gewesen, die höher gelegenen Dörfer aufzusuchen. Jetzt gehe das alles besser. Aber nur, wenn der Motor durchhält, dachte Fameo, der die Temperaturanzeige beobachtete.

Das Ortsschild von Prissian begrüßte ihn bereits, bevor er irgendetwas von dem Ort sehen konnte. Jetzt näherte sich die Temperaturanzeige dem roten Bereich. Nun muss es aber bald kommen, sonst kocht mir der Motor, grummelte er, als nach der nächsten Linkskurve die Steigung aufhörte und der Blick auf eine kleine Kapelle fiel, deren grünes Dach in der Nachmittagssonne funkelte. Vor der Kapelle hielt Fameo den Wagen an und stieg aus. Rechts von der Kapelle erhob sich ein gewaltiges mittelalterliches Bauwerk. Der Grundriss schien beim ersten Betrachten einfach geometrisch wie ein Quadrat geformt zu sein. Beim genaueren Hinsehen waren Grundriss und Fassade aber eher asymmetrisch. Die hohen glatten Wände mit den relativ kleinen Fensteröffnungen und den unter dem Dachfirst angebrachten Pechnasen wiesen es als Burg aus. Ob dies das Schloss des Unfallopfers war? Fameo spazierte neugierig näher. Eine kleine Tafel am Fuß eines ansteigenden, mit groben Steinen gepflasterten Weges, der direkt zu dem einzigen Tor der Burg führte, wies die Burg als Schloss Katzenzungen aus. Was für ein Name, dachte Fameo, als er eine Bewegung links unterhalb des Weges registrierte. Dieses Areal war mit Weinlaub komplett überrankt. Wie ein großes Dach wölbte sich die Weinrebe über eine große Wiese. Unter diesem riesigen Blätterdach kam ein hagerer alter Mann hervor, der ihn neugierig und ziemlich hemmungslos musterte. Fameo schaute den Mann an. Er mochte sechzig bis siebzig Jahre alt sein – schwer einzuschätzen. Er war mager, fast schon klapprig. Seine spärlichen Haare waren ungepflegt und von unbestimmbarer Farbe. Ocker bis Gelbgrau. Er trug eine dreckige dunkle Hose, ein schäbiges Hemd und eine blaue Schürze! Ob so die Dorfbewohner Südtirols aussahen? Das Einzige, was an dem Mann angenehm auffiel, waren seine klaren blauen Augen. Sein Mund wirkte irgendwie blöd, der Gesichtsausdruck einfältig, aber die Augen waren hellwach. Fameo beschloss, Kontakt zu dem Einheimischen aufzunehmen. Er räusperte sich und einer Eingebung folgend, sprach er den Mann auf Deutsch an: »Eine imposante Burg haben Sie hier.« Der Mann starrte ihn weiter an. »Ich bin das erste Mal hier. Ich überlege, ob ich hier ein paar Tage Urlaub machen soll.« Der Mann verzog keine Miene, musterte Fameo aber weiterhin mit unverhohlenem Interesse. »Darf ich fragen, wer Sie sind? Gehören Sie zu der Burg?« Jetzt reagierte der Mann erstmals. Er verzog sein Gesicht zu einer Fratze, die vielleicht ein Lächeln sein sollte. Er hatte eine dünne Stimme: »Nein, nein. Ich habe hier nur geschlafen. Unter der Rebe. Ist eine alte Rebe. Viele hundert Jahr alt. Viel Schatten hier. Nicht so heiß.« Dann verstummte er wieder, schaute Fameo aber erwartungsvoll an. Fameo wusste nicht, was er noch sagen sollte. Also fragte er ins Blaue: »Wem gehört denn die Burg?« Das Männlein heulte kurz auf. Dann sprach es: »Tot, tot, vom Traktor erschlagen. Böser Fall, böser Fall. Jetzt sind sie alleine, beide alleine.« Fameo begriff, dass er tatsächlich vor dem Schloss des verunfallten Bauern stand. Die Neugier ließ in fragen: »Wer ist denn jetzt alleine?« Das Männlein schaute ihn verschreckt an, als ob er eine schlimme Frage gestellt hätte. Aber es richtete sich auf und zeigte auf das Schloss: »Da, die beiden, Schwester und Frau des Bruders. Jetzt sind sie da alleine. Böse, böse.« Fameo beschloss, keine weiteren Fragen zu stellen. Offensichtlich war der Mann nicht ganz dicht. Er wandte sich zum Gehen. Aus den Augenwinkeln nahm er wahr, wie der Mann ihm eine Hand entgegenstreckte. Er wollte sich vielleicht förmlich von ihm verabschieden. Fameo blickte dem Mann in die Augen, als er ihm die Hand schüttelte, und wurde dabei das Gefühl nicht los, dass der Alte vielleicht gar nicht so verrückt war, wie er wirkte. Was hatte der Maresciallo ihm gesagt? Die Prissianer führen Fremde gerne an der Nase herum. War das jetzt schon dieses Frotzeln?

Fameo ging langsam zu seinem Wagen zurück. Die Augen des Alten klebten förmlich an ihm. Das konnte Fameo spüren. Doch als er sich noch einmal umblickte, war von dem Alten nichts mehr zu sehen. Einfach verschwunden. Völlig geräuschlos. Trotzdem fühlte er sich beobachtet. Neben der Burg lagen zum steilen Hang noch zwei Wohnhäuser. Aber alle Fensterläden waren geschlossen, vermutlich wegen der Mittagshitze. Aber es war hier oben deutlich angenehmer als im Tal, stellte Fameo fest. Es ging ein leichter Wind, der die Hitze erträglicher machte. Bei seinem Auto angekommen, blickte er die Straße hinunter. Rechter Hand lag ein Sägewerk, linker Hand lagen verschieden große Häuser, verborgen hinter hohen Hecken. Der Straße folgend fiel ihm ein schönes weißes Haus mit großen Balkonen auf, die üppig mit roten Geranien prahlten. »Wenn das eine Pension ist, dann fange ich da an zu fragen«, sagte Fameo zu sich selber. Das Haus hatte einen Namen, »Trogerhof«, und ein Schild wies darauf hin, dass Zimmer frei seien. Der alte Punto schien froh zu sein, unter dem geräumigen Garagendach der Pension Trogerhof Pause machen zu dürfen. Fameo betrachtete sein Gefährt kritisch. »Bergabwärts fährt der bestimmt besser.« Fameo betrachtete die Berglandschaft, die sich hinter der Pension aufbaute. Nach gemächlich ansteigenden Obstwiesen gab es freie Flächen, dann Wald, dann begann die Zone, in der keine Bäume mehr wachsen, dann kam der Fels. Alles hübsch gestaffelt und ineinander verschoben, verwoben, verwinkelt, mit Licht- und Schattenspiel, darüber kreiste ein Greifvogel – alles wie aus einem Bilderbuch. Die Pension selber war von Obstbäumen und Beerenhecken umgeben. Fameo sah reife Pfirsiche, reife Feigen, reife Marillen, noch nicht reife Pflaumen, reife Himbeeren, Johannisbeeren, Stachelbeeren, und eine ganze Apfelplantage grenzte an die Pension. In einem geräumigen Stall sprangen zwei Langohren und wuselten mehrere Meerschweinchen. Auf der Wiese blühte der Klee und im Hintergrund konnte er einen Bauerngarten ausmachen. Außerdem sah er Weinreben und an Pergolen kultivierte Kiwis. »Bin ich hier im Paradies?«, frage sich Fameo. Er wurde durch die freundliche Ansprache einer attraktiven blonden Frau aus seinen Gedanken gerissen. Sie mochte Anfang dreißig sein, trug ein blaues ärmelloses T-Shirt und eine kurze helle Hose. Lange braune Beine kamen da zum Vorschein. Es war die junge Wirtin selber. Brigitte Unterholzner konnte ihm auch für das Wochenende ein Zimmer mit Frühstück vermieten. In den Sommerwochen sei hier nicht viel los. Außer ihm sei noch ein einzelner Herr aus Deutschland hier. Fameo verstaute die wenige Habe in seinem Zimmer und beschloss, essen zu gehen. Brigitte nannte ihm die drei Dorfgaststätten, das Gasthaus Zur Brücke, den Mohrenwirt und den Prissianerhof. In dieser Reihenfolge säumen sie die Dorfstraße, er könne keines der Häuser verfehlen. Fameo verließ das Grundstück der Pension und wandte sich nach links, der Dorfstraße folgend. Und da fiel ihm der durchbrochene Zaun auf, den er nicht bemerkt hatte, als er die Pension ansteuerte. Das könnte die Stelle sein, an der der Traktor den Zaun durchbrochen hatte. Fameo erinnerte sich an den Unfallbericht des Maresciallo. Der Maresciallo hat den Ort sehr plastisch beschrieben. An der Unfallstelle ging es nicht sehr tief hinunter. Unterhalb der Straße lag eine Obstbaumplantage. Fünf der Bäume waren völlig niedergedrückt. Dort war der Traktor wohl aufgeschlagen. Der Bauer darunter. Fameo versuchte sich vorzustellen, wie das passiert sein konnte. Der Traktor durchbricht den Zaun fast im rechten Winkel und kippt dann nach vorne. Der Fahrer muss dabei aus dem Sitz geschleudert worden sein. Vielleicht ist der dann genau dort liegen geblieben, wohin der Traktor, nachdem er mit der Schnauze voran aufschlug, umgekippt ist. Wäre der alte Mann auf die andere Seite geschleudert worden, würde er wahrscheinlich noch leben. Scheußlicher Tod. Aber, ich bin nicht hier, um die Arbeit des Maresciallo zu machen, sondern um ein schönes Wochenende zu verbringen, dachte er sich. Die Küche

Südtirols soll ja auch ganz gut sein, obwohl, in Rom ..., seufzte er innerlich.
Das Gasthaus Zur Brücke lag wirklich an einer Brücke, die einen Gebirgsbach überspannte. Sie war sehr alt und wahrscheinlich für den gemütlichen Lastverkehr mit dem Ochsenkarren konzipiert. Die Breite der Brücke war durch die enge Bauweise der direkt an sie grenzenden Häuser bestimmt. Eines davon war das Gasthaus. Im Gastraum dominierte Holz. Gemütlich sah es aus. Es gab auch eine lange Theke, so wie Fameo es von Rom kannte, um mal eben einen Espresso zu sich zu nehmen oder ein Glas Wein. An kleinen Tischen saßen Männer verschiedenen Alters. Die Älteren trugen blaue Schürzen. Vor ihnen stand ein Glas Wein. Als er den Raum betrat, verstummten die Gespräche kurz und die Männer musterten ihn. Dann setzte das Gespräch wieder ein. Man sprach Deutsch, oder besser einen Dialekt, der dem Deutschen glich. Fameo hatte einen bayerischen Onkel, der Bruder seiner Mutter. Der sprach ähnlich. Also grüßte Fameo in die Runde mit einem bayerischen »Grüß Gott!« und alle grüßten ganz normal zurück. Wie der Maresciallo gesagt hatte, besser, man sprach Deutsch hier oben. Fameo setzte sich an einen freien Tisch und ließ sich die Speisekarte bringen. Er hatte einen Mordshunger. Als Hauptgericht würde er das Ossobuco nehmen, das stand fest, aber er schwankte beim Vorgericht zwischen Penne mit Pesto und der kalten Gemüsesuppe, Gaspacho. Er entschied sich für die kalte Suppe. Wegen der Hitze. Zum Fleischgang bestellte er einen Lagrein Dunkel. Den kannte er schon aus Bozen und fand ihn nicht schlecht. Mit dem Wasser brachte man ihm einen »Gruß aus der Küche«, mit Bärlauch und Ricotta gefüllte Ravioli, leicht mit brauner Butter überzogen und hübsch auf einem großen weißen Teller serviert. Das ließ sich gut an, dachte er. Schon im Dorfgasthaus, in dem viele Einheimische verkehren, wird man mit einem Gruß aus der Küche verwöhnt. Fameo fühlte sich wohl. Das Wochenende konnte beginnen. Das Quartier war in Ordnung, die Versorgungsfrage gelöst, jetzt brauchte er nur noch Unterhaltung. Vielleicht erfuhr er hier im Gasthaus, was hier am Wochenende abging. Er stellte

seine Ohren auf Lauschposition. Er brauchte einige Zeit, bis er sich in den Dialekt eingehört hatte. Auch war es ihm nicht möglich, alles zu verstehen. Aber die Stimmung war eher betrübt, so viel konnte er verstehen. Man sprach über den Unfall des Maier Sepp. Den Unfall mit dem Traktor. Einer meinte etwa, dass der Sepp in letzter Zeit eh schlecht ausgesehen habe. Ein anderer widersprach. Man war sich nicht einig, ob der Sepp ein schwaches Herz gehabt habe. »Nie hat der ein schwaches Herz gehabt. Der Doktor hat immer gesagt, den Sepp müsse man totschlagen, so gesund sei der. Das hat der Sepp immer erzählt. Ich glaub nicht ans Herz.« Der andere erwiderte: »Ja was glaubst du denn dann? Weißt es eh wieder besser.« Die übrigen aus der Tischrunde nickten zustimmend. Der nicht an das Herz glaubte, sagte: »Werdet es schon sehen. Das war kein Unfall, nie war das ein Unfall. Und das Herz war es auch nicht. Den haben's fertigmachen wollen, jawoll, ich sag's euch, fertigmachen haben's den wollen. Und geschafft haben sie's auch.« Die Nachbarn schüttelten den Kopf. »Geh weiter, du alter Narr. Was redest da für einen Unfug? Wer hätt' denn dem Sepp was antun wollen? Du spinnst dir was zusammen.« Der Angesprochene schaute finster in die Runde: »Ihr wisst doch alle, dass mit dem Sepp nicht gut auskommen war. Ewig hat der mit allen Nachbarn gestritten. Mal war's die Grenze, mal war's das Vieh, immer hat der herumprozessiert mit allen. Tät mich nicht wundern, wenn es einem da mal zu viel geworden ist. Dem Nachbarn in Nals hat er das Wasserrecht streitig gemacht. Dem ist doch die Ernte im letzten Jahr am Stamm vertrocknet. Also wenn der keine Wut auf den Sepp gehabt hat! Und wie der mit seinen Leuten umgegangen ist. Alle haben nur schuften müssen. Glaub nicht, dass der auch nur einen Gedanken an deren Zukunft verschwendet hat.« Die anderen am Tisch murrten, aber nickten zustimmend. Man war sich einig, dass man sich um die Frauen kümmern müsse, wo jetzt der Sepp nicht mehr da sei. Und ob der Bruder wohl zur Beerdigung kommen werde, fragte man sich. Und ob die beiden vorher in Frieden auseinandergegangen seien. »Der Bruder hat's doch auch nicht bei ihm ausgehalten. Fort ist er, sobald er hat können.

Und nie haben wir ihn wieder gesehen.« Und Fameo erfuhr so auch, dass die Beerdigung am kommenden Montag sei. Na, dann bin ich ja schon wieder weg, dachte er gerade, als seine Suppe serviert wurde. Eine kalte Tomatensuppe mit Einlagen von frischem Gemüse, garniert mit einem Kranz aus frisch aufgeschnittenen Cocktailtomaten. Dazu gab es kleine, mit Knoblauch eingeriebene und mit Olivenöl beträufelte warme Weißbrotecken. Lecker! Über dem Genuss vergaß Fameo auf die Gespräche zu achten. Und so merkte er auch nicht, dass sich ihm langsam und vorsichtig ein alter Mann näherte, der vor seinem Tisch zu stehen kam, als er gerade die Suppe beendet hatte. Als er aufblickte, schaute er in das Gesicht des alten Mannes, den er als Ersten neben der Burg getroffen hatte. Er lächelte Fameo etwas linkisch an. Fameo begriff nicht, was er von ihm wollte und ob er etwas von ihm wollte. Allerdings registrierte er die Blicke der anderen Dorfbewohner, die die Situation – wie es schien – amüsiert betrachteten. Der Wirt erschien und wollte den Teller abräumen. Er stockte kurz, wand sich an Fameo und fragte, ob es geschmeckt habe. Dabei drängte er den Alten bewusst etwas zur Seite. Dies allerdings eher vorsichtig und mit einer gewissen Zurückhaltung. So als wolle er ihm sagen, dass er den Gast nicht stören solle, aber ansonsten hierbleiben könne. Schließlich sprach der Wirt den Alten an: »Georg, magst eine Brotzeit?« Der Alte nickte, wand aber nicht den Blick von Fameo. »Magst dich da hinübersetzen?« Der Wirt zeigte auf einen Tisch in der Nähe der anderen Einheimischen. Der Alte reagierte nicht. Er schaute Fameo einfach nur weiter an. Der Wirt schien bemüht zu sein, Fameo eine Belästigung durch den Alten zu ersparen. Er behandelte diesen aber mit Respekt. Anscheinend gehört der Alte irgendwie dazu, dachte Fameo. Und eigentlich habe ich hier noch keinen weiteren Kontakt geknüpft. Also, was soll`s, dachte er und sagte zu dem Alten: »Wenn Sie mögen, können Sie sich auch gerne zu mir setzen«, und unterstrich seine Worte noch mit einer einladenden Handbewegung. Die abwehrende Geste des Wirts und die unmittelbar folgende Annahme des Angebots durch den Alten geschahen gleichzeitig. Der Alte hatte sein Ziel also erreicht, der Wirt lächelte leicht säuerlich, fragte Fameo noch, ob es auch wirklich recht sei, und ging dann in die Küche, wobei er beim Betreten der Küche, sich schon außerhalb des Blickfeldes wähnend, deutlich den Kopf schüttelte. Fameo bemerkte auf den Gesichtern der anderen Gäste ein leichtes Grinsen. Der Alte schaute ihn jetzt freundlich und entspannt an. Sein Gesicht hatte immer noch etwas Blödes oder Einfältiges. Aber die Augen wirkten klar und sehr präsent. Der tut nur blöd, dachte Fameo. Seine Verhörpraxis sagte ihm, dass sich der Alte verstellte. Das weckte Fameos Neugier. Als der Alte nicht anfing zu sprechen, begann Fameo mit einem Gespräch: »So schnell sieht man sich wieder.« Der Alte nickte. »Gehen Sie oft hierher?«, wollte Fameo wissen. Der Alte nickte wieder. Es fiel ihm anscheinend nicht leicht, Konversation zu betreiben. Aber plötzlich sprach er doch: »Ich komme immer hierher. Hier bekomme ich Essen«, sagte er und nickte dabei heftig. »Ich helf auch immer. Jeden Morgen helfe ich hier.« Fameo sah aus den Augenwinkeln, dass sich die anderen wieder ihren Gesprächen zuwandten und ihn und den Alten nicht weiter beachteten. Daraus schloss er, dass die Situation nicht ungewöhnlich war. Wahrscheinlich waren es die anderen gewohnt, dass der Alte sich zu Fremden gesellte. Spannend war anscheinend, wie die Fremden auf den sonderbaren Alten reagierten. Fameo fragte: »Wie heißen Sie denn, wie darf ich Sie ansprechen?« Der Alte, glaubte Fameo zu erkennen, wurde leicht rot. »Georg«, hauchte er. »Also Georg ist Ihr Name. Und Sie leben anscheinend hier. Und ich nehme an, Sie kennen sich hier gut aus?« Georg nickte. Fameo fragte, um das Gespräch in Gang zu halten, was man hier im Ort an einem Wochenende wie diesem machen könne. Er erwartete von Georg keine Antwort, aber da täuschte er sich. Georg war bestens informiert: »Hier im Dorf ist dieses Wochenende nichts los. Auch in Tisens, dem Nachbardorf, ist dieses Wochenende nichts los. Aber am nächsten Wochenende ist Fischerfest in Prissian. Da gibt es Musik und die Fischer grillen Fische und die Frauen backen Krapfen. Das ist schön. Und dann am Wochenende ist Kirchweih in Sirmian und dann Gassl-Fest in Nals. Ab nächster Woche ist jedes Wochenende was los.« Wow, dachte Fameo, Georg ist ein wandelnder Veranstaltungskalender. »Sie wissen ja toll Bescheid über alles hier oben. Ich bin also ein Wochenende zu früh hier, was? Gerade noch das letzte ruhige Wochenende erwischt. Was mache ich denn dann heute Abend? Haben Sie eine Idee?« Georg zuckte mit den Schultern. Er war anscheinend ratlos. Da kam auch schon der Wirt und brachte das Ossobuco für Fameo und einen Braten für Georg. Der Wirt fragte besorgt, ob alles in Ordnung sei, und als Fameo nickte, wünschte der Wirt einen guten Appetit. Georg begann sofort damit, das Fleisch zu zerschneiden. Dann mischte er die Fleischstücke mit den Beilagen aus Gemüse und Kartoffeln unter die Soße, nahm die Gabel in die rechte Hand und ließ langsam und bedächtig Gabel für Gabel das Essen in seinem Mund verschwinden. Er aß mit sichtlichem Vergnügen. Der Wirt brachte ihm noch ein Glas Rotwein, an dem er hin und wieder nippte. Georg hatte nicht bestellt. Er erhielt sein Essen so, als gehöre er zur Familie. Fameos Ossobuco präsentierte sich in einem tiefen Teller von schlichtem Weiß, umgeben von einer dunkelroten Sauce, von der ein betörender Duft aufstieg. Als Beilage wurden auf einem separaten Teller gegrillte Polentascheiben serviert. Außerdem gab es gegrillte Paprikastreifen in Rot und Gelb, leicht mit Knoblauch und frischem Olivenöl abgewürzt. Dazu passte der Lagrein Dunkel ganz vorzüglich. Während Georg sein Essen in gleichmäßigem Tempo verzehrte und dabei schweigsam war, genoss Fameo jeden Bissen. Die übrigen Gäste hatten nach und nach die Gaststube verlassen, so dass er und Georg am Ende ihrer Mahlzeit die einzigen verbliebenen Gäste waren. Mittlerweile war es auch schon neun Uhr abends. Der Wirt räumte ab und stellte zufrieden fest, dass es allen geschmeckt hatte. Für einen Nachtisch hatte Fameo keinen Platz mehr, außerdem war er auf Nachtische nicht sehr erpicht. Stattdessen lud er Georg auf einen Kaffee ein, worüber der sich offensichtlich freute. Fameo fragte Georg, ob er zur Familie gehöre. »Ich habe keine Familie. Ich lebe hier. Ich helfe hier in der »Brücke« am Morgen und wenn sie mich brauchen. Ich helfe immer. Sie geben mir Essen. Ich lebe im Schloss.

Da helfe ich auch. Auch beim Fischerfest. Und immer, wenn ein Fest ist.« Dabei schien es Fameo, als blicke der Alte durch ihn hindurch, als spreche er mehr zu sich selber. »Wenn Sie im Schloss wohnen, dann kannten Sie doch auch den Maier Sepp, der am Donnerstag den Unfall hatte?« Georg zuckte leicht zusammen. Der Blick flackerte etwas. Fameo sah, wie Georg leicht zitterte. Dann hauchte er: »Ja, ich habe ihn gut gekannt. Ich habe bei ihm gewohnt im Schloss.« Dann verstummte er. Fameo überlegte, ob er ihm jetzt sein Beileid aussprechen müsste, als Georg unvermittelt aufstand. »Ich muss jetzt gehen.« Dann ging er hinaus. Der Wirt räumte die Tassen fort. Als Fameo zahlte, fragte er den Wirt, was es mit Georg auf sich hatte. Der Wirt schaute auf die offen stehende Tür, durch die Georg soeben gegangen war. »Georg gehört zum Dorf. Das Dorf ist seine Familie. Wer seine richtige Familie ist, weiß niemand. Man erzählt, dass Georg 1943 plötzlich hier auftauchte, damals vielleicht fünf Jahre alt. Er war plötzlich da. Wir vermuten, dass er aus einer Familie stammt, die von den Nazis deportiert worden ist. 1943 sind manche von den Nichtoptanten, den so genannten Dableibern, verschleppt worden. Möglicherweise gehörte auch Georgs Familie dazu. Der Vater vom Maier Sepp hat ihn aufgenommen und bei sich versteckt. Zur Schule ist der Georg nicht gegangen. Er ist auch geistig etwas zurückgeblieben. Er wohnt im Schloss und hat im Dorf immer Arbeit gefunden. Schon meinem Vater hat er mit Handreichungen geholfen: Keller einräumen, Müll raustragen, sauber machen und so. Er war schon da, als ich geboren wurde. Er hat auch auf mich und meine Schwester aufgepasst, wenn die Eltern in der Wirtsstube und der Küche arg beschäftigt waren. Jetzt hilft er mir morgens, bevor ich öffne. Er macht hier sauber, bringt den Müll raus und räumt auf. Er ist auch bei jedem Dorffest dabei, packt mit an. Beim alten Sepp gab es auch immer viel Arbeit. Dafür hat er ihn dort wohnen lassen. Essen bekommt er von mir und vom Sepp. Alle stecken ihm etwas zu, wenn er arbeitet. Er ist damit ganz zufrieden. Er amüsiert sich halt gerne mit Fremden. Aber nicht alle sind so großmütig wie Sie. Die meisten wollen mit ihm nichts zu tun haben.

Er wirkt halt ein wenig einfältig. Er ist aber herzensgut. Im Dorf mögen ihn alle.« Fameo fragte: »Und was ist, wenn er mal krank ist?« Der Wirt setzte sich neben Fameo auf die Bank. »Der Georg war noch nie krank. Der ist einfach kerngesund. Und die Zeiten waren hier oben nicht immer so komfortabel wie heute. Prissian war bis in die sechziger Jahre ein Gebiet von Selbstversorgern. Nur weniges wurde dazugekauft. Das meiste, was die Menschen brauchten, wurde hier oben erzeugt. Wir Wirte verkauften selbst gemachten Wein und kochten mit Produkten aus eigenem Anbau. Fleisch bekamen wir vom Bauern. Heute bekomme ich alles angeliefert. Ich bestelle per Fax oder per E-Mail und morgen bringt mir ein Paketzusteller Straußenfleisch aus Australien, wenn ich es will. Die Straße hier herauf war früher ein steiler Weg, auf dem wir mit den Ochsenkarren Güter transportiert haben. Das war Knochenarbeit, kann ich Ihnen sagen. Ich habe das auch noch mitbekommen, als Kind. Nachdem die Straße fertig war, ging es uns hier oben besser. Dann bekamen wir auch Strom und die Kanalisation wurde erneuert. Schließlich kamen die ersten Fremden. Das war nicht immer einfach. Fremdenzimmer, so wie heute, gab es keine. Also wurden die Kinderzimmer vermietet. Wir Kinder mussten entweder bei Verwandten oder in einer kleinen Ecke im Wohnzimmer schlafen. Die Gäste saßen dann auch bei uns am Esstisch und Vater musste mit ihnen Karten spielen, obwohl er eigentlich zu müde war. Er musste ja wieder ganz früh raus und die Gäste konnten ausschlafen. Es waren harte Jahre. So einer wie der Georg war auf die Unterstützung aller Dorfbewohner angewiesen, denn einer allein hatte ja nicht genug, um den Georg durchzufüttern. Auch der Maier nicht. Dem ist es hoch anzurechnen, dass er den Georg zu sich genommen hat. In den Kriegsjahren hatten wir hier alle nur knapp zu essen. Alles Vieh wurde gezählt und das meiste von den Truppen eingezogen. Auch die Ernte mussten wir zum größten Teil abgeben. Natürlich hat hier niemand gehungert. Aber es war halt alles knapp und einen zusätzlichen Esser konnte keiner gebrauchen. Aber will man einen kleinen Jungen von vielleicht fünf Jahren einfach stehen lassen? Und wenn er wirklich das Kind eines Dableibers gewesen ist, dann hätte er von den Nazis nichts Gutes zu erwarten gehabt. Das hätte hier niemand zugelassen.«

»Was sind denn Dableiber? Sie haben eben auch von Nichtoptanten gesprochen, was hat es damit auf sich?«, wollte Fameo wissen. »Dableiber nannte man die, die es bei der so genannten Option 1939 abgelehnt haben, für Deutschland zu optieren. Sie haben sich bei der Option für die Beibehaltung der italienischen Staatsangehörigkeit entschieden. Das konnte 1943 zum Problem werden. Denn im September 1943 marschierten die Deutschen in Italien ein, um Mussolini zu befreien, was sie bekanntlich auch getan haben. Das wiederum haben einige Nationalisten genutzt, um alte Rechnungen zu begleichen. Viele Nichtoptanten sind denunziert und von den Nazis in Lager gebracht worden. Nur wenige von diesen sind nach Hause zurückgekehrt. Und möglicherweise ist Georg aus so einer Familie. Allerdings kannte ihn hier niemand. Er war vermutlich aus einem anderen Tal. Aber er konnte sich an nichts erinnern. Und so liegt seine Herkunft nach wie vor im Dunkeln.« Fameo schaute auf die Uhr über der Theke. »Es ist spät geworden. Ich bin Ihr letzter Gast. Nicht mehr viel los heute?« Der Wirt wischte über den Tisch. »Im Sommer haben wir hier wenig Gäste. Und in dieser Woche war kaum jemand da. Die Einheimischen kommen am Mittwoch zum Kartenspielen und ansonsten sind sie gegen neun Uhr zu Hause. Dann haben wir noch die Sportvereine, die Musikkapelle und die Freiwillige Feuerwehr. Die kommen alle nach dem Training und den Proben auf ein Bier oder ein Glas Wein. Nur am Freitag ist nichts los. Da habe ich Ruhe. Lassen Sie sich dadurch nicht täuschen. Das Leben im Dorf folgt seinem eigenen Rhythmus. Eigentlich ist hier das ganze Jahr über was los. Das war schon so, bevor der Tourismus hier Einzug hielt.« Fameo fragte: »Lebt man denn hier ausschließlich vom Tourismus?« Der Wirt schüttelte den Kopf. »Die Prissianer haben sich noch nie auf nur einen Erwerbszweig verlassen. Der Tourismus ist heute sehr wichtig. Ohne ihn lebten wir hier nicht so gut. Die Touristen bringen uns viel Geld. Aber fast jeder im Dorf hat noch Grund, den er bestellt. Viele sind Obstbauern. Zu Prissian gehören viele Apfelplantagen im Etschtal. Jeder Flecken wird hier genutzt. Das Land ist fruchtbar und die Menschen lieben ihre Erde, ihre Landschaft. Und zu den Gemeinden Prissian und Tisens gehören auch einige Fraktionen, die noch höher liegen. Da gibt es Almwirtschaft, also Milchvieh. Das alles würden die Menschen hier nicht aufgeben. Allerdings kommen neuerdings Menschen von auswärts, die hier investieren. Die haben entdeckt, wie schön es hier ist. In Tisens haben sie jetzt das Salus Center, eine Reha-Klinik gebaut. Mitten in die Plantagen.« Er machte eine Pause. »Na, ja. Damit tun sich einige hier schon schwer. Aber nur so geht es weiter! Damit hat man hier viele neue Arbeitsplätze geschaffen. Auf Dauer. Und Steuern zahlen die auch an die Gemeinde. Und die Wirte freuen sich über jeden neuen Gast. Wenn die Verwandten die Patienten besuchen, essen viele in unseren Gasthäusern.« Fameo merkte, wie er müde wurde. Was der Wirt erzählte, interessierte ihn eigentlich nicht. Das ist doch auch normal, dass schöne Landschaften von Investoren für irgendwelche Bauten gesucht werden. Das ist überall so. Das macht man mit, oder auch nicht. Alles nur eine Frage der Kräfteverhältnisse und des Geldes. Fameo überlegte, wie er das Thema wechseln konnte. Aber der Wirt schien gemerkt zu haben, dass Fameos Aufnahmebereitschaft gesunken war. »Entschuldigen Sie bitte«, sagte er, »ich will Sie nicht mit Dorftratsch langweilen. Darf ich Ihnen noch einen Williams anbieten?« Das fand Fameo dann wieder sehr freundlich. Nachdem er den ganz ausgezeichneten Williams gekippt hatte, verabschiedete er sich und verließ das Gasthaus.

Draußen dämmerte der Abend bereits. Fameo nutzte das schwindende Tageslicht, um noch einen Eindruck vom Dorf zu bekommen. Die Dorfstraße war mit Pflastersteinen ausgelegt. Bürgersteige gab es keine. Die Häuser standen so eng, dass dazwischen kaum zwei Autos aneinander vorbeikamen. Die Straße schlängelte sich durch das Dorf. Die Häuser links und rechts waren teils sehr alt, teils neueren Datums. Eine weitere Schlossanlage, mit dem Namen Fahlburg, gab durch das offen stehende Tor den Anblick des Vorhofes frei. Unter altem Baumbestand waren festliche Zelte und rote Teppiche zu sehen. Offensichtlich bereitete man ein größeres Fest vor. Einige Häuser weiter gab es noch einen Dorfbrunnen an einer Bushaltestelle. Ein Wegweiser teilte mit, dass man nach 10 Minuten Fußweg durch die Obstplantagen in Tisens sein würde. Die Uhr des Kirchturms schlug zehn Mal. Fameo spürte jetzt, wie Müdigkeit in ihm aufstieg, und machte sich auf den Rückweg. Als er in der Mitte des Dorfes, kurz vor dem Gasthof Zur Brücke, eine große Linde passierte, spürte er wieder, wie ihm Blicke folgten. Er blieb stehen und spähte in den dunklen Schatten der Linde. Das muss eine Bank sein, dachte er, als sich seine Augen an das Zwielicht gewöhnt hatten. Und auf der Bank saß jemand – regungslos. Und schaute ihn an. Das spürte er. Der Jemand stand auf und kam auf ihn zu. Es war Georg. »Gehen Sie zurück zum Trogerhof?«, wollte Georg wissen. »Dann haben wir denselben Weg.« Er schritt voran. »Was ist, wollen Sie nicht zum Trogerhof?« Dieser Georg weiß viel, dachte Fameo. Er war sicher, dass er gegenüber Georg nicht erwähnt hatte, dass er dort wohnte. Er musste ihn beobachtet haben. Georg war einfach immer und überall präsent. Aber was soll`s. Er wollte ja wirklich zum Trogerhof. Also schloss er sich Georg an. Gemeinsam überquerten sie schweigend die Brücke. »Bleiben Sie lange?«, wollte Georg wissen. Fameo antwortete, dass er bis Montag früh bleiben wolle. Georg murmelte was von Beerdigung und entfernte sich dann schnellen Schrittes. Kurz vor dem Trogerhof hielt er inne und wartete auf Fameo. Als Fameo näher kam, rief Georg: »Gute Nacht!«, und ging weiter, Richtung Schloss Katzenzungen.

Vier

Der Schmerz setzte unmittelbar und ohne Vorwarnung ein. Fameo schrie auf. Er taumelte, strauchelte und kam zu Fall. »Verdammt noch mal, was war das?«, dachte er, während er auf die Seite fiel. Wegen seines Schreis kam Brigitte aus der Küche auf die Veranda, um zu schauen, was passiert war. Sie bereitete gerade das Frühstück für die beiden Hausgäste, als sie Fameos Schrei hörte. Dann sah sie ihn im Gras vor dem Haus liegen. Er lag auf dem Rücken, hatte den linken Fuß an sein Gesicht gezogen und schien seine Zehen zu betrachten. Dann stand er mühsam auf, denn offensichtlich bereitete es ihm Schmerzen, mit dem linken Fuß aufzutreten. Er humpelte stark, setzte nur mit der Ferse auf und verzog das Gesicht vor Schmerz. Brigitte ahnte, was passiert war. Ihr Gast war barfuß im taunassen Gras unterwegs gewesen. Ihren Sohn hatte sie mittlerweile so weit, dass er sich Schuhe anzog, wenn er über die Kleewiese lief. Aber sie konnte ja nicht jeden erwachsenen Gast wie einen sechsjährigen Jungen behandeln. In der Kleewiese gab es jede Menge Bienen und wenn man auf eine trat, dann stachen die. Brigitte ging ihrem Gast entgegen. »Hat Sie eine Biene in den Fuß gestochen?« Fameo humpelte auf sie zu und zog sich erschöpft auf einen Hocker. »Ich glaube ja. Jedenfalls brennt es furchtbar. Und es zieht jetzt die Wade hoch.« Brigitte hatte schon oft bei ihrem Sohn Stacheln aus den Füßen geholt und ging ins Haus. »Ich hole nur eine Pinzette, bin gleich wieder da.« Fameo betrachtete seinen linken Fuß. Der wurde merklich dicker. »So ein Mist!«, dachte er. »Zuerst plagen einen die Mücken in der Nacht und dann trete ich auch noch auf eine Biene.« Fameo hatte 25 Mückenstiche gezählt, auf seinen Beinen und seinen Armen. Alle Stiche waren zu großen Quaddeln aufgequollen und juckten höllisch. So etwas hatte er noch nie erlebt. Das Landleben hatte so seine Tücken. Liebliche Landschaft und stechende Insekten, dachte er, als ein alter Mann auf ihn zutrat. »Guten Morgen, ich habe Ihren Schrei gehört und gesehen, wie Sie hierhergehumpelt sind. Gestatten Sie, dass ich mich vorstelle, Eduard Holzleitner ist mein Name und ich wohne auch hier.« Herr Holzleitner machte einen freundlichen Eindruck. Er beugte sich über den Fuß und betrachtete die Schwellung. »Zieht es die Wade hoch?«, wollte er wissen. »Ja«, bestätigte Fameo. »Und der Fuß ist sofort angeschwollen.« Der alte Mann nickt nur. »Eine allergische Reaktion. Das kenne ich. Jetzt muss der Stachel raus und dann habe ich was für Sie, das hilft sofort, ich hole es eben.« Der alte Mann ging ins Haus und Brigitte kam mit der Pinzette. Den Stachel hatte sie schnell gefunden und entfernt – eine geübte Mutter eben. Der alte Mann brachte ein kleines Fläschchen und einen Löffel mit. Darauf gab er dreißig Tropfen, die Fameo schlucken sollte. »Was ist das?«, fragte Fameo. Der alte Mann zog nur die Brauen hoch und schaute Fameo an. »Eine Spezialtinktur gegen allergische Reaktionen auf Bienenstiche«, schmunzelte der Alte. »Sie müssen es nicht nehmen. Aber es hilft. Ich habe es dabei, weil ich ebenfalls allergisch auf Bienenstiche reagiere. Ich würde es an Ihrer Stelle nehmen, dann nimmt die Schwellung wieder ab und die Schmerzen verschwinden. Wenn Sie es nicht nehmen, braucht der Körper drei Tage, um das Gift abzubauen. Also los, schlucken!« Fameo tat, was man ihm sagte. Dann erzählte er von seinem Pech, dass ihm die Mücken arg zugesetzt hatten. Der Alte ließ sich auch die Mückenstiche zeigen. »Oh, das sieht nicht gut aus«, meinte er. Das wird auch eine allergische Reaktion sein. Aber dagegen wird das Mittel nichts ausrichten. Da brauchen Sie Cortison, das habe ich nicht dabei. Aber die Apotheken haben vielleicht ein Mittel.« Fameo überlegte, wo es hier wohl eine Apotheke gab, die am Samstag offen hatte. Da sagte Brigitte: »Die Apotheke in Tisens hat heute Bereitschaft, da könnten Sie fragen. Aber jetzt wird erst einmal gefrühstückt.« Und energisch schob sie ihren Arm unter den Fameos und half ihm auf. Und tatsächlich meinte er schon eine Besserung zu spüren. Er konnte wieder mit dem linken Fuß auftreten, ihn aber noch nicht voll belasten. Der Alte murmelte hinter ihm: »Wunder kann ich auch nicht vollbringen, etwas schmerzen wird es noch, aber nicht mehr lange.« Und da sie die einzigen Hausgäste waren, setzten sie sich zusammen auf die Terrasse und frühstückten gemeinsam. Der Alte erzählte Fameo, dass er hier eine Woche Urlaub gemacht habe und am Montag wieder abreisen werde. Er komme aus München. Da hatten sie ein gemeinsames Thema, denn Fameos Onkel arbeitete in München. Fameo kannte München ganz gut und so sprachen sie über den Viktualienmarkt, die Qualität der Weißwürste und fachsimpelten über die Münchner Biere. Eduard Holzleitner mochte ungefähr 65 bis 70 Jahre alt sein, ein drahtiger Mann, schlank und mit relativ glatter Haut ausgestattet. Er wirkte trainiert und hellwach. Seine Augen waren munter und es schien, als saugten sie alle Informationen auf, die sich ihnen boten. Sie wanderten ständig umher. Der Gesichtsausdruck war munter, interessiert und irgendwie zufrieden. Unter dem Garagendach parkte ein BMW 325i Coupé mit deutschem Kennzeichen. Neben seinem mickrigen alten Punto nahm sich der metallicblaue Flitzer sehr edel aus. Eduard Holzleitner schien es also gut zu gehen. Fameos Neugier war längst erwacht. Aber alle Versuche, mehr über den Alten in Erfahrung zu bringen, misslangen. Eduard Holzleitner gab nur von sich preis, dass er aus München kam und hier Urlaub machte. Mehr erfuhr Fameo über ihn nicht. Doch Holzleitner verstand es vortrefflich, Konversation zu betreiben. Der Gesprächsfaden riss nie ab, die Themen waren allesamt belanglos, aber unterhaltsam. Andererseits wollte Holzleitner jedoch auch nichts von ihm erfahren. Es schien, als wollte Holzleitner sich nur ein wenig unterhalten, und das völlig unverbindlich. Ein Meister des Small Talk, stellte Fameo bewundernd fest. Denn ihm selbst gelang diese Art von Unterhaltung nur in Ausnahmesituationen. Meist ging der Polizistengaul mit ihm durch und er verbiss sich in Kleinigkeiten. Das war dann meist das Ende der Unterhaltung, denn die Menschen wollen sich in Gesellschaft amüsieren und nicht ernsthaft miteinander reden. Das hatte er zwar mühsam gelernt, aber das Spiel der leichten Konversation beherrschte er leider immer noch nicht. Das hatte auch Cinzia immer wieder kritisiert. Cinzia verkehrte in den besseren Kreisen Roms. Die hatten eine eigene Art, miteinander umzugehen. Diese Art beherrschte Fameo gar nicht. Deswegen war es ihm ein Graus, Cinzia zu ihren diversen Veranstaltungen zu begleiten. Meist landete er bei seinen Versuchen, unterhaltsam zu sein, im erstbesten Fettnapf oder er langweilte seine Gesprächspartner mit detailgespickten Gedankengängen. Das rechte Maß zu finden war schwer. Und der Mann, der jetzt vor ihm saß, beherrschte diese Kunst anscheinend perfekt. Schade, dachte Fameo, dass ich das nicht auch kann. Einfach so parlieren, dass niemandem langweilig wird, alle sich gut unterhalten fühlen und ich dabei nichts, aber auch gar nichts von mir preisgebe. Zum Ende des Frühstücks fragte Holzleitner nach dem Fuß, und Fameo musste feststellen, dass die Schwellung deutlich zurückgegangen war. Außerdem hatte das Kribbeln in der Wade nachgelassen. Holzleitner blickte zufrieden, wollte aber nicht verraten, was das für ein Wundermittel war. »Ich weiß es auch nicht. Ein Freund hat es gemixt. Ich benutze es schon seit Jahren und ich weiß, dass es hilft. Mehr will ich nicht wissen. Aber jetzt sollten Sie versuchen, in der Apotheke ein Mittel gegen Ihre Quaddeln zu bekommen.« Brigitte beschrieb ihm den Weg: »Einfach die Dorfstraße hinunter, Richtung Tisens, durch Tisens durch und dann befindet sich die Apotheke auf der linken Seite. Ganz einfach.« Fameo überlegte, ob er den Weg zu Fuß gehen konnte. Die Schwellung im Fuß war deutlich zurückgegangen, das Spannungsgefühl in der Wade war weg. Vorsichtig machte er Gehversuche. Holzleitner kam gut gelaunt die Treppe herunter und beobachtet Fameos Versuche. »Wird schon wieder gehen, meiner Erfahrung nach.« Und tatsächlich, Fameo verspürte kaum noch Einschränkungen. In seinen Sandalen hatte der Fuß ohnehin keine Stelle, an der Druck auf die Einstichstelle ausgeübt wurde. Und so beschloss er die Wanderung zu wagen.

Den Weg kannte er von seiner abendlichen Erkundung vom Vortag. An diesem sonnigen Samstagvormittag war die Dorfstraße lebhafter als am Abend. Schräg gegenüber vom Brückenwirt war ein kleiner Dorfladen. Eine Ansammlung älterer Frauen stand davor und hielt einen Schwatz. Ihre gefüllten Tragetaschen enthielten die Samstagseinkäufe. Sie grüßten freundlich, als Fameo an ihnen vorbeiging. Als er die Fahlburg passierte, sah er, dass ein halbes Dutzend Menschen den Hof für ein bevorstehendes Fest herrichteten. Lange Tische wurden weiß gedeckt, Mitglieder einer Band bauten Verstärkertürme auf. Er fragte einen der vorbeieilenden Helfer, was es mit den Vorbereitungen auf sich habe. Eine Hochzeit werde vorbereitet, war die hastige Antwort. »Also keine Möglichkeit für mich, den Abend in Gesellschaft zu verbringen«, dachte Fameo. »Wenn ich sonst nichts finde, werde ich wohl wieder in die »Brücke« gehen und ordentlich essen.« Bei diesem Gedanken freute sich sein kulinarisches Ich, aber sein Beziehungs-Ich meckerte. »Du wirst noch zum Einsiedler«, sagte es. »Deine Gesellschaft reduziert sich auf den Dorfdeppen und einen Gasthauswirt.« »Was kann ich dafür, dass hier nichts los ist?«, wehrte er sich. »In Rom wäre dir das nicht passiert«, sagte sein anderes Ich. »Wenn du nicht so dickköpfig wärest, müssten wir nicht in dieser putzigen Provinz versauern. Du hast die Zeichen alle erkannt und einfach ignoriert. Cinzia hast du mit deiner Halsstarrigkeit auch vergrault, du Idiot, und damit gleich alle Beziehungskreise abgebrochen. Du allein kannst die Welt auch nicht besser machen. Hättest den Bogen nicht überspannen dürfen, dann würdest du auch nicht händeringend nach einem Wochenendprogramm suchen müssen. Und ab Montag sitzt du wieder in der miefigen Questura und jagst Eierdiebe.« Fameo holte tief Luft. »Sei jetzt still«, sagte er zu seinem anderen Ich. »Ich bin, wie ich bin. Ich lasse mich nicht verbiegen. Und Cinzia habe ich nicht vergrault. Sie ist zwar eine klasse Frau, aber wir haben doch nie wirklich zusammengepasst. Sie hat doch immer alles ihrer Karriere untergeordnet. Und das hat sie auch von mir erwartet. Das wäre nicht gut gegangen mit uns beiden.« Das andere Ich schwieg. Dann sagte es: »Du hast dir schon immer alles so zurechtgelegt, dass du nie die Schuld hattest, wenn etwas schiefgegangen ist. Du hast versagt.« Fameo wollte nicht zulassen, dass sich seine Gedanken verdüsterten. Er sog die frische Sommerluft ein und dachte: »Vorbei ist vorbei. Ich fange jetzt hier und heute neu an. Und am Montag lege ich in der Questura los.« Da gab es eine Serie von Einbrüchen in kleinere Tankstellen. Die wollte er sich genauer anschauen. Irgendwas war daran komisch. Es wurde eingebrochen, aber nur wenig gestohlen.

Er blinzelte in die Sonne und erreichte das Ende von Prissian. Hier gabelte sich der Weg. Links ging die gepflasterte Dorfstraße in eine asphaltierte Straße über, die direkt nach Tisens führte. Rechts zeigte eine Hinweistafel den Fußweg nach Tisens durch die Obstplantagen. Gehzeit 10 Minuten. Den nahm er. Das Panorama war beeindruckend. Links reckten sich die Berge in die Höhe, rechts erstreckte sich das Hochplateau bis zum Vorbichel, der zum Etschtal steil abfiel. »Dahinter, im Tal, liegt Terlan«, dachte Fameo, »und an den Enden dieses Abschnitts des Etschtals Meran und Bozen.« Und Prissian und Tisens thronten über allem. Der Kirchturm der Tisner Dorfkirche erschien in seinem Blickfeld. Und vor ihm ein kubischer Baukörper, dessen große helle Fensterfronten das Licht der Hochebene hindurchfließen ließen. »Das wird die Rehaklinik sein, über die der Brückenwirt gesprochen hat. Passt eigentlich ganz gut in die Landschaft. Die Architektur ist wesentlich moderner als das, was man sonst hier so sieht.« Als Römer war Fameo von moderner Architektur angetan. Er mochte das Klassische, liebte aber auch die Kombination mit den modernen Formen. »Irgendwie ist die Moderne auch hier oben angekommen«, dachte er. Jetzt rückte Tisens greifbar nah. Er stieg eine Straße hinauf, die zum Dorfbrunnen führte. Wegweiser informierten ihn darüber, dass es auch ein Freibad gab. Eine Bäckerei säumte seinen Weg und gleich zwei Gasthäuser präsentierten sich seinem Blick. Der »Adler« und der »Löwe«. Neugierig spähte er durch die Fenster des »Löwen«. Was er sah, weckte seine Neugier noch mehr. Äußerlich war der »Löwe« ein altes Gasthaus. Innen war er äußerst fein gestaltet. Aufwändig gedeckte Tische und eine kleine Bar waren zu erkennen. Die meisten Tische waren für zwei Personen gedeckt. Am Eingang fand er aber keine Speisekarte. Fameo stand unschlüssig im Vorflur, da öffnete sich die Tür und eine kleine Frau mittleren Alters im Kochhabit trat ihm freundlich entgegen. »Kann ich Ihnen helfen?«, frage sie. »Ich frage mich, was es hier Gutes zu essen gibt«, sagte er. »Ich sehe keinen Aushang.« »Den gibt es bei mir auch nicht. Ich habe keine Karte, ich koche nur Menüs. Sie können nur wählen, ob sie fünf oder sieben Gänge essen wollen. Und ich koche das, was ich frisch bekomme. Ich kann Ihnen also vielleicht zu Mittag sagen, was es abends geben wird. Früher nur dann, wenn Sie ein Essen vorbestellen.« »Und das funktioniert hier auf dem Dorf?«, wollte Fameo wissen. »Meine Gäste kommen aus Bozen und Meran. Selten verirrt sich einer der Dorfgäste zu mir. Das sind überwiegend Familien und Rentner. Die wollen Gasthausküche der alten Art. Viel auf dem Teller, gut gekochte Hausmannskost zu zivilen Preisen. Das bieten alle Gasthäuser, zum Beispiel der »Adler« nebenan. Ich koche gehobene Gourmetküche und dementsprechend ist meine Kundschaft.« Bei dieser Auskunft meinte Fameo ein amüsiertes Lächeln auf den Lippen der Köchin zu bemerken. Sie hatte ihn nebenbei und unauffällig gemustert. Fameo bemerkte, wie ihre Blicke zwar nur kurz auf seinen Sandalen und seinem unrasierten Gesicht hängengeblieben waren, aber immerhin lang genug, um ihr dieses leichte Lächeln zu entlocken. Ob sie ihn für jemanden hielt, der sich ein Essen hier nicht leisten konnte oder wollte? »In meinem Aufzug sehe ich wahrscheinlich wirklich nicht aus, wie jemand, der aus Bozen oder Meran herauffährt, um hier zu schlemmen. Ich sehe wahrscheinlich eher wie einer dieser Touristen aus, die lieber Hausmannskost bestellen, große Portionen für 10 Euro.« Die Dame konnte ja nicht ahnen, dass er nicht nur viel für gute Küche übrig hatte, sondern auch noch viel vom Kochen verstand. In Rom war er Stammgast in den angesagtesten Häusern gewesen. Fameo lächelte leicht zurück. Er wusste, gute Wirte erkennen ihre Kunden am Benehmen. Am Aussehen allein kann heutzutage kein Sternegastronom erkennen, ob er einen Gast vor sich hat oder lediglich einen Touristen. Gerade Menschen, die es sich leisten können, alles in Anspruch zu nehmen, was ihnen gefällt, lassen sich das oft nicht durch Äußerlichkeiten anmerken. Fameo setzte also sein Lächeln auf, von dem er wusste, dass es seine Wirkung nicht verfehlen würde. Er konnte verdammt charmant sein. »Was gibt es bei Ihnen denn heute Abend?« Die Wirtin lächelte zurück. Fameos Blick hatte seine Wirkung nicht verfehlt. Sein unrasiertes Gesicht gab ihm etwas Verwegenes, das wusste er. Allerdings hatte er nur vergessen, sein Rasierzeug einzupacken, als er die Utensilien für seinen Wochenendausflug zusammengepackt hat. Die Wirtin sprach von »Variationen vom einheimischen Kalbsbries«, danach gebe es »Bärlauchsuppe und Ziehteigtaschen mit Kaninchenfüllung«, als Zwischengang »Ei im Nudelbett, Spargel mit Bauernschinken in Schnittlauchtempura«, zum Hauptgang serviere sie heute »Milchferkel in Kümmel und Knoblauch gebraten, Schwarzplentene Nocken und Blumenkohlpüree«, und als Dessert gebe es »Topfenknödel mit Rhabarberkompott«.

Fameo ließ die Köstlichkeiten vor seinem inneren Auge vorbeimarschieren. Das Wasser lief ihm im Mund zusammen. »Das hört sich sehr vielversprechend an«, sagte er. Die Wirtin schmunzelte. »Ist es auch. Aber für heute Abend habe ich nur noch einen Tisch frei. Wenn Sie also heute hier essen wollen, sollten Sie bald reservieren.« Fameo musste nicht lange überlegen. Worauf er auf keinen Fall Lust hatte, war, heute Abend alleine in einem Gourmettempel zu sitzen. Er kannte die Situation: gedämpfte Gesprächsatmosphäre, dezente Musik, perfekter, lautloser Service. Alles toll, wenn man zu zweit war. Aber alleine war das ganz unmöglich. Dann lieber die »Brücke« mit all den Einheimischen, die Karten spielen und sich laut über das Geschehen im Dorf unterhalten. Darum sagte er: »Ich denke, heute passt es nicht. Aber wenn Sie mir Ihre Karte geben, besuche ich Sie bestimmt einmal.« Und etwas schelmisch fügte er hinzu: »Ich komme nämlich eigentlich aus Bozen.« Die Wirtin winkte ihm noch zum Abschied, nachdem sie ihm den Weg zur Apotheke gewiesen hatte.

Nicht weit nach der Kirche stand auf der linken Seite ein modernes Haus, in dessen Erdgeschoss sich eine relativ große Apotheke befand. Die Tür war verschlossen, aber ein Schild an der Tür wies den Weg zum Klingelknopf. Auf sein Läuten erschien im hinteren Teil der Apotheke eine Frau, die ihm immer besser gefiel, je näher sie der Tür kam. Als sie die Tür öffnete, verschlug es ihm fast die Sprache. Nur mühsam kamen ihm die Worte über die Lippen. Die Apothekerin mochte um die Dreißig sein. Eine kleine, schlanke, ja zierliche Frau mit einer dicken rotblonden Mähne, die zu einem Pferdeschwanz zusammengebunden war. Sie trug eng anliegende Jeans und eine einfache weiße Bluse. Was ihn augenblicklich faszinierte, waren ihre perfekten Bewegungen und ihr makelloses Gesicht. Das hatte eine Ausstrahlung, die ihn sofort für diese Frau einnahm. Das ist sie, schoss es ihm durch den Kopf. Ich pfeife auf die Vorsätze von gestern, dachte er. Nach der Trennung von Cinzia hatte er sich vorgenommen, fürs Erste allein zu bleiben. Frauenpause sozusagen. Er hatte einfach die Nase voll. Er wollte seine Ruhe haben, zu sich kommen und erst einmal verdauen, was ihm passiert war. Er war deshalb nicht auf so eine Begegnung vorbereitet. Die Apothekerin schaute ihn verwundert an. Da stand ein gut aussehender Mann vor ihr. Unrasiert zwar, aber in seinen Sandalen und der hellen Leinenhose durchaus für das Wetter und für die Jahreszeit angemessen gekleidet. Ein Einheimischer war er nicht. Wahrscheinlich ein Tourist. Aber er schaute sie bloß an, mit großen dunkelbraunen Augen. Offensichtlich wollte er auch was sagen, aber er suchte wohl noch nach den richtigen Worten. Sie erlöste ihn aus seiner Sprachlosigkeit. Mit einer tiefen schönen Stimme hörte Fameo sie fragen: »Was kann ich denn für Sie tun? Ist alles in Ordnung mit Ihnen?« Fameo musste sich richtig zusammenreißen und sammeln, um antworten zu können. Seine Stimme klang belegt und er fühlte sich genauso unsicher wie bei seinem ersten Rendezvous. Aber schließlich siegte die über die Jahre gewonnene Routine. Er lächelte zaghaft. »Ich bin das unschuldige Opfer unzähliger kleiner Quälgeister«, begann er, witzig wie er meinte. Aber das Stirnrunzeln seiner Favoritin machte ihm bewusst, dass er so nicht punkten würde. »Ich bin zerstochen wie noch nie in meinem Leben«, fuhr er sachlicher werdend fort. »Aber das Schlimme daran ist, dass alle Stiche zu großen Quaddeln aufgehen. Nicht nur, dass es echt schlimm aussieht, es juckt auch unerträglich. Vielleicht eine allergische Reaktion?«, ergänzte er fachmännisch. Die Apothekerin musterte ihn genauer. Die Mücken waren in diesem Jahr eine echte Plage. Wegen des milden Winters waren sie besonders zahlreich und in diesem Jahr offensichtlich auch besonders giftig. Sie verkaufte Unmengen von cortisonhaltiger Salbe. Was der Mann erzählte, war das Schicksal vieler ihrer Kunden. Die Apothekerin wusste sofort, welche Salbe ihm helfen würde. Ihr war aber nicht entgangen, welche Wirkung sie auf ihn hatte. Elisabeth Trafoier war sich durchaus bewusst, dass sie auf Männer wirkte. An Verehrern hatte es ihr nie gemangelt. Aber bisher war ihr keiner begegnet, der zuerst einmal hilflos wirkte. Die meisten hatten sich gleich großartig aufgeplustert, um ihr zu imponieren. Sie war es gewohnt, dass Porsche fahrende Jungmanager und Erben irgendeiner Brauereidynastie ihr den Hof machten. Auf ihre Art halt, mit Protz und Pomp. Hier stand aber nun ein Tourist, unrasiert, lässig gekleidet, völlig verdattert, mit Mückenstichen vor ihr. Dem hatte es einfach die Sprache verschlagen. Volltreffer, dachte Elisabeth. Wenn der jetzt auch noch nett ist …, dachte sie weiter. Aber dazu müsste ich ihn besser kennen lernen. »Das kann ich so nicht sagen«, fing sie das Gespräch an. »Allergische Reaktionen auf Mückenstiche sind nicht ungewöhnlich. Vielleicht kommen Sie einfach herein und zeigen mir so einen Stich?« Fameo betrat die Apotheke und fühlte sich unbehaglich. Aber er machte einen Arm frei und präsentierte eine Reihe der Quaddeln, die sich um die Stiche gebildet hatten. »25 Stück habe ich gezählt, auf den Armen und auf den Beinen«, sagte er, um keine Pause aufkommen zu lassen. Elisabeth Trafoier sah mit einem Blick, dass es eine allergische Reaktion auf Stechmückensekret war, die zur Bildung der Quaddeln geführt hatte. Es gab auch nur eine Salbe, die dagegen helfen würde. Sie hatte davon reichlichen Vorrat direkt vorne in der Theke gelagert. Die Tube zu 6,50 Euro. »Kann ich noch einen Blick auf ein Bein werfen?«, hörte sie sich sagen. Sie strich dabei eine Haarlocke aus ihrem Gesicht. Nur, dass da keine Locke war. Fameo entging diese Verlegenheitsgeste nicht. Sie wollte also sein Bein sehen? Wirklich? Oder wollte sie vielleicht das Gespräch nur in die Länge ziehen? War da ein Interesse? Fameo gewann wieder ein Stück seiner alten Selbstsicherheit zurück. Plötzlich zuckten tausend Gedanken durch seinen Kopf. Da ist ein Tisch im Löwen frei, er ist allein und weiß nicht, wie er den Abend verbringen soll – und hier ist eine tolle Frau. Vergessen waren die Vorsätze von gestern, Cinzia war Vergangenheit, in Südtirol war alles anders und was hatte er eigentlich zu verlieren? Während seine Gedanken rasten, krempelte er das Hosenbein rechts hoch. Elisabeth bekam eine kräftige, behaarte Männerwade zu sehen, die allerdings von Quaddeln etwas entstellt war. »Wenn man sich die Quaddeln wegdenkt und den Rest hinzunimmt, haben wir es hier mit einem prächtigen Körper zu tun«, dachte sie. Zu Fameo gewandt sagte sie: »Ja, in der Tat. Eine allergische Reaktion. Ich habe da eine Salbe, die wird Ihnen helfen. Alle Stellen mit einem dünnen Film einstreichen, zweimal am Tag reicht völlig. Schon morgen werden die Schwellungen deutlich zurückgehen.« Sie reichte ihm die Tube mit der Salbe. »Haben Sie noch Fragen?«, ergänzte sie routinemäßig. Fameo hatte sich inzwischen wieder gefangen und nützte die Gelegenheit, wie sie sich gerade bot. »Ich habe nur noch eine Frage, die aber unverschämt ist«, antwortete er. Elisabeth hob die Augenbrauen. »Und die wäre?« »Ich wüsste gerne, ob Sie verheiratet oder anderweitig gebunden sind.« Fameo hatte längst registriert, dass Elisabeth an keinem Finger einen Ring trug. Das war ein Hinweis, aber kein Beweis dafür, dass sie noch frei war. Und da er ohnehin am Montag wieder abreisen würde, wagte er den direkten Vorstoß. Elisabeth musste schlucken. Der ging aber ran. Zuerst wirkt er wie ein schüchterner Schulbub und dann tritt er die Tür ein. Und ohne ihre Antwort abzuwarten, redete er gleich weiter. »Ich würde Sie gerne heute Abend zum Essen einladen, wenn Sie mögen. Sie würden mir eine große Freude machen. Wir könnten uns kennenlernen. Es wäre mir eine große Ehre.« Elisabeth wusste eigentlich nicht, warum sie sofort mit »Ja, gerne« antwortete. Sie war zum einen überrumpelt und zum anderen hatte dieser Kerl etwas, was ihr gefiel. Sie wollte herausfinden, was das war. Fameos Herz jubelte. »Wenn es Ihnen recht ist, hole ich Sie um acht Uhr heute Abend ab?« »Acht Uhr ist gut«, antwortete Elisabeth kurz. Fameo fragte: »Wo kann ich Sie abholen, hier in der Apotheke?« Elisabeth wohnte über der Apotheke, wollte das aber noch nicht preisgeben. Sie kannte den Mann schließlich überhaupt nicht. Deshalb antwortete sie: »Ich werde Sie um acht vor der Apotheke erwarten.« Fameo freute sich aufrichtig und das sah man ihm auch an. »Ich heiße übrigens Fabio, Fabio Fameo.« »Elisabeth, Elisabeth Trafoier.« »Elisabeth ist ein schöner Name, er passt zu Ihnen. Ich freue mich sehr auf heute Abend.« Er reichte Elisabeth die Hand. Sie drückte seine feste und kräftige Hand und fühlte sich wohl dabei. Was mochte das für ein Mann sein, dieser Fabio Fameo?

Fünf

Fabio Fameo wusste nicht, wie ihm geschah. Der Himmel erschien ihm noch freundlicher, die Sonne wärmte angenehm und in der Luft nahm er plötzlich alle möglichen Wohlgerüche wahr. Jetzt musste er sich beeilen. Tisch im Löwen reservieren – hoffentlich war der letzte Tisch noch nicht vergeben. Rasierzeug kaufen – hoffentlich war der Krämerladen noch nicht geschlossen. Und seinen Anzug herrichten, den er etwas achtlos auf die Rückbank des Punto geworfen hatte. Sein Hemd müsste vielleicht noch einmal aufgebügelt werden – ob er Brigitte darum bitten konnte? Die Wirtin des Löwen war überrascht, ihn so schnell wiederzusehen. »Der Tisch ist noch frei. Wann wollen Sie kommen? Gegen acht? Gerne. Wissen Sie schon, ob Sie das große oder das kleine Menü wollen? Das große. Gerne. Ja, Weine suche ich Ihnen die passenden aus, da können Sie sicher sein. Ich freue mich. Bis um acht.« Und schon eilte Fameo davon, um noch in den Krämerladen zu gelangen. Dort gab es auch Rasierschaum und Klingen. Gut gelaunt erreichte er den Trogerhof. Sein Anzug hatte nicht gelitten. Guter Stoff eben. Die Schuhe musste er noch polieren. Brigitte schaute erst skeptisch, als er sie bat, über sein Hemd zu bügeln, aber mit seinem gewinnenden Lächeln erreichte er auch dieses Ziel. Zuerst versorgte er seine Mückenstiche. Die Salbe kühlte und tat gut. Was mochte Elisabeth für eine Frau sein? Sie sah schon klasse aus. Tolle, schlanke Figur, grazile Bewegungen, herrliche Haare und ein strahlendes Lächeln in ihrem Gesicht. Hatte sie eigentlich seine Frage beantwortet, ob sie verheiratet oder anderweitig gebunden war? Nein, hatte sie nicht. Er war ja sofort mit der Einladung zum Essen rausgeplatzt. Aber die hatte sie sofort angenommen. Also gab es da keinen anderen, sonst hätte sie nicht zugesagt. Was machst du dir für Gedanken? Ganz ruhig jetzt. Es ist doch nicht das erste Mal, dass du eine Verabredung hast. Aber bisher war es nie was Ernstes. Ist es jetzt was Ernstes? Fameo wusste es nicht.

Elisabeth schloss die Tür der Apotheke und schaute ihrem neuen Kunden noch bis zur Biegung der Straße nach. Er drehte sich noch einmal um und winkte. Er wirkte locker, leicht und hatte einen elastischen Gang. Muskulöse Schultern stellte sie fest. Eine schlanke Taille und einen knackigen Hintern sah sie auch. Vielleicht war da ein leichter Bauchansatz? Wie alt mochte er sein? So unrasiert wirkte er smart und ein wenig ungepflegt. Aber er hatte eine so schöne Stimme und so schöne Zähne und seine Hände, seine Hände waren der Hit. Nicht so groß, aber dennoch kräftig. Gepflegte Fingernägel hatte sie gesehen, und das war der Gegensatz zum unrasierten Gesicht. Außerdem hatte er gepflegte Füße. Aber so wie der rangegangen war, Mann oh Mann, das hatte sie noch nicht erlebt. Ob der immer ohne Vorspiel sofort zur Sache kam? Heute Abend würde sie ja erleben, wie er sich gab. Wohin er sie wohl ausführen würde? Pizza? Nein, der nicht. Irgendwie hatte er Stil und war auch höflich. Vielleicht etwas zu direkt? Aber Männer, die wissen, was sie wollen, finde ich gut, dachte sie. Ich weiß schließlich auch, was ich will. Ich will nicht schon wieder ein Wochenende hier in Tisens mit meinen Büchern oder auf der Alm bei den Eltern verbringen. Und Innsbruck ist zu weit weg, um jedes Wochenende die alten Freunde zu treffen. Hier im Dorf sind alle noch vorhandenen Junggesellen im geeigneten Alter irgendwie eigenartig. Sitzen auf ihren Höfen, bewachen ihr Erbe und sind wenig bindungswillig. Und keiner war dabei, der ihr hätte imponieren können. Die Innsbrucker Clique war Vergangenheit. Die jungen feschen Männer in ihrem vom Herrn Papa gesponserten Porsche oder Geländewagen hatte sie über. Die waren alles andere als echte Kerle. Geld wie Heu zum Ausgeben, aber selber noch keinen müden Euro verdient. Wie sollte man mit so einem glücklich werden? Ob dieser Fabio Fameo das Format hatte, nach dem sie suchte?

Fameo aß zu Mittag nur ein paar Pfirsiche direkt vom Baum. Brigitte hatte es ihm ausdrücklich erlaubt. »Die Hausgäste dürfen sich bedienen, so oft sie wollen.« Holzleitner hatte sich den Beipackzettel der Salbe zeigen lassen. »Sehr gutes Mittel. Das wird Ihnen helfen. Eine solche Salbe bekommen Sie in Deutschland nicht so ohne weiteres. Nur auf Rezept, und dann nicht in dieser Qualität.« Ob er was davon verstehen würde, wollte Fameo wissen. Aber Holzleitner winkte ab. »Verstehen ist zu viel gesagt. Erfahrungswissen, würde ich sagen. Auch ich bin schon mal von Mücken überfallen worden«, sagte er.

In der Mittagshitze hatte sich Fameo zu einem Nickerchen hingelegt und war am Nachmittag gut ausgeruht und quicklebendig. Jetzt musste er noch die Zeit bis acht herumkriegen, und dann war er auf das Treffen mit Elisabeth gespannt. Ihm war jetzt nach einem Stück Kuchen und Kaffee. Im Gasthaus Zur Brücke hatte er ein Kuchenbuffet gesehen. Und richtig, es war auch hausgemachter Apfelstrudel dabei. Dazu nahm er einen Cappuccino. Der Wirt freute sich ihn wieder zu sehen. »Den hat meine Frau selber gemacht«, sagte er nicht ohne Stolz, als er den Apfelstrudel brachte. »Bleiben Sie länger?«, wollte er wissen. Fameo war der einzige Gast. Vielleicht hatte der Wirt Zeit und Lust, ihm Gesellschaft zu leisten. Also fing er ein Gespräch an. Er war gut aufgelegt. »Ich bleibe bis Montag. Dann muss ich wieder arbeiten. Ich wollte das Wochenende in den Bergen verbringen und Ihr Dorf ist wirklich schön. Hier gefällt es mir.« Der Wirt schien nicht überrascht. »Ja, das ist es auch. Vielleicht etwas klein, aber schön.« »Nun, so klein ist es hier aber auch nicht, immerhin haben Sie einen Krämerladen, eine Bäckerei und eine Apotheke.« »Dann sind Sie schon in Tisens gewesen? Tisens ist das Zentrum der umliegenden Dörfer und Fraktionen. Und wenn wir alle Leute zusammenzählen, kommen wir schon auf 3500 Menschen hier oben.« Fameos Gespür für günstige Gelegenheiten ließ ihn sagen: »Na, dann verstehe ich, dass auch ein Apotheker hier sein Auskommen hat.« Er tat dabei völlig unbeteiligt, nahm aber jede noch so kleine Reaktion des Wirtes wahr. Bei dem Wort Apotheker bemerkte er ein kleines Zucken in seinem Gesicht. Als er schwieg, forderte er ihn auf, sich doch zu setzen. Und das tat er auch. »Wir haben hier eine junge Apothekerin«, raunte er ihm zu. »Sie ist noch nicht lange hier.« Dann verstummte er erneut. Fameo machte ein neugieriges Gesicht, sagte aber nichts, sondern begann seinen Apfelstrudel zu essen. »Sie ist nicht von hier. Sie kommt aus Innsbruck. Da geht es anders zu wie hier heroben.« Und wieder verstummte er. Fameo nahm einen Schluck von seinem Cappuccino. »Die Männer sind alle ganz wild hinter ihr her, aber ihr ist keiner gut genug.« Jetzt musste Fameo ein Grinsen unterdrücken. Er fragte: »Sieht sie denn gut aus?« »Oh ja. Sie sieht toll aus, ist aber halt eine Studierte. Das sind hier in den Dörfern nur ganz wenige und die sind meist auch wieder weggezogen in die größeren Städte. So tut sie sich halt schwer hier.« Fameo fragte: »Ist sie denn eine gute Apothekerin?« »Ja, doch. Ich glaube schon. Die Leute sagen, sie versteht was.« Fameo nickte nur und nahm noch einen Bissen von dem ausgezeichneten Strudel.

Als er wieder auf die Straße trat, summte er vor sich hin. Die Hände in den Hosentaschen, stand er unschlüssig vor der Brücke, als sein Blick durch die Glasscheibe des gegenüberliegenden Friseurladens fiel. Sein Herz machte einen Hüpfer. Da saß Elisabeth, im Gespräch mit der Friseurin vertieft, und ließ sich die Haare machen. Sie hatte ihn nicht bemerkt. Er stellte aber mit Genugtuung fest, dass dieser Abend auch für sie offensichtlich eine gewisse Bedeutung hat.

Fameo war um kurz vor acht an der Tisner Kirche. Hinter der Biegung der Straße lag die Apotheke. Er blickte auf seine Uhr und um Punkt acht nahm er die Biegung und sah, wie Elisabeth die Tür der Apotheke verschloss. Sie sah bildschön aus. Ein rotes Trägerkleid, das knapp über den Knien endete, umspielte ihre zierliche Figur. Die Haare trug sie nicht mehr zum Pferdeschwanz gebunden, sondern hochgesteckt. Aus diesem natürlich wirkenden Kunstwerk fielen wie zufällig lange rotblonde Strähnen heraus, die in der Abendsonne kupferfarben schimmerten. Die Friseurin verstand ihr Handwerk. Der Stoff des Kleides war in sich gemustert. Drei verschiedene Rottöne rangen um die Aufmerksamkeit des Betrachters. Dazu trug sie aufregende rote Riemchensandaletten mit nicht zu hohen Absätzen, aber hoch genug, um die makellosen Waden zur Geltung zu bringen. Kein

Wunder, dass die Männerwelt des Dorfes hinter ihr her ist, dachte Fameo. Aber diese Frau ist nichts für einen Bauern. Mit der könnte ich auch in Rom daherkommen. Vergiss Rom, raunte ihm sein zweites Ich zu. Konzentriere dich lieber. Versau es nicht.

Elisabeth schloss die Tür zur Apotheke ab. Beim Blick durch die Scheiben hatte sie zuvor keinen Fameo gesehen. Er wird doch nicht etwa zu spät kommen? Wie lange soll ich hier vor der Tür warten? Höchstens fünf Minuten, dann gehe ich wieder rein. Wenn mich die Leute so vor der Apotheke sehen, gibt das sowieso Gerede. Bestellt und nicht abgeholt, das geht gar nicht. Als sie den Schlüssel in die Tasche steckte, stand er plötzlich vor ihr. Perfekt rasiert. Das fiel ihr als Erstes auf. Seine dunklen Augen strahlten. Ein leichtes Lächeln stand auf seinen Lippen. Er nahm ihre Hand, ganz langsam, schaute ihr dabei ununterbrochen in die Augen und dann, sie konnte es kaum glauben, führte er ihre Hand zu seinem Mund. Einen Handkuss hatte sie noch nie erlebt. Seine Lippen berührten ihre Hand nicht, waren der Haut aber unbeschreiblich nah. Es kribbelte in ihrem Nacken, dann lief es die Wirbelsäule hinunter. Ihre Blicke saugten sich ineinander. Sie atmete etwas schwerer, Fameo entging es nicht. »Ich habe mich so auf diesen Abend gefreut«, sagte er, »Sie sehen umwerfend aus, Elisabeth.« Elisabeth holte Luft. Mit einer solchen Begrüßung hatte sie nicht gerechnet und auch nicht mit dieser Wirkung. »Ja, ich auch irgendwie«, kam es stockend aus ihr heraus. Sie war verwirrt, dieser Fabio Fameo hatte ein Auftreten – wow! Stand da vor ihr im dunkelblauen Anzug, dazu ein enges weißes Hemd, zwei Knöpfe weit offen, darunter spannte sich erkennbar eine breite Brust. Der Griff seiner Hand war stark und doch ganz sanft. Er hatte Kraft, setzte sie aber nicht ein. Doch er wusste, wohin er damit wollte. All das erfasste sie in Bruchteilen von Sekunden. Dieser Mann will dich. Und er will dich sofort. Und er ist keineswegs schüchtern. Und du weißt nichts über ihn. Außer, dass er toll aussieht. Und dass er gut riecht. Sie hatte den Hauch seines Rasierwassers sofort registriert. Und er ist gepflegt. Und er hat Stil. Wer kann heute noch einen formvollendeten Handkuss anbringen, mit einer solchen Wirkung? Was ist erst, wenn er richtig küsst? Ob ich das herausfinde? All dies in Bruchteilen von Sekunden. Da war selbst das Sprachzentrum einer Frau für kurze Zeit außer Gefecht. Aber Elisabeth gewann die Herrschaft über ihre Sprechfähigkeit schnell wieder zurück. Alle Systeme funktionierten sofort wieder, als Fabio ihre Hand wieder freigegeben hatte und das Kribbeln nachließ. »Mein lieber Mann«, sagte sie mit einem munteren und kecken Akzent, »mit einem Handkuss begrüßt zu werden, ist schon mal ein guter Anfang. Wie wollen Sie das denn noch steigern?« Fabio lachte: »Ich will mir ernsthaft Mühe geben. Jetzt gehen wir erst mal essen. Ich habe für acht Uhr reservieren lassen.« Elisabeth dachte, dann kann er ja nur hier um die Ecke reserviert haben. Da gibt es den Adler und den Löwen. Und etwas weiter weg eine Pizzeria. »Dann lass ich mich gerne überraschen, wohin Sie mich ausführen.« Fabio bot ihr seinen Arm an. »Darf ich Ihnen eine Stütze sein? Allein schon wegen des Kopfsteinpflasters und der Absätze Ihrer schönen Schuhe.« Aufmerksamkeit oder Suche nach Körperkontakt?, dachte Elisabeth. Egal, es war jedenfalls erstens praktisch wegen der Absätze, und zweitens konnte sie spüren, wie er sich anfühlte. »Sehr aufmerksam, dann aber los, sonst kommen wir noch zu spät.« Sie hakte sich unter und spürte kräftige Muskeln unter dem Stoff, so wie sie es sich vorgestellt hatte. Fameo steuerte sie am Adler vorbei. Bleiben der Löwe und die Pizzeria, dachte Elisabeth. Der Löwe war ein weithin bekanntes Feinschmeckerlokal. Sie hatte selber noch nicht dort gegessen, aber in den Hochglanzmagazinen, die beim Friseur auflagen, darüber gelesen. Wenn sie Fameo von der Seite ansah, dann tippte sie eher auf den Löwen. Sein Anzug war aus einem tollen, wahrscheinlich teuren Stoff, das konnte sie fühlen. Seine Schuhe glänzten edel. Man konnte sehen, dass sie aus wertvollem Leder gefertigt waren. Irgendwie passte das nicht in eine Pizzeria. Bis zum Löwen plauderten sie über die schöne Abendstimmung und das schöne Sonnenlicht, das die alten Farben der Fassaden des Dorfes vorteilhaft ausleuchtete.

Die Löwenwirtin begrüßte die beiden, als seien sie alte Bekannte. Der Gastraum war klein und verfügte nur über fünf Tische. Zwei Tische waren nicht besetzt. Die Wirtin begleitete Fabio und Elisabeth zu einem Zweiertisch am Ende des Raums, der durch Blumenarrangements vor den Blicken der anderen Gäste geschützt schien. Fabio war um sieben bereits im Löwen gewesen und hatte unbedingt diesen Tisch gewünscht. Die Wirtin hatte extra für ihn die Tischreservierungen ändern müssen. Zuerst wollte sie nicht, aber Fabio hatte seinen ganzen Charme eingesetzt und sich schließlich mit seinen Wünschen durchgesetzt. Die Wirtin brachte deshalb auch sofort für jeden ein Glas Champagner und verschwand dann in der Küche. Nachdem sie einen Schluck gekostet hatten, meinte Fabio: »Wollen wir uns mit dem Vornamen anreden? Ich heiße Fabio.« Elisabeth nickte. »Gerne, ich heiße Elisabeth.« Und sie begann das Gespräch. »Wie kommen Sie eigentlich nach Tisens? Machen Sie Urlaub hier?« »Wochenendurlaub, ja. Ich bin der Bozner Hitze entflohen. Dort ist es jetzt unerträglich heiß. Alle Bozner fliehen am Wochenende in die Berge. Und dann bin ich mit den Touristen allein in der Stadt. Da habe ich mir gedacht, ich fliehe auch einmal. Und es ist toll hier.« »Sind Sie denn kein Bozner?« »Ich komme aus Rom und es hat mich vor drei Monaten nach Bozen verschlagen. Und jetzt versuche ich mich hier einzuleben.« Wenn er sich einleben muss, scheint er allein zu sein, kombinierte Elisabeth. Denn sonst würde er nicht allein Wochenendurlaub in den Bergen machen. »Haben Sie denn keine Bekannten in Bozen?«, fragte sie vorsichtig. Fameo beschloss, ganz offen zu sein. Wenn er mit dieser Frau zusammen sein wollte, und das wollte er jetzt, dann sollte sie auch ruhig alles wissen. »Nein. Ich habe keine Bekannten in Bozen. Jedenfalls niemanden über die beruflichen Kontakte hinaus. Alle meine privaten Kontakte habe ich in Rom, und das ist relativ weit weg. Und da ich mich für die nächsten Jahre in Bozen einrichten muss, werde ich neue Kontakte aufbauen.« Und mit einem tiefen Blick in Elisabeths Augen fügte er hinzu: »Und dass ich dich hier oben kennengelernt habe, ist mehr als ein guter Anfang.« Elisabeth schluckte. Der geht aber wirklich ran. Schon nach dem ersten Schluck Champagner. »Sag mal, Fabio, was machst du eigentlich in Bozen, beruflich meine ich?« »Ich bin Commissario. Commissario Capo. Sozusagen der Erste Commissario Bozens, direkt dem Vicequestore unterstellt. Zuständig für alles und nichts.« »Für alles und nichts?« »Ja, so kommt es mir vor. In Rom war ich ein Spezialist und hier bin ich eher Generalist, weil es hier außer Verkehrsverstößen nichts gibt, auf das ich mich spezialisieren könnte.« Elisabeth war neugierig: »Was für ein Spezialist warst du denn im Rom?« »Ich habe mich um die organisierte Kriminalität und Geldwäsche gekümmert. Beides geht Hand in Hand.« »Das klingt ja spannend. Aber wenn du auf diese Dinge spezialisiert bist, warum bist du dann in Bozen? Gibt es hier auch so was?« »Organisierte Kriminalität gibt es überall dort, wo sie sich lohnt. Möglicherweise auch hier. Aber ich habe noch nichts entdeckt. Ich bin auch nicht hier, damit ich mein Können einsetzen kann, sondern weil ich mein Können in Rom eingesetzt habe. Ich bin da wohl einigen einflussreichen Herren zu nahe gekommen. Da hat man mich fortgeschickt, oder besser ausgedrückt, fortgelobt, denn ich soll hier den Vicequestore ablösen, wenn er in zwei Jahren pensioniert wird. Das hat man mir jedenfalls weisgemacht. Ich glaube das aber nicht.« Fabio überlegte, ob es klug war, Elisabeth beim ersten Treffen mit diesem düsteren Kapitel zu langweilen. Noch vor der ersten Vorspeise. Aber andererseits hatte sie gefragt und irgendwie erklärte das auch sein Hiersein. Sie sollte sich schnell ein Bild von ihm machen. Am Montag war er schon wieder in Bozen und ob sie sich wieder treffen würden, hing davon ab, ob sie ihn und sein Leben interessant fand.

Elisabeth beobachtete Fabios Gesicht. Bei seiner Erzählung meinte sie gesehen zu haben, wie seine Mundwinkel leicht zuckten. Das schien ein wunder Punkt zu sein. Die Römer haben ihn also kaltgestellt. Er ist in die Provinz versetzt worden. Elisabeth kam aus dem Ultental und wusste aus ihren Kinderzeiten, dass alle Polizisten, die aus dem Süden Italiens hierher versetzt worden waren, kreuzunglücklich damit waren. Sie hatte in der Schule eine Freundin, deren Vater dieses Schicksal teilte. Es hatte

Jahre gedauert, bis er von den Einheimischen akzeptiert worden war. Heute ist das alles nicht mehr so schlimm, aber die Südtiroler und die Italiener haben nun mal unterschiedliche Mentalitäten. Wahrscheinlich ist Fabio hier unglücklich. Elisabeth wollte dieses für Fabio offensichtlich nicht angenehme Thema beenden und suchte nach neuem, unverfänglichem Gesprächsstoff. Vorsichtig versuchte sie es mit »Warum bist du Polizist geworden?« Fameo war froh, dass er jetzt über sich erzählen konnte. Wie sollte er sich darstellen? Wie würde er einen so guten Eindruck hinterlassen, dass dieser Abend der Beginn einer innigen Beziehung würde? Wenn du diese Frau haben willst, sagte sein zweites Ich, dann sei einfach du selbst. Protz nicht rum, aber deute an, was du draufhast. Los jetzt!

»Eigentlich wollte ich kein Polizist werden. Und wenn es nach meinen Eltern gegangen wäre, dann wäre ich auch keiner geworden. Mein Vater handelt mit Stoffen. Exquisite Stoffe für Anzüge, Mäntel, Jacken. Er reist dafür um die halbe Welt. Er hätte es gerne gesehen, wenn ich bei ihm eingestiegen wäre. Und tatsächlich habe ich nach der Schule zuerst eine Kurzlehre als Herrenschneider gemacht und dann eine Ausbildung zum Textilingenieur. Ich war mit 23 fertig und irgendwie hatte ich Angst vor der Vorstellung, dass ich nun dauerhaft in die Tretmühle des väterlichen Betriebes eintreten sollte. Meine Eltern haben das verstanden, obwohl sie es lieber gesehen hätten, wenn ich mich sofort auf das Kaufmännische gestürzt hätte. Aber ich durfte studieren. Ich studierte Kunstgeschichte in München. München deshalb, weil meine Verwandtschaft mütterlicherseits dort lebt. Ja, und da habe ich meinen Onkel Paul kennengelernt. Der ist Polizist. Und was für einer. Er hat als Kommissar angefangen und war damals schon Kriminaldirektor. Jetzt leitet er die Polizeiabteilung im Innenministerium. Er ist der höchste Polizeibeamte in Bayern. Und durch ihn bin ich auf den Geschmack an diesem Beruf gekommen. Ich habe dann zuerst parallel zum Kunststudium Jura belegt. Darin habe ich dann meine Berufung gesehen. Das Jurastudium habe ich in Mailand beendet. Das Kunststudium habe ich abgebrochen. Und mit dem Mailänder Abschluss bin ich dann bei der Polizei eingetreten. Mit dreißig – als Quereinsteiger. Meine Eltern haben es verkraftet. Ich glaube meine Mutter hatte dafür Verständnis, weil sie selber immer ihren Weg gegangen ist. Sie hatte auch in München studiert, Philosophie und Italienisch. Während eines Studienaufenthalts in Padua lernte sie meinen Vater kennen. Er stammt aus einer Familie, die Tücher herstellte. Und seine Aufgabe war es, Kunden zu finden. Damals war das eine sehr harte Arbeit und mein Vater verdiente nicht viel. Die Eltern meiner Mutter sahen die Verbindung nicht gerne. Mein Vater war in ihren Augen ein Hungerleider, der mit Stoffen handelte. Außerdem auch noch Italiener. Aber meine Mutter ließ sich davon nicht beirren. Sie heiratete den Stoffhändler und zog nach Padua. Ausgestattet mit den besten Examina und der Aussicht auf eine akademische Karriere in Deutschland, entschied sie sich dafür, in Padua in einem Stoffgeschäft zu arbeiten, als Verkäuferin. Meine Eltern haben das Geschäft in den sechziger Jahren zu einem international anerkannten Handelsunternehmen ausgebaut. Nur die besten Weber sind unter Vertrag und die Kunden sind weltbekannte Konfektionäre und die besten Herrenschneider der Welt. Unsere Stoffe kleiden gekrönte Häupter und die Promis dieser Welt. Ich könnte also das gemachte Nest ausbauen. Stattdessen jage ich lieber die Bösen. Und weißt du was? Es macht mir Spaß!«, Fameo grinste verschmitzt. »Es macht mir höllischen Spaß, hinter die Kulissen zu schauen, den Bösen aufzulauern und sie zur Strecke zu bringen. Ich halte das für eine sinnvolle Tätigkeit. In Rom habe ich eine Einheit leiten können, die sich um die wirklichen Verbrecher kümmert. Die kleinen Gesetzesbrecher, die dummerweise bei geringen Vergehen ertappt werden, sind nicht mein Ding. Ich jage lieber diejenigen, die sich auf Kosten der Allgemeinheit bereichern und sich dabei die Hände selber nicht schmutzig machen. Unternehmensvorstände, die Millionenbeträge veruntreuen, Politiker, die ihnen dabei hilfreich zur Hand gehen, Mitglieder der »ehrenwerten Gesellschaft«, die das Gemeinwesen aussaugen, indem sie ganze Verwaltungen korrumpieren. Diesen Verbrechern habe ich mich gewidmet. Zum Schluss so erfolgreich, dass ich hier gelandet bin. Jetzt kümmere ich mich um das gewöhnliche Verbrechen, Alltagskram halt. Das, was sich der Staat ausgedacht hat, um die Gemeinschaft im Zaum zu halten.« Fameo machte eine Pause. Er registrierte, wie Elisabeth jedes seiner Worte in sich aufnahm. Sie machte sich ein Bild von ihm. Ihrer Mimik nach zu urteilen, gefiel ihr, was sie hörte. Er wollte gerade fragen, was sie dazu bewogen hatte, Apothekerin zu werden, als eine junge Frau an den Tisch trat und sich mit Namen vorstellte, »Ich heiße Jasmin und bin für den Service heute Abend zuständig. Als Gruß aus der Küche haben wir heute hausgemachte Ravioli mit einer Füllung aus Ricotta und Bärlauch, leicht überbräunt mit brauner Butter, dazu Parmesanspäne.« Sie platzierte vor ihnen je einen großen Teller, auf dem recht übersichtlich ein hausgemachter Raviolo dekoriert war. Ein kleiner Strich von Olivenöl und ein Tupfer dunkler Sauce gaben dem Ganzen den Anschein eines Gemäldes. Dazu servierte Jasmin einen trockenen Grauburgunder. Der Raviolo zerging auf der Zunge, der Wein passte vorzüglich.

Elisabeth freute sich. Der Abend war ganz nach ihrem Geschmack. Sie liebte es, gut zu essen. Aber wichtig war die passende Begleitung. Und Fabio war die passende Begleitung. Er sah gut aus, hatte gute Umgangsformen, hatte Stil, kam aus einem ordentlichen Elternhaus, hatte was auf dem Kasten, war vielfältig interessiert und das Beste, er war anscheinend Single. Sie beschloss, den Abend zu nutzen, um Fabio für sich zu gewinnen. »Also, das war schon mal ein toller Anfang. Ich bin gespannt, was die Küche anschließend bietet«, nahm sie den Gesprächsfaden wieder auf. Und mit einem Blick tief in seine Augen sagte sie, »da bist du ja von weit her gekommen, bis du schließlich hier gelandet bist.« Sie bemerkte, wie diese Worte auf ihn wirkten. Fabio spürte einen Stich in seinem Herzen. »Gelandet bist«, hatte sie gesagt. Ich bin hier gelandet? Bin ich das? Bin ich angekommen? Sollte ich hier bleiben? Denk nicht so viel, sagte sein zweites Ich. Lächle! Elisabeth wurde mutiger. »Vielleicht gelingt es mir, dich von der Gegend hier zu überzeugen. Südtirol hat viel zu bieten.« Wieder bemerkte Elisabeth, wie ihre Worte Wirkung zeigten. Fabio schaute sie jetzt irgendwie verträumt an. Verliebt vielleicht? Hoffentlich! Also weiter. »Ich bin nicht weit von hier aufgewachsen und für mich war es eine glückliche Fügung, dass ich genau hier eine Apotheke übernehmen konnte. Vorher habe ich in Innsbruck als Apothekerin gearbeitet. Dort habe ich auch Pharmazie studiert. Aber ewig wollte ich dort nicht bleiben. Hier in meiner Heimat fühle ich mich sehr wohl. Wenn du willst, kann ich dir hier alles zeigen.« Das war dann schon weit vorgewagt, dachte Elisabeth. Aber man muss ihm schon was hinlegen, damit er anbeißen kann.

Fabios Herz hüpfte. »Ich könnte mir keine bessere Fremdenführerin vorstellen«, hörte er sich sagen. »Ja gerne, ich will jetzt alles sehen und die Leute hier verstehen und vielleicht kann ich mich dann hier auch so wohl fühlen wie du.«

Treffer, dachte Elisabeth. Vielleicht ist heute mein Glückstag. Ihre Zeit in Innsbruck lag noch nicht lange zurück. Die Apotheke hatte sie erst seit einem knappen Jahr übernommen. Sie hatte in Innsbruck viel Spaß gehabt, sicher, aber dort nicht das gefunden, was sie gesucht hatte. Die Leute, mit denen sie zusammengekommen war, fand sie am Anfang aufregend, manche machten ihr aber auch Angst. Die legten alle so ein Tempo vor, wie sie es nicht gewohnt war. Im Ultental ging es gemächlich zu. Ihre Kindheit und ihre Jugend waren geprägt von den Jahreszeiten und den bäuerlichen Tugenden wie Fleiß, Ehrbarkeit, Gottesfürchtigkeit und dem Bestreben, einander beizustehen. Sie war sehr begabt und, mit dem besten Schulabschluss ihres Jahrgangs versehen, hatten sie die Eltern schweren Herzens nach Innsbruck zum Studium gehen lassen. Dort ging es vom ersten Tag an ganz anders zu. Doch weil sie attraktiv war, wurde sie überall aufgenommen. Alle jungen Männer hatten sich um sie bemüht. Viele davon waren von Beruf Sohn und betrieben das Studium nicht ernsthaft. Sie hatten immer Zeit und vor allem genügend Geld, um sich all das leisten zu können, was Spaß macht. Aber alle waren sie bindungsunwillig oder bindungsunfähig. Viele wollten nur eine unverbindliche Beziehung. Sex jederzeit, aber ohne jede Verpflichtung, nur zum Spaß halt. Gemeinsames Frühstück nach der gemeinsamen Nacht galt in diesen Kreisen als verpönt. Elisabeths Freundinnen hielten es da noch strenger als die Kerle. Nimm dir, wen du willst, benutze ihn und schick ihn dann fort. Das waren die Ratschläge, die sie von ihnen zu hören bekam. Und so praktizierten sie es auch. Elisabeth hatte es auch versucht, aber es blieb ihr nur ein schaler Geschmack. So wollte sie nicht leben. Sie wollte einen Mann, Kinder, eine ganz normale Familie eben. Sie wollte in ihrem Beruf arbeiten. Und sie wollte wieder aufs Land. Und da kam das Angebot, die Apotheke in Tisens zu übernehmen. Sie hatte nur eine Nacht darüber geschlafen und dann zugesagt. Ohne zu kalkulieren, ob sie sich das finanziell leisten konnte. Aber sie hatte Glück. Der alte Apotheker war kein Halsabschneider. Er hatte ihr einen fairen Preis gemacht und die Ablösesumme darüber hinaus für drei Jahre gestundet. Sie zahlte ihm in diesen drei Jahren eine monatliche Rente, die der Laden auch abwarf. Allerdings hatte sie nicht damit gerechnet, dass es hier so schwer sein würde, einen passenden Mann zu finden. Junggesellen gab es genug, aber die meisten waren Bauern, die eine Bäuerin brauchten. Und das wollte sie nicht sein. Für niemanden. Sie suchte nach einem Mann, der sich für vieles interessierte, vieles gesehen und erlebt hatte. Einen Mann, der geistig beweglich war und nicht in der vielfältigen Dorfstruktur mit dem ganzen Vereinswesen, der Freiwilligen Feuerwehr, der Jägerschaft, den Fischern oder den Imkern aufging, an mindestens drei Tagen die Woche mit seinen Kumpanen auf Achse war und sich an den übrigen Tagen der Woche um die Ernte sorgte. Das kannte sie alles aus ihrer Jugend im Ultental und da war es auch in Ordnung gewesen. Aber diese Welt hatte sie verlassen und war als eine andere wieder zurückgekehrt.

»Wenn du möchtest, dann kann ich dir morgen die Gegend zeigen. Ich komme aus dem Tal, das gleich hinter dem Bergkamm liegt, dem Ultental. Da bin ich geboren und aufgewachsen.« Fabio war glücklich. Sein Sonntag war also gerettet. »Ja, sehr gerne.

Aber bedenke, dass ich nur ein paar Sandalen dabei habe. Ich weiß nicht, ob mir meine Vermieter ein Paar Wanderschuhe leiht.«

»Wo wohnst du eigentlich?«, fragte Elisabeth scheinbar nur so nebenbei. In Wirklichkeit interessierte es sie brennend.

»Ich habe ein Zimmer mit Frühstück im Trogerhof in Prissian«, antwortete Fabio, dem nicht entgangen war, dass Elisabeth abklären wollte, unter welcher Kontrolldichte er stand. Bei Privatpensionswirtinnen war klar, dass jede aushäusige Nacht eines Gastes nicht nur registriert wurde, sondern unter Umständen auch beim morgendlichen Brötchenkauf im Krämerladen Anlass zu Spekulationen geben konnte. Zumal andere Wirtinnen mit ihren Beobachtungen den Verbleib des Gastes erklären konnten. In einem Dorf ist man eben nie allein. Und für Elisabeth war es bestimmt ein hohes Risiko für ihren Ruf, wenn sie sich sofort mit einem Touristen einließ.

Fabio beschloss, die Sache behutsam anzugehen. Er würde nicht drängeln, aber wenn Elisabeth wollte, würde er nicht zögern. Lust hatte er schon – die ganze Zeit über. Elisabeth sah einfach scharf aus. Außerdem roch sie gut. Aber vielleicht ergab sich ja morgen was, oder schon bald, am nächsten Wochenende. Sein zweites Ich meldete sich: Sinnier hier nicht rum. Es geht jetzt um den Moment. Plan nicht schon für morgen. Kümmere dich um die Frau. Sei aufmerksam. Hör hin. Und wirklich, Elisabeth sprach schon eine Weile und Fabio hatte Mühe, aus den Bruchstücken, die er aufgeschnappt hatte, auf den Zusammenhang zu schließen. Er hörte sie noch sagen: »... eigentlich gebunden?« An Elisabeths Stirnfalten erkannte Fabio, dass sie ihn dabei ertappt hatte, dass er kurz abwesend war.

Sein zweites Ich hatte Recht. Er musste ihr jetzt seine ungeteilte Aufmerksamkeit widmen und sich nicht in Spekulationen über das beste Szenario für ein Schäferstündchen ergehen. Fabio vermutete, dass ihre Frage sehr direkt war, denn er bemerkte eine gewisse Unsicherheit bei Elisabeth, so als ob sie nicht einschätzen konnte, ob sie vielleicht zu weit gegangen war. Also war die Frage von intimem Charakter und endete auf »... eigentlich gebunden?« Fabio schaute Elisabeth tief in die schönen braunen Augen. »Ich bin nicht gebunden und habe auch keine Altlasten. Mit meiner letzten Freundin war ich zwei Jahre zusammen und bin seit einem knappen halben Jahr solo. Wir waren zu verschieden. Sie ist sehr ehrgeizig und ordnet alles ihrer Karriere als Staatsanwältin unter. Und als ich mich in meinen letzten Fall verbissen hatte und den Kreisen nahe kam, aus denen Cinzia, so heißt sie, selber kommt, da gab es Spannungen zwischen uns, die wir nicht ausgehalten haben. Also haben wir uns getrennt. Und jetzt sitze ich hier und sehe in deine wunderschönen dunklen Augen.« Und nach einer kleinen Kunstpause: »Also ich bin jedenfalls noch zu haben.« Mit diesem Satz lehnte sich Fabio entspannt zurück und beobachtete die Wirkung seiner Worte auf Elisabeths Gesicht. Er meinte im Kerzenschein ein leichtes Erröten auf dem Gesicht feststellen zu können, aber das konnte auch täuschen. Elisabeth liefen aber Schauer über die Haut. Gott sei Dank sitze ich, sonst müsste ich mich jetzt setzen, dachte sie. Und das alles vor der ersten Vorspeise.

Sechs

Fabio saß hinter seinem Schreibtisch in der Questura, seine Füße kreuzten sich auf der Tischplatte und seine Arme hatte er hinter seinem Nacken verschränkt. Der Blick war auf unendlich eingestellt. Er pfiff leise die Melodie des Beatle-Titels »All you need is love«.

Fabio war schwer verliebt. Elisabeth war seine Traumfrau. Das Abendessen im Löwen hatte sich in die Länge gezogen. Der Gesprächsfaden war nie abgerissen. Er hätte den Abend unendlich ausdehnen mögen. Aber zum Schluss hatte er mit einem bombastischen Trinkgeld Jasmin vom Service dafür entschädigt, dass sie mit ihnen bis drei Uhr früh ausgehalten hatte – als Einzige. Denn alle anderen Gäste, die Küchenbesatzung und die übrigen Servicekräfte waren schon lange vor ihnen gegangen. Es war ein romantischer Abend. Fabio hatte Elisabeth nach Hause gebracht, sie hatten sich mit einem Kuss voneinander verabschiedet und sich für den Sonntag verabredet. Bei seiner Abreise am Montag meinte Fabio bei seiner Wirtin Brigitte ein wissendes Lächeln festzustellen. Ihre Bemerkung beim Abschied: »Dann sehen wir uns bestimmt bald wieder«, ließ ihn vermuten, dass im Dorf nichts geheim blieb und die Informationen vor allem schnell flossen. Denn am Sonntag waren Fabio und Elisabeth außerhalb der Reichweite dörflicher Ohren und Augen im Ultental gewandert. Und geliebt hatten sie sich auch. Unter freiem Himmel in der freien Natur. Elisabeth war ein Naturereignis. Und wie es schien, mit ihm sehr zufrieden. Aber das konnte niemand aus dem Dorf wahrgenommen haben. Allein der Umstand, dass sie am Samstag im Löwen zusammen gegessen hatten, gab dem Dorftratsch Inhalt und Gewicht. Brigitte hatte übrigens Recht mit ihrer Vermutung. Elisabeth und er hatten sich für das nächste Wochenende verabredet. Fabio wollte sie nicht nach Bozen in seine eher unschickliche Wohnung einladen. Außerdem war Bozen im Sommer einfach zu heiß. Elisabeth hatte vorgeschlagen, dass er sie Freitagmittag von der Apotheke abholen sollte. Zum Hof ihrer Eltern im Ultental gehörte auch eine Sennerhütte in den Bergen – ohne Strom und Wasseranschluss, aber mit Feuerstelle und kleinem Gebirgsbach. Sie wollte auch eine Salbe gegen Insektenstiche mitbringen.

Fabio war glücklich. Das hatte auch Maresciallo Caruso bemerkt, als er den alten Punto bei ihm ablieferte. »Das Wochenende in den Bergen hat Ihnen aber gut getan, Commissario«, hatte er bemerkt. Und mit Kennerblick hinzugefügt: »Ist gar nicht so einsam da oben?« Fabio hatte nur genickt und sich bedankt. Der Fahrer der Questura fuhr ihn wortlos zurück nach Bozen. Fabio war dankbar, dass er nicht reden musste. In der Questura hatte man ihn nicht vermisst. Niemand nahm Anstoß daran, dass er erst kurz vor der Mittagszeit am Montag eintraf. Der Vicequestore war schon zum Mittagessen gegangen – mit dem Bürgermeister, hieß es, um eine gute Figur abzugeben und die Polizei zu repräsentieren. Mit dem war also heute auch nicht mehr zu rechnen. Seine Sekretärin wirkte nach dem Wochenende auf dem Ritten in keiner Weise erholt. Sie sah aus, als hätte sie die Nächte durchgemacht. Andere Mitarbeiter waren nicht wahrzunehmen. Die Questura döste vor sich hin. Noch vor kurzem hätte das Fabio nervös und ungehalten gemacht. Jetzt war es ihm recht. Niemand interessierte sich für ihn, dafür, was er machte, ob er was machte, wie viel er machte. Allgemeines Desinteresse umgab ihn. Er hatte die Füße auf der Tischplatte gekreuzt und lag in seinem Sessel leicht nach hinten gelehnt.

Er betrachtete seine Schuhspitzen. Blank poliert schimmerten sie im Halbdunkel des von den Jalousien gefilterten Lichts. Hunger verspürte er keinen, nur Schmetterlinge im Bauch. Gott, wie lange war das her, dass er ein solches Gefühl verspürt hatte! Wie ging es jetzt weiter? Aber dieser Gedanke an die Zukunft zerrann im Jetzt. Jetzt. Heute. Der Moment. Alles war perfekt. Es gab keine Vergangenheit – die Zukunft war nicht bewusst. Er schwebte.

Da klingelte das Telefon.

Fabio musterte es, als wäre es aus einer anderen Welt auf seinen Tisch gebeamt worden. Am anderen Ende der Leitung war

Maresciallo Caruso. »Commissario, ich glaube, ich hab da was entdeckt. Sie sollten sich das vielleicht selber anschauen«, begann er seinen Satz.

Auf der Fahrt nach Terlan gab der Fahrer der Questura seiner Verwunderung mit der Bemerkung Ausdruck, dass er neuerdings allem Anschein nach einen Pendeldienst Terlan–Bozen fahre. Fameo ignorierte diese Spitze. Caruso hatte den Traktor des verunglückten Bauern näher untersucht und dabei festgestellt, dass die Bremsseile angesägt waren. So hatte er sich jedenfalls ausgedrückt. Den Traktor, erinnerte sich Fameo, hatte Caruso auf das Grundstück der Carabinieristation bringen lassen. Wegen der Zeugenaussage der Friseurin hatte alles auf einen plötzlichen Herzanfall hingedeutet, der zu dem Unfall mit tödlichem Ausgang geführt hat. Aber wenn an der Bremsanlage manipuliert worden war, dann zeigte sich der Fall in einem anderen Licht. Die Aussagen von Zeugen waren schon immer die schlechtesten Beweismittel, das weiß jeder Polizist. Die Menschen bezeugen, was sie subjektiv wahrgenommen haben und was sie sich als stimmig zusammengereimt haben. Dem Zeugen erscheint dieses Bild dann identisch mit dem, was er wahrgenommen hat. Der Mensch als Zeuge war schon immer problematisch. Die Friseurin wäre beinahe überfahren worden. Verständlicherweise stand sie unter dem Eindruck, dem Tod noch einmal von der Schippe gesprungen zu sein. In dieser Erregung konnte sie wahrscheinlich nicht richtig einschätzen, ob der Alte auf seinem Traktor zusammengebrochen war und das Fahrzeug sich selbständig gemacht hatte, oder ob der Alte die Kontrolle über den Trecker verloren hatte, weil an ihm manipuliert worden war. In Fameo erwachte der Jagdinstinkt des Polizisten. Im Kopf entwickelte er Pläne, was zu tun sei. Kriminaltechnische Untersuchung des Traktors anordnen, parallel die Zeugin des Unfalls erneut vernehmen, das Umfeld des Toten ausleuchten. Wer stand mit ihm in welcher Beziehung. Was wusste er schon jetzt? Er brachte sich sein Wochenende in Prissian in Erinnerung. Der Alte, Georg hieß er, hatte ihm gesagt, die Schwester und die Frau des Toten wohnten in der Burg. In der Brücke hatten die Dorfbewohner darüber geredet, ob der Bruder zur Beerdigung kommen würde. Die Beerdigung. Sie war heute. Am Montag sollte sie sein. Jetzt ging es auf Mittag zu. Wahrscheinlich hatte sie schon stattgefunden. Wäre blöd, wenn er die Trauergesellschaft mit seinen Fragen heute schon stören musste. Damit würde er sich im Dorf unbeliebt machen. Das wäre ihm eigentlich egal gewesen, aber wegen Elisabeth wollte er lieber mit dem Maresciallo absprechen, was der ihm abnehmen konnte.

Am Ende dieser Gedanken bog der Wagen der Questura auf den Hof der Carabinieristation Terlan. Maresciallo Caruso kam Fameo entgegen. Seine massige Gestalt bewegte er erstaunlich schnell und irgendwie elegant. Er wirkte leichtfüßig und das bei der enormen Größe. Caruso redete nicht lange herum. Er führte Fameo direkt zu dem sichergestellten Unglückstraktor. Es war ein fast schon antikes Stück. Fameo hatte so ein Exemplar noch nie gesehen. Er war im Vergleich zu den Traktoren, die er kannte, eher klein und zierlich. Die Haube des länglichen Motorblocks war durch den spitzen Aufprall zwar verbeult, aber nicht nachhaltig eingedrückt. Eine der beiden an der Seite des Motorblocks angebrachten Frontleuchten war abgebrochen und baumelte an einem Kabelstrang. Caruso bat Fameo an die linke Seite des Fahrzeugs. Dort befand sich das Bremspedal. Caruso war aufgefallen, dass es leicht schief stand. Daraufhin hatte er unter das Fahrzeug geschaut. Der alte Urus war Baujahr 1948. Die Bremsen funktionierten über ein System von Stahlkabeln, die alle paar Jahre auszuwechseln waren. Die Kabelzüge verliefen in weiten Teilen gut sichtbar unter den Bodenplatten zu den Achsen und verteilten sich dort, über Umlenkrollen geleitet, auf die einzelnen Räder. Kein TÜV würde heute so was abnehmen, dachte Fameo. Caruso zeigte ihm den Verlauf der Kabelstränge und die Stelle, an der eindeutig das Stahlkabel angesägt war. Die Bremsdrähte bestanden aus miteinander verdrehten dünnen Stahldrähten. Einige davon schienen glatt durchgesägt, andere schienen gerissen. Der Bremsdraht war aber noch nicht ganz durchtrennt. Fameo schaute Caruso ins Gesicht. »Was meinen Sie, Verschleiß oder ein Attentat?« Caruso kratzte sich hinter dem rechten Ohr. »Ich weiß es nicht. Einige der Drähte sind eindeutig gerissen, was auf Verschleiß hindeutet. Aber die äußeren Drähte sehen so aus, als seien sie sauber mit einer Stahlsäge durchtrennt worden. Dann müssten wir von einer Manipulation ausgehen. Rein theoretisch könnte das dann ein Mordversuch sein.« Fameo dachte nach. Mordversuch wäre denkbar. Aber ursächlich für den Unfall war das Ansägen der Bremsdrähte nicht, denn sie waren nicht gerissen – noch nicht, um präzise zu sein. Sie wären aber vermutlich irgendwann in naher Zukunft gerissen. Oder war der Urus nur schlecht gewartet? Das mussten sich die Kriminaltechniker anschauen. »Caruso«, nahm Fameo das Gespräch auf, »bis die Kriminaltechnik uns Ergebnisse liefert, kann es lange dauern. Was können wir in der Zwischenzeit unternehmen? Wenn wir davon ausgehen, dass an dem Traktor manipuliert worden ist, dann müssen wir uns die Frage stellen, wem der Anschlag gelten sollte und wer dafür ein Motiv hat. Ist denn sicher, dass ausschließlich der verunfallte Alte mit dem Traktor gefahren ist? Oder gibt es andere potentielle Fahrer?« Caruso hatte das nicht ermittelt. Für ihn war der Fall klar gewesen. Unfall nach Herzattacke. Deshalb hatte er auch nicht weiter nachgefragt. Fameos Routine spulte alle Fragen herunter, die jetzt zu bedenken waren. Als er fertig war, rauchte der Kopf des Maresciallo. Ja, ja, der Commissario aus der Großstadt, dachte er, schnell im Denken, perfekt im Delegieren und umfassend ausgebildet. Nur dass er hier in Terlan mit seinen fünf Carabinieri nicht nach derselben Logistik vorgehen kann, wie es ein Commissario aus der Großstadt gewohnt ist, das wird der noch lernen müssen. Er sagte aber: »Commissario, lassen Sie uns essen gehen, meine Frau wird den Tisch schon gedeckt haben, danach werden wir entscheiden, was wir zuerst angehen.«

Sieben

Der Pfarrer von Tisens kannte seine Schäfchen – alle. Mit all ihren Sorgen, Problemen und Konflikten. Sepp Maier hatte kein einfaches Leben gehabt. Wie so viele auf den Dörfern hatte er Zeiten des Hungers, der Kälte und der Not erlebt. Er war der Älteste von vier Geschwistern. Damit war klar, dass er den Hof von den Eltern erben würde. Seine Schwester hätte einen Bauern heiraten sollen, aber die Zeiten waren schlecht, als sie im heiratsfähigen Alter war. Die meisten Kandidaten waren über die Kriegszeit nicht verfügbar, viele kamen nicht mehr heim. In der Zeit des Männermangels hatte sie keinen mehr gefunden und so war sie eben auf dem elterlichen Hof geblieben. Der zweitälteste Bruder hatte eine Magd aus dem Nachbardorf zur Frau genommen, hatte aber kein Geld, sich einen eigenen Hof zuzulegen. So musste er beim Bruder als Knecht arbeiten. Der jüngste Bruder war so schnell er konnte auf und davon. Jahre hatte man nichts von ihm gehört. Er versuchte sein Glück als Kaufmann und war, so sagte man, dabei recht erfolgreich . Die Eltern waren früh verstorben, so dass Sepp, als der Älteste, die Geschicke der Familie schon in jungen Jahren lenken musste. Zum Hof gehörten einige Güter auf der Hochebene zwischen Tisens und Prissian, aber auch einige Parzellen im Etschtal und das Schloss Katzenzungen, eine schon zu Zeiten seiner Eltern recht heruntergekommene Wehrburg aus dem 12. Jahrhundert. Der Pfarrer wusste das alles aus den Erzählungen seines verstorbenen Amtsbruders, der die Pfarrei Prissian damals noch allein betreut hatte. Heute betreute der Pfarrer nicht nur Tisens und Prissian, sondern alle Weiler in der Umgebung, und das ohne jede Hilfe. Aber der Pfarrer kannte sich trotz der vielen Gemeindemitglieder aus. Die Maiers hatten es nicht leicht. Als dann noch der Bruder im Wald bei Holzarbeiten tödlich verunglückte und der Sepp bei diesem Arbeitseinsatz ebenfalls verletzt wurde und seither ein steifes Bein hatte, wurde die Lage noch schwerer. Aber sie hatten es irgendwie geschafft. Die Witwe des Bruders blieb auf dem Hof und gemeinsam mit der Schwester schafften sie es irgendwie mit der Landwirtschaft. Den jüngsten Bruder hatte der Pfarrer allerdings erstmals auf der Beerdigung zu Gesicht bekommen. Er wirkte so ganz anders als der Sepp. Er mochte so um die 60 Jahre alt sein. Sah sehr gepflegt aus, war teuer gekleidet und mit einem dicken Mercedes vorgefahren, dem neuesten Modell. Er wollte seine Schwester, als sie vor dem offenen Grab standen, stützen, aber sie wandte sich brüsk ab. Seine Schwägerin Maria verhielt sich ihm gegenüber zurückhaltend, so als warte sie ab, was auf sie zukomme. Jedenfalls war da keine Herzlichkeit.

Maria kannte Magnus, den jüngeren Bruder, kaum. Er war vor einigen Wochen plötzlich bei ihnen aufgetaucht und hatte sich merkwürdig benommen. Aus dem Zimmer, in dem die Brüder miteinander sprachen, drang zuerst kein Laut. Dann wurde es aber lebhaft. Sepp schrie seinen Bruder an. Der erhob ebenfalls seine Stimme. Das Wasser stehe ihm bis zum Hals, hatte der Jüngere geschrien. Das sei ihm egal, der Ältere. Dann war vieles unverständlich, weil beide gleichzeitig brüllten. Der Jüngere war dann später grußlos hinausgestürmt. Das würde er nicht überleben, hatte er dem Älteren noch zugerufen. Dann war er mit seinem Wagen davongebraust. Der Sepp war an diesem Tag ganz aufgeregt, wollte aber nichts erzählen. Danach war wieder Routine eingekehrt. Sepp war wie jeden Morgen mit seinem Traktor zum Brückenwirt gefahren und hatte dort seinen Kaffee getrunken und nachmittags war er mit dem Traktor die steile Straße nach Nals hinuntergefahren, um im Sandbichel mit den befreundeten Bauern aus Nals ein Gläschen Roten zu trinken, so wie er es seit Jahren zu tun pflegte. Und dann passierte der Unfall. Herzinfarkt, hatten sie gesagt.

»Was soll jetzt aus mir werden?«, dachte Maria. Als ihr Mann verunglückte, war er mit Sepp zusammen beim Holzmachen. Der Bauer war schwer verletzt, ihr Mann tot. Was genau passiert war, wusste sie bis heute nicht genau. Sepp hatte es damals so dargestellt, dass sein Bruder durch einen fallenden Baum erschlagen worden war. Beim Versuch, ihn zu befreien, sei er den

Hang hinabgestürzt und dabei ebenfalls verletzt worden. Am Ende blieb sein Bein steif. Die Version vom Unfalltod ihres Mannes hatte aber einen Haken. Ihr Mann war sehr erfahren bei den Holzarbeiten. Es war einfach nicht vorstellbar, dass er von einem fallenden Baum zu Brei geschlagen werden konnte, außer er war bereits tot und jemand wollte die Spuren eines Mordes verwischen. Sie hatte sich schon damals oft gefragt, ob Sepp ihren Mann umgebracht hatte. Sepp war herrschsüchtig. Er war der Patriarch der Familie. Hätte sein Bruder seinen Pflichtteil verlangt, hätte Sepp den Hof nicht halten können. Sepp brauchte seinen jüngeren Bruder als Knecht. Dass sie nur eine Magd war, kam im recht. Eine Magd, der man nichts zahlen musste, passte ihm. Sie hatte mit ihrem Mann oft überlegt, wie sie an das Pflichtteil kommen könnten. Damit hätten sie sich eine kleine, bescheidene Existenz aufbauen können. Und als einer der kleinen Einödhöfe weiter oben in den Bergen zum Verkauf anstand und günstig zu haben war, hatte ihr Mann es gewagt, den Sepp auf seinen Pflichtteil anzusprechen. Der war daraufhin ausgerastet. Die beiden hatten arg gestritten. Schließlich war der Sepp handgreiflich geworden. Sie und ihre Schwägerin hatten Mühe, die beiden zu trennen. Zwei Wochen später passierte dann der Unfall. Zufall? Sie wusste es lange nicht. Der Sepp war ihr gegenüber seither eher zuvorkommend, was früher nicht der Fall war. Hatte er ein schlechtes Gewissen? Sie hatte jedenfalls keine andere Wahl, als auf dem Hof zu bleiben. Wo sollte sie auch hin?

Das alles lag nun auch schon viele Jahre zurück. Alle drei waren miteinander alt geworden. Was damals im Wald geschehen war, wusste nur der Sepp, und der war nun tot. Sie fragte sich, wie es jetzt mit ihr und der Schwägerin weitergehen sollte. Als Erbe kam jetzt vielleicht auch der jüngste Bruder in Betracht. Was der wohl mit dem Hof vorhatte? Schloss Katzenzungen war zwar vor einigen Jahren mit Strom, fließendem Wasser und einer funktionierenden Toilette ausgestattet worden, aber ansonsten war das historische Gebäude eine rechte Bruchbude. Das Dach war undicht, kein Fenster schloss richtig, im Winter war es schwer auszuhalten, denn eine Heizung gab es nach wie vor nicht. Es wurde mit Holz geheizt und das musste man den ganzen Sommer über herrichten und trocknen. Eine schwere Arbeit für zwei alte Frauen. Und der feine Pinkel sah nicht so aus, als würde er sich die Hände schmutzig machen. Der lebte irgendwo in der Stadt, wo, das wusste sie nicht, und schien mächtig viel Geld zu haben, so wie der auftrat. Aber mit dem Sepp hatte er sich nicht verstanden. Es war wenigstens anständig, dass er zur Beerdigung gekommen war. Nach der Beerdigung habe er einiges mit seiner Schwester zu besprechen, hatte er gesagt, denn er müsse schon morgen früh wieder los. Das hatte sie an der Tür erlauscht. Genaueres konnte sie nicht in Erfahrung bringen. Als der Bruder zu seinem Wagen ging, stand Georg davor. Der Bruder ging hin zu ihm und raunzte ihn an, was er hier zu suchen habe. Dieser hatte nur dagestanden und gesagt: »Ich bin doch der Georg.« Richtig böse hatte Sepps Bruder geantwortet: »Schau dass du weiterkommst! Dass du überhaupt noch hier bist ... Das hört jetzt auf.« Dann stieg er in seinen Wagen und fuhr davon, sich im Hotel umzuziehen. Und der Georg hatte einfach nur dagestanden und dem Wagen hinterhergeschaut.

»Irgendwas braut sich da zusammen«, dachte Maria.

Acht

Das Essen, das Carusos Frau vorbereitet hatte, war köstlich. Die begnadete Köchin konnte aus den Früchten ihres kleinen Gartens wahre Meisterwerke schaffen. Fameo war durch die Kochkünste seiner Mutter von Kindesbeinen an eine frische, abwechslungsreiche und, dank der italo-deutschen Verbindung seiner Eltern, auch eine vielseitige Küche gewohnt. Er hatte schon als Kind Spaß am Essen und an seiner Zubereitung. Carusos Frau kam wie ihr Mann aus Sardinien. Sie kochte gerne und häufig typisch sardisch. Heute gab es vorweg »Pane carasau«. Diese hauchdünnen Brotfladen wurden warm serviert, mit etwas Olivenöl beträufelt und mit grobem Meersalz und fein gehacktem Rosmarin bestreut. Die Sarden waren ja berühmt für ihren Schafskäse und die Römer nannten sie gerne etwas verächtlich die Sardinenfresser. Aber was Mama Caruso aus Schafskäse auf den Tisch brachte, war ein Gedicht. Es gab Nudeltaschen mit Schafskäse in einer Tomatensoße, in Sardinien »Culingionis« genannt. Als Hauptgang reichte sie »Sarde arroste«, gegrillte Sardinen mit Fenchel. »Die schmecken deshalb so gut, weil sie vor dem Grillen in einem Sud aus Wein, Fenchelsamen, Knoblauch, Salz und Olivenöl mariniert worden sind«, erwähnte Caruso nebenbei, aber mit deutlichem Stolz auf seine Frau in der Stimme. Dazu gab es einen jungen frischen Weißburgunder aus Terlan. Fameo war froh, einen Fahrer zu haben, denn nach dem dritten Glas fühlte er sich nicht mehr fahrtüchtig. Mit einem glücklichen Gesichtsausdruck präsentierte Mama Caruso als Abschluss des üppigen Mahls eine »Torta di mandorle«. Fameo schaffte nur ein winziges Stück dieser herrlich duftenden Mandeltorte. Caruso hingegen aß mit Appetit locker die doppelte Menge. Alles in allem hatten die beiden eine dreistündige Mittagspause mit Essen, Trinken, Erzählen verbracht. Fameo lehnte sich zufrieden zurück. Vielleicht war das Leben auf dem Land doch gar nicht so schlecht. In Rom hatte er sich höchstens eine halbe Stunde für ein Mittagessen gegönnt. Meist aß er ein Tramezzino in einer der kleineren Bars rund um das Präsidium, manchmal einen Salat, im Winter schon mal eine Pizza. Selten in Gemeinschaft, meist alleine und mit den Gedanken bei seiner Arbeit. Hier war ein solches Leben eher ungewöhnlich. Hast und Hektik schienen in Südtirol eher selten. Alles ging in einem ruhigen Takt. Fameo spürte die Wirkung des Weines in seinen Beinen. Sie waren angenehm schwer. Seine Gedanken waren bei Elisabeth und dem nächsten gemeinsamen Wochenende. Der Nachmittag war bereits angebrochen und seine sonst immer präsente Lust, den Dingen auf den Grund zu gehen, spürte er nicht.

Noch vor einigen Monaten beschäftigten ihn tagein, tagaus seine Ermittlungen in einem groß angelegten Geldwäschefall. Der Fall hatte alles, was einen großen Krimi ausmachte. Es ging um viel Geld, die Täter fanden sich auch in den höchsten Kreisen der Gesellschaft, und er, blind vor Jagdfieber und die Warnungen seiner Freundin ignorierend, hatte nicht gemerkt, dass die Polizeiführung angewiesen wurde, ihn kaltzustellen. Fameo war ursprünglich einem Steuerdelikt auf der Spur. Seiner Abteilung waren Daten über Stiftungen in Liechtenstein zugespielt worden. Stiftungen, die von vermögenden und einflussreichen italienischen Politikern und Geschäftsleuten eingerichtet worden waren. Bei seinen verdeckt geführten Ermittlungen sammelte Fameo Material, das Hinweise auf die Quellen des vielen Geldes gab. Der eine hatte das in aller Welt geschätzte und daher teure Olivenöl der höchsten Qualitätsstufe hemmungslos gepanscht und mit zum Teil gesundheitsschädigenden Zusätzen aus den Abfällen der Schwerindustrie gestreckt. Dieser Sondermüll war dann um die halbe Welt verschifft worden und in vielen Ländern als Olivenöl extra vergine zu hohen Preisen verkauft worden. Durch geschickte Manipulation der Frachtpapiere und die Überweisung von vielen kleinen Teilbeträgen aus echten Rechnungen und Scheinrechnungen auf Konten bei vielen unterschiedlichen Banken war der Weg der Erlöse schwer nachzuvollziehen. Am Ende sammelten sich große Teile der illegalen Gelder in Liechtensteiner Stiftungen. Andere Geschäfte waren ähnlich gestrickt. Panschte der eine Olivenöl, panschte der andere teure Weine. Das Prinzip war immer dasselbe. Erzeugnisse, deren Namen lange Jahre für Spitzenqualität einstanden, wurden kopiert, gefälscht, umetikettiert und in den Handel gebracht. So machte man aus minderwertiger Ware viel Geld. Das war aber nicht alles, was Fameo herausgefunden hatte. Es mehrten sich die Hinweise, dass all diese Geschäfte untereinander abgesprochen waren, dass sich eine Art Gesellschaft gegründet hatte, deren Mitglieder ihr Tun und Handeln miteinander abstimmten und gegenseitig abgrenzten. Und unter den Köpfen dieser Unternehmungen fanden sich auch viele bekannte und ehrenwerte Herren der italienischen Gesellschaft. Bekannt aus Politik, Gesellschaft und Handel. Fameo hatte seinen Vorgesetzten im Laufe seiner Ermittlungen immer wieder Bericht über die Zwischenergebnisse erstattet. Anfangs waren sie begeistert über seine Art, die Dinge anzugehen, die neuesten Techniken anzuwenden, und sie lobten und ermunterten ihn. Aber irgendwann kippte die Stimmung. Fameo nahm das zuerst nicht wahr. Es fing damit an, dass er beantragte Mittel für aufwändige Recherchen nicht erhielt. Haushaltskonsolidierung war die Begründung. Dann strich man ihm die Auslandsreisen. Als nächstes wurden zwei seiner Assistenten abgezogen. Er kam nicht mehr voran. Entscheidende Beweismittel konnte er nicht beibringen. Und dann wurde bei ihm zu Hause eingebrochen und alles gestohlen, was im Zusammenhang mit seinen Ermittlungen stehen konnte: Computer, Notizbücher, einige Ordner. Dann kam der Tag, an dem ein Virenangriff auf den Zentralrechner der Polizei genau die Dateien vernichtete, die seine Fälle betrafen. Es waren zwar auch andere Dateien vernichtet worden, aber die betrafen vergleichsweise harmlose Fälle. Und zu guter Letzt erfolgte seine Versetzung nach Bozen. Was er in jener Zeit erst viel zu spät wahrgenommen hatte und auch zuerst falsch verstanden hatte, war das Verhalten seiner Freundin Cinzia. Er war so intensiv mit seiner Arbeit beschäftigt, so im Jagdfieber, dass er ihre Signale zuerst nicht bemerkt hatte. Später hatte er ihre Warnungen als Bevormundung falsch interpretiert. Cinzia war Staatsanwältin und sehr ehrgeizig. Durch die Protektion, die sie sicherlich durch ihre Herkunft erfahren hatte, prädestiniert, in der Justiz des Landes schnell aufzusteigen. Cinzia hatte ihm bereits in einer frühen Phase seiner Ermittlungen angedeutet, dass er sich mit mächtigen Gegnern anlegte. Er hatte das als Ansporn begriffen, sie hatte es wohl eher als Warnung gemeint. Später hatte sie ihm Vorwürfe gemacht, dass er kaum noch Zeit für sie habe, weil er immer so lange im Büro bleibe. Es kam sogar zu hässlichen Szenen, wie er sie nicht für möglich gehalten hatte. Cinzia wurde immer hysterischer, so schien es ihm, je weiter er in seinen Fällen kam. Aber er war blind dafür, dass Cinzia aufgrund ihrer Herkunft Teil des Systems war. Sie erkannte, auf was er sich da einließ und dass man ihn über kurz oder lang kaltstellen würde. Sie fürchtete schließlich um sein Leben. Denn aus ihrer Arbeit waren ihr Fälle bekannt, wo Menschen, die zu viel wussten, zunächst spurlos verschwanden. Wenn sie später wieder auftauchten, waren sie meist skelettiert oder einbetoniert oder in Stücke zerlegt. Als Staatsanwältin hatte sie viele Morde bearbeitet, bei denen die Opfer oft durch Zufall der Macht einfach zu nahe gekommen waren. Die meisten dieser Fälle waren in Italien nicht aufzuklären. Irgendwann erhielt man von seinem Chef einen dezenten Hinweis, dass die Ermittlungen an einer Stelle angekommen waren, wo man einsehen musste, dass jede weitere Mühe vergeblich war und die Ressourcen der Staatsanwaltschaft ungebührlich beanspruchte. Sie hatte gelernt, solche Hinweise zu respektieren. Und Fameo – nun er kam aus einer Familie, die mit diesem System nicht in Berührung stand. Er war durch das Studium in Deutschland, durch seine Faszination für die präzise deutsche Polizeiarbeit anders geprägt. Er wähnte sich als der unbestechliche Diener des Staates, der nur der Gerechtigkeit diente. Außerdem machte es ihm einfach Spaß, diejenigen zu jagen, die sich auf Kosten der Allgemeinheit bereicherten. Cinzia war da anders gestrickt. Sie hatte das korrupte System als unabänderlich akzeptiert. Sie hatte von ihm von Kindesbeinen an profitiert. Der Reichtum ihrer Familie basierte auf Geschäften, die ihren Ursprung in der Nachkriegszeit hatten. Am Ende stand ein beachtliches Immobilienvermögen und der weltumspannende Handel mit hochwertigen Luxusgütern. Darunter waren auch Lebensmittel. Das hatte Fameo wohl nicht gesehen, oder nicht sehen wollen. Wenn er heute darüber nachdachte, war seine Versetzung in das ruhige Südtirol wohl eher die milde Variante seiner Demission.

Neun

Maria hörte einen dumpfen Knall. Der laute Streit zwischen Tessa und Magnus hatte aufgehört. Sie hörte, wie Magnus laut polternd die Treppe hinunterrannte. Maria schaute aus der Stube in den großen Innenhof des Schlosses. Sie sah, wie Magnus zum alten Stall rannte, in dem schon seit Jahren kein Vieh mehr stand. Er rüttelte an der Tür und begriff anscheinend nicht, dass er nur den Riegel anheben musste, um die Tür zu öffnen. Maria trat hinzu und blickte in seine wirren Augen. »Was ist denn los?«, fragte sie, als sie die Tür entriegelte. Magnus stammelte nur Tessas Namen und deutete auf den leblos am Boden liegenden Körper.

Fameo wollte gerade wieder nach Bozen fahren, als einer von Carusos Carabinieri die Nachricht von einem Unfall mit tödlichem Ausgang in Prissian überbrachte. Als die beiden hörten, dass es sich um die Schwester des heute beerdigten Sepp Maier handelte, stand für beide fest, dass sie gemeinsam hinauffahren würden.

Die Gesellschaft auf Schloss Katzenzungen konnte trauriger nicht sein. Und die Atmosphäre, die das Schloss ausstrahlte, hätte nicht besser zu dem traurigen Anlass passen können, dachte Fameo, als er durch das große hölzerne Tor trat. Schloss Katzenzungen war eine alte Wehrburg. Recht schmucklos zogen sich die im Quadrat angeordneten Wände steil nach oben. Pechnasen im oberen Bereich deuteten an, was ungeliebte Besucher in früheren Zeiten erwarten durften. Fenster gab es nur in den Seitenmauern und der Mauer, die das Gebäudequadrat abschloss. Diese und die beiden Seitenmauern waren die gemauerte Verlängerung eines schroffen Felsens. Zugänglich war das Schloss nur von einer Seite, und von der präsentierte es sich abweisend und wehrhaft. Der Innenraum war nicht nur schmucklos, er war verwahrlost. Fameo betrat festgestampften Lehmboden, mit Steinen durchsetzt und zu Teilen mit Steinplatten belegt. Es herrschte ein Licht, dessen geringe Intensität durch die verruß-

ten Wände zusätzlich vermindert wurde. Die Decke war recht hoch. Von dem großen Innenhof gingen zahlreiche Zimmer oder Räume ab. Es herrschte ein reges Treiben. Fameo konnte zwei Carabinieri ausmachen, die sich sofort an Caruso wandten, um ihm zu berichten. Auf einer Bank saß zusammengesunken eine kleine alte Frau. Zwei Frauen saßen an ihrer Seite und redeten beruhigend auf sie ein. Die eine hielt die rechte Hand der kleinen alten Frau, die andere hatte ihren Arm um sie gelegt. Eine Katze streifte den Frauen um die Beine. Aus einem der Räume trat ein Geistlicher, gut zu erkennen an seiner Amtstracht. Ihm folgte ein Mann mit einem Köfferchen, wie es Ärzte gerne bei sich haben. Sie unterhielten sich: »Sie hat nicht leiden müssen, aber es ist schon schwer zu verstehen. Dieser Leichtsinn, solche Sachen nicht reparieren zu lassen.« Der mit dem Arztkoffer sagte: »Aber du weißt doch, dass der Sepp dafür kein Geld hatte. Das ganze Schloss ist eine einzige Baustelle.«
Da trat Caruso zu Fameo: »Also, die Sache ist die: Tessa Maier heißt die Tote. Sie ist die Schwester des verunfallten Bauern, der mit dem Traktor. Die kleine alte Frau auf der Bank ist die Schwägerin. Sie heißt Maria. Sie und ihr Schwager Magnus Maier haben die Tessa gefunden. Die Tote ist durch ein Loch im Boden des zweiten Stocks bis in den alten Stall gestürzt und dort wahrscheinlich so aufgeschlagen, dass sie sich das Genick gebrochen hat. Das meint jedenfalls der Doktor, das ist der mit dem Koffer. Der ist hier Arzt im Dorf. Vielleicht brauchen wir aber doch eine Obduktion, denn es ist schon komisch, dass Tessa so einfach durch das Loch gefallen ist. Dieses Schloss ist eine rechte Bruchbude und die Bewohner werden seine Tücken gekannt haben. Tessas Sturz ist ein Streit mit ihrem Bruder vorausgegangen, so haben meine Carabinieri jedenfalls die Aussage von Maria verstanden. Die hat hier unten in der Stube gesessen und gehört, wie die beiden oben gestritten haben. Dann hat sie den Aufschlag gehört und die tote Tessa hier unten im Stall gefunden. Der Bruder sitzt in der Stube. Meine Carabinieri sind bei ihm. Der hat noch kein Wort gesagt. Die Fundstelle der Leiche ist abgesichert, der Erkennungsdienst wird gleich da sein.

Die brauchen von Bozen um diese Zeit etwas länger, Berufsverkehr.« Caruso zuckte mit den Schultern: »Wir können aber schon mal einen Blick auf das Loch in der zweiten Etage und auch auf den Fundort werfen.« Caruso und Fameo nahmen die Steintreppe, die in den ersten Stock führte. Hier bot sich ihnen ein anderes Bild als im Erdgeschoss. Hier war es zwar ebenfalls verwahrlost, aber es wirkte deutlich wohnlicher. An der Stirnseite des langen Flures war ein großes Fenster, durch das die Sonne warmes Licht spendete. Links und rechts des Flures gingen Zimmer ab. Fameo öffnete vorsichtig eine Tür. Der Raum war leer. In der zweiten Etage sah es ähnlich aus. Caruso und Fameo suchten und fanden den Raum über dem Stall. Er enthielt einiges Gerümpel, eine alte Truhe, abgestelltes Mobiliar, alles verstaubt und unansehnlich. Und in der Tat, hinter der Truhe klaffte im Boden ein recht großes Loch. Man konnte einige der Balken der Trägerkonstruktion sehen. Fameo beugte sich vorsichtig nach vorne. Das Gebälk knackte verdächtig. Man konnte bis zum Erdgeschoss hindurchsehen, denn auch in der ersten Etage klaffte im Boden ein großes Loch. Unten sah Fameo den verdrehten Körper von Tessa im Zwielicht des Stalls liegen. Kein Zweifel, dass sie von hier hinabgestürzt war. Die Höhe beträgt geschätzte 15 Meter, und so einen Sturz überlebt man nur mit Glück, dachte Fameo. Caruso und Fameo schauten sich an: »Freiwillig wird sie nicht gesprungen sein«, dachte Caruso laut nach. »Stellt sich die Frage, ob ihr Bruder nachgeholfen hat.« Fameo nickte: »Oder ob es sich um einen Unfall handelt. Aber warum waren die beiden hier? Das Zimmer scheint eine Art Abstellkammer zu sein.« Das konnte jetzt nur noch einer wissen, und der saß unten in der Stube.

Magnus Maier starrte auf die Tischplatte vor sich. Er schien nicht zu bemerken, dass der Commissario und der Maresciallo eingetreten waren. Der Carabiniere stand auf und begrüßte den Maresciallo. Fameo räusperte sich und trat auf Magnus Maier zu: »Herr Maier, mein herzliches Beileid.« Und nach einer kleinen Pause: »Herr Maier, ich bin Commissario Fameo aus Bozen.

Ich muss Ihnen noch einige Fragen stellen. Wie ist es zu dem Unglück gekommen? Sie waren doch mit Ihrer Schwester oben in der zweiten Etage, als sie hinuntergestürzt ist. Können Sie mir beschreiben, wie das passiert ist?« Magnus Maier reagierte kaum. Er blickte kurz auf, musterte Fameo und sagte dann kurz: »Es war ein Unfall.« Fameo ließ einige Zeit verstreichen. »Sicher, Herr Maier. Es war ein Unfall. Und ich kann mir vorstellen, dass Sie vom Tod Ihrer Schwester tief erschüttert sind. Aber Sie helfen uns wirklich sehr, wenn Sie beschreiben würden, wie sich der Unfall ereignet hat. Wo standen Sie im Raum und wo Ihre Schwester? Was ist dann passiert? Wieso kam sie dem Loch im Boden so nahe? Können Sie uns da bitte helfen?« Magnus Maier stöhnte leise auf. Er lehnte sich jetzt zurück, mit dem Rücken an die Wand. Ein massiger Mann, dachte Fameo. So um die sechzig Jahr alt. Gepflegte Erscheinung. Er trug einen schwarzen Anzug, ein weißes Hemd mit schwarzem Binder – Beerdigungsanzug. Heute Morgen hatte er seinen Bruder beerdigt und heute Nachmittag stürzt seine Schwester zu Tode. Magnus Maier schaute Fameo und Caruso der Reihe nach an. Dann sagte er: »Meine Herren, es war ein Unfall. Tessa ist gestolpert und nach hinten gekippt, direkt durch das Loch. Ich stand dabei und konnte nichts tun. Lassen Sie mich bitte für heute in Ruhe. Zwei meiner Geschwister sind tot. Das ist schwer genug zu ertragen.«
Magnus Maier wollte damit das Gespräch beenden, aber Fameo setzte nach. »Das verstehe ich Herr Maier. Vielleicht sprechen wir ein anderes Mal darüber. Aber vielleicht können Sie mir sagen, was Sie beide da oben gemacht haben? Ich meine, das ist ja eher so was wie eine Abstellkammer?« Maiers Augen funkelten Fameo an: »Das geht Sie wahrscheinlich gar nichts an, Commissario. Aber wir haben alte Unterlagen gesucht. Wenn Sie es genau wissen wollen: Wir haben nach dem Testament meines Bruders gesucht. Wir wissen nicht, ob eines existiert, aber wenn er eines geschrieben hat, dann würde er es dort oben aufbewahrt haben.« Und nach einer kleinen Pause: »Ich glaube, das war es dann, meine Herren.« Maier hatte das Gespräch beendet. Er stand auf: »Ich werde dann jetzt gehen. Ihre Carabinieri haben meine Ad-

resse. Wenn Sie noch was brauchen, finden Sie mich.« Und dann, leicht spöttisch: »Oder bin ich verhaftet?« Damit ging er durch die Tür, durchquerte den Hof und verschwand durch die große Holztür, ohne sich noch einmal umzudrehen.

Zehn

Caruso und Fameo dachten dasselbe: »Was für ein Abgang« und »Was für ein Arschloch«. Fameo blickte Caruso an: »Für heute lassen wir den in Ruhe. Aber ich glaube, den lassen wir nur für heute in Ruhe.« Caruso nickte. Im Innenhof waren jetzt nur noch die kleine alte Frau, die beiden Frauen, die tröstend neben ihr saßen, und die zwei Carabinieri anwesend. Der Arzt und der Pfarrer schienen gegangen zu sein. Fameo sprach die drei Frauen an. »Wer von Ihnen hat denn den schrecklichen Unfall miterlebt?« Die kleine Frau schaute zu ihm auf: »Ich habe Tessa gefunden«, sage sie mit leiser Stimme. Die beiden Frauen, die neben ihr saßen, standen auf. Die eine sagte: »Wenn Sie mit Maria sprechen wollen, werden wir uns so lange in die Stube setzen. Aber bitte, nehmen Sie Rücksicht.« Fameo nickte und nahm den freien Platz rechts neben Maria ein. Caruso nahm links von ihr Platz. Er sagte: »Tut uns sehr leid. Wir bleiben auch nicht lange. Aber Sie würden uns sehr helfen, wenn Sie einige Fragen beantworten könnten. Fühlen Sie sich dazu in der Lage?« Maria nickte. Fameo räusperte sich: »Würden Sie uns bitte sagen, was Sie genau gesehen oder gehört haben? Wir versuchen uns ein Bild von dem Unfallhergang zu machen.« Maria nickte wieder. Es dauerte eine Weile, bis sie zu sprechen anfing: »Magnus ist nach der Beerdigungsfeier mit aufs Schloss gekommen. Er wollte mit Tessa etwas besprechen. Ich sollte wohl nicht dabei sein, denn die beiden sind direkt nach oben gegangen. Ich bin in der Stube gesessen und habe gehört, wie sie laut miteinander gesprochen haben. Dann gab es einen Knall und ich habe gehört, wie Magnus die Treppe hinuntergelaufen ist. Ich bin dann hinaus aus der Stube und habe Magnus gesehen, wie er versucht hat, die Tür zum Stall aufzumachen. Er hat es aber nicht geschafft. Er hat den Riegel nicht gesehen. Ich habe ihm geholfen und da hat Tessa im Stall gelegen. Ganz verdreht und ganz still.« Maria schluchzte. Fameo reichte ihr ein Taschentuch. Maria schnäuzte sich, bedankte sich und gab Fameo das Taschentuch zurück. Verdattert hielt er es in der Hand. »Wissen Sie, was die beiden zu besprechen hatten?«, fragte er. »Ich kann es mir vorstellen. Aber wissen tue ich es nicht.« Maria schaute die beiden nacheinander an. »Der Magnus war vor drei Wochen schon einmal hier. Da hat er mit dem Sepp gestritten. Ich hab nicht alles verstanden, aber es ging um das Schloss. Ich glaube, der Magnus wollte es haben. Und vielleicht hat er geglaubt, jetzt, wo der Sepp tot ist, kann er es von der Tessa bekommen.«

»Dem Sepp gehörte also das Schloss?« »Der Sepp war der Älteste. Der Älteste erbt den Hof. Das ist so. Mein verstorbener Mann war der Zweitälteste der vier Geschwister, dann folgten Tessa und Magnus. Magnus ist der Jüngste von allen. Und jetzt ist er der Letzte aus der Familie. Dann wird ihm wohl das Schloss jetzt gehören.« Maria schluchzte wieder. Fameo beeilte sich, ihr das Taschentuch erneut zu reichen. »Behalten Sie es bitte«, fügte er hinzu. Maria schnäuzte sich erneut und sah Fameo dankbar an. »Und für mich ist dann bestimmt kein Platz mehr hier«, brach es aus ihr heraus. »Wieso glauben Sie das?«, wollte Caruso wissen. »Wenn Magnus das Schloss hat, wird er es sicher verkaufen wollen oder was anderes damit machen. Der ist doch kein Bauer. Der ist doch was Feines aus der Stadt. Den haben wir hier seit Jahren nicht mehr gesehen. Dann taucht er plötzlich auf und jetzt gehört ihm alles. Das ist doch einfach ungerecht. Was soll denn aus mir werden?« Mit tränenüberströmtem Gesicht saß Maria zwischen den beiden Polizisten, die nicht so recht wussten, was sie darauf sagen sollten. Fameo versuchte, den Gang der Geschehnisse noch einmal durchzugehen: »Wie hat Magnus denn reagiert, als er Tessa im Stall hat liegen sehen?« Maria kam wieder zu sich: »Er ist zu Tessa hin und hat an ihr gerüttelt. Dann ist er ganz bleich geworden. Und dann hat er sich hingesetzt, auf den Boden im Stall, neben der Tessa.« »Und was ist dann passiert?« »Ich bin hinausgelaufen zu den Nachbarn und habe sie geholt. Und die haben dann den Arzt geholt. Der ist gekommen und hat die Tessa untersucht – ob sie noch lebt.« »Und Magnus, was hat der gemacht?« »Ich weiß nicht so genau. Ich habe mich nicht um ihn gekümmert. Er war nicht mehr im Stall, als ich mit den Nachbarn kam. Ich weiß nicht mehr, wo er war.« »Wissen Sie denn, wer die Polizei gerufen hat?« »Nein, aber ich denke, das werden die Nachbarn gewesen sein oder vielleicht der Doktor. Wir haben hier kein Telefon.«

»Wissen Sie, ob der Sepp Maier ein Testament gemacht hat?« Maria schaute verwundert auf: »Nein, das weiß ich nicht. Darüber haben wir nie gesprochen. Das hätte er auch mit mir nicht besprochen. Vielleicht mit der Tessa, aber nicht mit mir. Ich bin hier nur die Magd.« Der letzte Satz klang bitter.

Caruso gab Fameo ein Zeichen. »Ich danke Ihnen. Das war ein schwerer Tag für Sie. Danke, dass Sie uns schon so viele Fragen beantworten konnten. Vielleicht kommen wir später noch einmal wieder. Aber für heute reichen uns die Auskünfte.« Maria nickte und gab den beiden die Hand zum Abschied. In der anderen hielt sie das zerknüllte Taschentuch.

Elf

»Und was machen wir nun?«, fragte Caruso den Commissario, als sie aus dem großen Holztor hinaustraten. Fameo blinzelte in die Nachmittagssonne. »Wissen Sie was, ich gehe jetzt zum Friseur. Und Sie warten hier auf die Spurensicherung.« Und als Fameo in das verdutzte Gesicht des Maresciallo blickte, fügte er hinzu: »Ich lade Sie und unseren Fahrer zum Abendessen in die Brücke ein. Und die Zeit bis dahin müssen wir ja irgendwie halbwegs sinnvoll verbringen. Ich gehe zum Friseur, weil man dort immer alles Mögliche erfährt, und Sie können mir beim Abendessen alles berichten, wenn es was zu berichten gibt. Sagen Sie, die Zeugin des Unfalls mit dem Traktor, das war doch eine Friseurin?« Caruso nickte. »Nach meinem Wissen gibt es hier im Dorf nur eine Friseurin. Die Zeugin heißt Maria Gemeiner.«

Fameo wusste, wo er den Friseursalon fand. Schließlich hatte sich dort Elisabeth die Haare machen lassen, vor ihrem ersten Treffen. Und er hatte Glück. Er kam sofort an die Reihe, weil ihm die letzte Kundin die Klinke in die Hand gab. Die Friseurin wies ihm seinen Platz zu und fragte routinemäßig nach seinen Wünschen. Sie war eine Frau um die Vierzig. Braun gebrannte schlanke Beine auf hohen Absätzen zeigte sie unter einem roten Minikleid. Die dunklen langen Haare hielt sie mit einer breiten Spange im Nacken zusammen. Ein knallrot geschminkter Mund dominierte das Gesicht und ließ die etwas zu kleinen, aber tiefdunklen Augen in den Hintergrund treten. Alles was recht ist, die haben hier attraktive Frauen im Dorf, dachte Fameo.

»Sie sind das erste Mal hier?«, mit dieser Frage unterbrach sie seinen Gedankengang. Fameo wollte nicken, was ihm schlecht bekommen wäre, denn Maria ließ bereits die Schere an seinem Ohr entlangklappern. »Ja«, antwortete er, »ich habe hier am Wochenende einen Kurzurlaub gemacht und finde es hier sehr schön.« Maria arbeitete, ohne ihn anzublicken, konzentriert um seinen Kopf herum. »Was hat Ihnen denn besonders gefallen?«, wollte sie wissen. »Sie haben hier so eine schöne – Landschaft«, fiel ihm ein, wobei er das Wort Landschaft für den Bruchteil einer Sekunde suchen musste. Maria blickte ihn ganz kurz über den Spiegel in die Augen. »Ja – wir haben hier eine besonders schöne – Landschaft.« Fameo registrierte, dass sie seine klitzekleine Verzögerung imitiert hatte und dass dabei ein leichtes Zucken um ihre Mundwinkel verriet, dass sie anscheinend voll im Bilde war über ihn und Elisabeth. Jedes Dorf ist eben eine einzige Quatschbörse, dachte er. Samstagabend mit Elisabeth essen gewesen, Sonntag aus gutem Grund weit weg gefahren, Montagmorgen abgereist und am Montagnachmittag weiß es zumindest die Friseurin. Und über diesen Knotenpunkt kommt die Information »Die Apothekerin hat was mit einem Fremden« dann bis in die kleinsten Kapillare des Dorfes. Aber das geht womöglich auch anders herum, dachte Fameo. Vielleicht kann ich hier Informationen gewinnen, die ich sonst nicht bekomme. Über den Maier Sepp und seine Familie zum Beispiel. Über das Verhältnis von Maria, der Schwägerin, zu der Familie und besonders über Magnus, der über den Tod seiner Schwester nicht allzu traurig wirkte.

Fameo überlegte, wie er die Friseurin zum Reden bekommen konnte, als sie ihn direkt fragte: »Sie sehen heute so offiziell aus, so als seien Sie heute beruflich hier.« Geschickte Fragestellung, dachte Fameo. Die will dich zum Reden kriegen. Die fragt dich jetzt aus. Fameo fiel mit der Tür ins Haus.

»Ich bin Commissario aus Bozen und bin wegen des Todesfalls von Tessa Maier gekommen. Schreckliche Sache.« Fameo wartete auf eine Reaktion. Aber die Friseurin schnitt routiniert weiter an seinen Haaren. »Ja«, sagte sie, »schreckliche Sache. Aber – das war doch ein Unfall, oder?« »Es sieht ganz danach aus, aber mehr wissen wir, wenn die Spurensicherung da war.« Die Friseurin hielt inne und blickte ihm über den Spiegel direkt in die Augen. Sie wirkte aufgewühlt. »Die Spurensicherung? Haben Sie denn einen Verdacht? Verdächtigen Sie am Ende Maria?« »Nein, alles nur Routine. Wir wissen noch nicht genau, wie das Unglück passiert sein kann. Die von der Spurensicherung ermitteln den Ablauf des Unfallgeschehens schneller und besser als wir von der Polizei.« Maria schnitt weiter an den Haaren herum. Fameo hatte einen wüsten Schopf dicker dunkler Haare. Seine Mutter sagte immer, dass darin ein Rabe sein Nest bauen könne und niemand es merken würde. »Warum glauben Sie, könnten wir Maria, die Schwägerin, verdächtigen? War ihr Verhältnis zu der Verunglückten nicht gut?« Maria schüttelte unwirsch den Kopf: »Ich will nichts gesagt haben. Geht mich auch nichts an. Vergessen Sie bitte das, was ich gesagt habe. War nur so ein Gedanke – ich meine –, wen hätten Sie denn auch sonst verdächtigen können, ist ja keiner sonst da, oder?« »Nun, das ist so nicht ganz richtig. Da war auch der Bruder der Verunglückten anwesend und da ist auch noch der Georg, der wohnt doch auch im Schloss?« Maria schaute verwundert auf. »Der Georg kann keiner Fliege was zuleide tun und der hatte nie Streit mit der Tessa. Und der Magnus, der ist heute morgen zur Beerdigung seines Bruders gekommen. Den hat man hier lange nicht mehr gesehen. Der wohnt in Verona, habe ich gehört. Ist Immobilienmakler. Der scheint reich zu sein, so wie der hier aufgetreten ist. Warum sollte der mit Tessa Streit anfangen? Der ist als junger Mann hier weg, erzählen die Leute. Ich hab den jedenfalls nicht mehr kennengelernt. Ist doch anständig, wenn er wenigstens zur Beerdigung kommt. Der hatte jedenfalls zu seinen Geschwistern keinen Kontakt, erzählt man sich hier.«

Jetzt wuselte die Friseurin durch sein Haar und blickte prüfend in den Spiegel. »Ist die Kürze so recht?«, fragte sie, wissend, dass ihr Werk gut gelungen war. Fameo gefiel sich. »Ich würde jedenfalls wiederkommen, wenn ich darf«, kokettierte er herum. Maria lachte. »Gerne, so gut angezogene Männer bearbeite ich gerne«, schäkerte sie zurück. Nachdem Fameo bezahlt hatte, fragte er Maria ganz direkt: »Sie haben doch den Unfall von Sepp Maier von ganz nah erlebt. Das weiß ich aus dem Protokoll der Carabinieristation Terlan. Können Sie mir bitte noch einmal erzählen, wie sich der Unfall aus Ihrer Sicht abgespielt hat.« Maria hatte damit keine Schwierigkeiten. Sie schilderte sehr detailliert, dass Sepp wie jeden Morgen mit seinem Traktor die Straße heruntergefahren kam. Sie wollte gerade die Hand zum Gruß heben, als sie sah, wie Sepp über dem Lenkrad einknickte, das Steuer nach links riss und damit direkt auf sie zufuhr. Sie sei zur Seite gesprungen, der Traktor sei fast im rechten Winkel auf den Zaun zugefahren, habe ihn durchbrochen und sei dann, so schien es ihr, in Zeitlupe nach vorne weggekippt. Der Sepp musste nach links herausgefallen sein. Der Traktor hatte ihn, als er ebenfalls nach links umfiel, unter sich begraben. Sie hatte den Eindruck, dass der Sepp eine Herzattacke oder einen Schlag erlitten hatte, also vielleicht schon tot war, bevor der Traktor ihn unter sich begrub. Sie schilderte das Geschehen so präzise und mit so wenig Emotionen, dass er ihrer Darstellung einen hohen Grad an Wahrscheinlichkeit zumaß.

»Danke für die genaue Schilderung. So etwas hilft der Polizei am besten«, schmeichelte er. Und einer Eingebung folgend: »Der Georg, ich habe ihn am Samstag kennengelernt, was ist das für ein Mensch, wie steht er zu den Maiers?« Maria gab die Antwort direkt, ohne zu überlegen: »Georg war schon hier, als ich geboren bin. Der gehörte schon immer zum Schloss und zu den Maiers. Er ist ein wenig zurückgeblieben, das werden Sie schon gemerkt haben. Aber er ist ein herzensguter Mensch. Wie ich schon sagte, der tut keinem was. Die Maiers haben ihn sozusagen adoptiert. Der hatte bis jetzt sein Auskommen auf dem Hof. Jetzt muss man sich fragen, was aus ihm wird. Und Maria ist ja auf dem Hof auch nur geduldet. Wenn der Bruder jetzt alles erbt, dann weiß ich nicht, was aus den beiden werden soll.« Fameo hakte nach: »Die beiden haben demnach keine Ansprüche? Aber Maria war doch mit einem der Brüder verheiratet. Der hat doch vor Jahren einen tödlichen Unfall erlitten, hat sie denn aus dieser Heirat keine Anrechte?« Maria schaute irritiert: »Das weiß ich nicht. Aber es sah bisher nicht danach aus. Das Leben hat sich für Maria seit dem Unfall ihres Mannes jedenfalls nicht geändert. Sie arbeitete halt weiter auf dem Hof. Ich weiß nicht, ob und wie Sepp seine Schwägerin bedacht hat. Und Tessa«, sie machte eine Pause, »Tessa fühlte sich auf jeden Fall eher berechtigt, den Hof zu übernehmen. Blut ist eben dick. Ich meine, die hätte den Besitz nicht aus der Familie gegeben. Und Maria war eine einfache Magd, als sie heiratete. So ist sie von der Familie auch immer behandelt worden.« »Auch von ihrem Mann?«, wollte Fameo wissen. »Das glaube ich nicht. Der hätte gerne einen kleinen Hof gekauft. Von seinem Pflichtteil, das ihm zugestanden hätte. Dann hätten die beiden sich eine bescheidene Existenz aufbauen können. Aber der Sepp hat nicht wollen. Wahrscheinlich hätte er seinen Bruder auch nicht auszahlen können, ohne einen Teil des Grundes zu verkaufen. Aber das kam für ihn nicht in Frage. Und nach dem Unfall im Wald war das ja auch kein Thema mehr.« »Wissen Sie, warum Maria bei der Familie Maier geblieben ist?« Maria schaute Fameo verwundert an. »Sie kommen nicht aus der Gegend«, stellte sie fest. »Hier oben gab es in jenen Jahren wenig Alternativen für eine Bauernmagd. Eine Ausbildung haben diese Frauen nicht genossen. Ihr Leben war Arbeit, Arbeit und nochmals Arbeit. Dafür bekamen sie zu essen und meist ein notdürftiges Lager. Der Fremdenverkehr war damals hier noch nicht angekommen. Ganz wenige Frauen haben es damals gewagt, von hier fortzugehen. In Sterzing, Bruneck, Meran oder Bozen gab es Arbeit als Stubenmädchen. Aber auch das war ein hartes Brot. Meist nur für eine Saison und immer schlecht bezahlt. Als Frauen ohne Grund oder Geld waren sie darauf angewiesen, dass sie eine passende Partie machten.« Maria redetete sich in Rage: »Für Frauen gab es damals kaum Möglichkeiten, ein selbstbestimmtes Leben zu führen. Und wenn sie nicht das Glück hatten, aus einer begüterten Familie zu stammen, gab es keine Chance, ihrem Schicksal zu entgehen. Frauen wie Maria hatten keine Wahl. Und heute kann es ihnen passieren, dass sie nach einem langen arbeitsreichen Leben auf die Fürsorge angewiesen sind, je nachdem, wie sich ihr Umfeld verändert.« Maria brach ab, sichtlich aufgewühlt. Fameo betrachtete sie. Vor ihm stand eine selbstbewusste Frau, die sich sichtlich über die Benachteiligung von Frauen ärgerte. »Aber Sie haben es doch auch zu etwas gebracht, wenn ich mir diese Bemerkung gestatten darf? Wie es scheint, ist Ihr Geschäft doch etabliert?« Maria nickte: »Aber ich stamme schon aus einer anderen Generation. Ich habe eine Schule besuchen können. Mich haben die Eltern eine Lehre machen lassen, ich durfte in der Stadt arbeiten. Ich musste nicht mein Leben auf

dem Hof der Eltern zubringen. Aber auch das war nicht einfach. Auch da gab es viele Hindernisse. Nicht bei meinen Eltern, zum Glück. Aber hier im Dorf war es am Anfang als Frau nicht leicht mit der Selbstständigkeit. Was heute normal wirkt, hat sich erst in den letzten zwanzig Jahren entwickelt. Aber da waren Frauen wie Maria schon zu alt, um ihr Leben noch mal zu ändern.«
Fameo nickte stumm. »Danke«, sagte er. »Danke für Ihre Offenheit.« Im Hinausgehen drehte er sich noch einmal um: »Es ist gut zu sehen, dass sich die Dinge ändern. Ich wünsche Ihnen Glück.«

Zwölf

Das Gasthaus Zur Brücke lag gegenüber dem Friseursalon. Es war sieben Uhr abends und Fameo wusste, dass sein Kühlschrank in der miesen Unterkunft in Bozen ziemlich leer war. Allein deshalb fand er seinen Plan, mit dem Maresciallo und seinem Fahrer aus der Questura hier essen zu gehen, genial. Darüber hinaus freute er sich auf die Wiederholung des gelungenen Essens vom Samstag. Lieber wäre es ihm zwar gewesen, mit Elisabeth zusammenzusein, wo er ihr doch so nahe war. Aber erstens wusste er nicht, ob sie es als aufdringlich empfunden hätte, zumal sie für das kommende Wochenende verabredet waren. Und zweitens war er zunächst rein dienstlich hier oben. Und Privates mit Dienstlichem zu verbinden verursachte meist Probleme. Die laue Abendluft vermischte sich mit der Frische des unter der Brücke rauschenden Gebirgsbaches. Fameo genoss diesen Augenblick. Epikur, dachte er, genau wie Epikur. Den Moment genießen. Alles mit Maßen genießen, aber immer im Augenblick und nie noch mehr davon wollen, sondern einfach nur genießen. Er sog die Luft tief ein. Hinter ihm schloss Maria die Tür ab. Er drehte sich um und lächelte sie an: »Ein wirklich schöner Abend.« »Ja«, sagte sie und »guten Abend.« Dann ging sie an ihm vorbei, über die Brücke und die Straße hinunter. Mit ihren langen braunen Beinen auf den hohen Absätzen und dem roten Minikleid. Aber nicht nur Fameos Blicke hafteten auf ihr. Caruso und Fameos Fahrer kamen ihr aus der anderen Richtung entgegen. Fameo konnte beobachten, wie sie einander grüßten und wie sich der Fahrer nach ihr umdrehte, nachdem sie an ihm vorbei war.

Als die drei das Gasthaus Zur Brücke gemeinsam betraten, verstummte das Gespräch am Stammtisch links neben der Tür. Fameo bemerkte den Unterschied zu Samstag sofort. Es war nicht die Sorte Schweigen, das sich einstellt, wenn ein Fremder den Raum betritt. Bei einem Fremden spricht das Schweigen eine Mischung aus Neugier und Interesse aus. Das Schweigen, das ihnen entgegenschlug, war das Schweigen, welches eintritt, wenn eine Amtsperson eintritt. Dieses Schweigen spricht von Ablehnung und Misstrauen. Fameo versuchte mit einem deutlichen »Grüß Gott!« das Schweigen zu brechen, aber diesmal erntete er nur ein dunkles Grummeln. Der Wirt erkannte ihn sofort, war aber beim Anblick seiner beiden uniformierten Begleiter deutlich reservierter als am Samstag. Fameo fragte, ob sie einen Tisch bekommen könnten, an dem sie sich in Ruhe unterhalten könnten, und der Wirt wies ihnen einen solchen in der Festtagsstube zu. Ein separater Raum, dessen Boden, Wände und Decke mit dem Holz der Zirbel ausgelegt waren. Sehr anheimelnd und gemütlich. Die Tische waren alle weiß eingedeckt. Dort saß außer ihnen kein Gast. Damit waren sie auch aus dem Blick der Stammgäste. Von seinem Platz hatte Fameo lediglich den Blick auf den Tisch in der Wirtsstube, an dem er am Samstag Platz genommen hatte. Der war heute nicht besetzt. Sie waren unter sich. Der Wirt hatte heute frischen Ziegenbraten und vorweg empfahl er marinierten Thunfisch. Fameo bestellte, nachdem seine beiden Gäste der Empfehlung zugestimmt hatten. Der Fahrer, ein junger Assistente mit Namen Eduard Thaler, erzählte, dass Ziegenbraten typisch für die Gegend sei. Seine Eltern stammten aus dem Sarntal und Ziegenbraten war immer ein Festtagsgericht. So erfuhr Fameo, dass sein Assistente ein Einheimischer war und nicht wie oft üblich ein Import aus Süditalien. Nachdem der Wirt die Getränke gebracht hatte, Wein für Fameo und den Maresciallo, Wasser für den Assistente, erzählte der Maresciallo, dass zur Zeit, als er in Südtirol seinen Dienst angetreten hatte, ausschließlich Italiener aus den südlichen Provinzen hierher abkommandiert wurden. Damals gab es eine deutlich spürbare Distanz zwischen den Einheimischen und der Polizei. Die Einheimischen fühlten sich von den Kontrollen der Carabinieri schikaniert und die Carabinieri erlebten, wie sie von den Einheimischen ausgegrenzt wurden. Caruso erzählte, dass er hier keine Frau habe finden können. An die Südtirolerinnen kam er nicht ran. Die wurden unter Verschluss gehalten. Einmal, ja da hatte er schon geglaubt, er sei seinem Ziel nahe gekommen. Aber die Eltern der jungen Frau waren dahintergekommen.

Er hatte sie seither nie wieder gesehen. Alle seine Bemühungen wurden strikt ignoriert, die Brüder hatten ihm Schläge angedroht. Schließlich hatte er in einem Urlaub in seinem Heimatdorf auf Sardinien seine heutige Frau kennengelernt. Und die war dann auch bereit, mit ihm nach Südtirol zu kommen. Aber es war auch für sie in den ersten Jahren nicht einfach. Sie lebten isoliert von den anderen Dorfbewohnern und trafen sich daher nur mit anderen Polizisten und deren Frauen, die allesamt aus den südlichen Provinzen Italiens kamen. Der junge Assistente gehörte damit schon einer neuen Generation an. Er stammte aus einem der Täler Südtirols und hatte dementsprechend keine Probleme mit der Akzeptanz. Aber auch Caruso konnte berichten, dass sich die Situation für ihn nach dreißig Jahren in Südtirol deutlich entspannt hatte. Mittlerweile waren er und seine Frau auch im Dorf akzeptiert und anerkannt. Auch wenn sie niemals mit derselben Selbstverständlichkeit an den Dorfaktivitäten teilnehmen konnten wie die Einheimischen. Aber immerhin wurden sie hie und da hinzugebeten. Sie durften sozusagen als Gäste teilnehmen – nach dreißig Jahren. Nun, es war ein erster Schritt. Kinder hatten die beiden keine, aber er wusste von den Kindern der Kollegen, dass auch sie es in den ersten Jahren sehr schwer hatten, in der Schule Freundschaft mit den Kindern der Einheimischen zu schließen. Das war heute allerdings ganz anders. Seit in Südtirol der Aufschwung da war, und der Staat auch Südtiroler in den staatlichen Stellen beschäftigte, statt wie früher ausschließlich importierte Italiener zuzulassen, hatte sich die Situation deutlich entspannt. Man gehe normal miteinander um. Freundschaften und Ehen seien möglich und kein Problem mehr. Der junge Assistente Thaler berichtete von seiner bevorstehenden Hochzeit mit einer Italienerin, die aus Verona stammte. Er schwärmte von ihrer großen Familie, deren Herzlichkeit und Lautstärke, wenn alle zusammentreffen. Er selber stamme auch aus einer großen Familie, aber auf dem Bergbauernhof, wo er herstamme, ging es eher ruhig und sehr maßvoll zu. Das Leben in Verona sei dagegen bunt, lustig und immer laut. Die drei waren in guter Stimmung, als der marinierte Thunfisch aufgetragen wurde. Caruso schnalzte nach dem ersten Bissen mit der Zunge. »Das hätte meine Frau auch nicht besser machen können.« Nach Fameos Einschätzung war das ein hohes, wenn nicht sogar das höchste Kompliment, das Caruso aussprechen konnte. Also war er doppelt zufrieden, dass er heute eingeladen hatte. Zum einen, weil es ihm selber gut schmeckte, und zum anderen, weil er sich damit bei Caruso für dessen Gastfreundschaft ein wenig revanchieren konnte. Und sein Fahrer, der junge Assistente, schien auch ein netter Kerl zu sein. Bisher hatte er ihn kaum wahrgenommen, ihn in den gleichen Topf mit den Ignoranten der Bozner Questura geworfen.

Nach dem Hauptgang, dessen zartes Fleisch und sehr delikate Sauce ebenfalls sehr gelobt wurden, lehnten sich alle zufrieden und vor allem satt zurück. »Meine Herren«, sagte Fameo, »gibt es denn noch etwas von der Spurensicherung zu berichten?« Der Maresciallo nickte: »Die Kollegen von der Spurensicherung sind sicher, dass sich die Tote bei ihrem Sturz das Genick gebrochen hat. Wie es scheint, ist sie tatsächlich aus dem zweiten Stock hinuntergefallen. An der Kommode, die vor dem Loch steht, haben sie Faserspuren gefunden, die möglicherweise von ihrem Kleid stammen. Das wird untersucht. Wenn es so ist, dann kann man davon ausgehen, dass sie mit dem Rücken vor der Truhe stand und beim Zurückgehen oder Zurückweichen über die Truhe in die Tiefe gestürzt ist.« Fameo unterbrach: »Kann es auch sein, dass sie über die Truhe gestoßen worden ist?« Der Maresciallo zuckte mit den Schultern: »Denkbar ist das sicher auch. Die Kollegen von der Spurensicherung haben am linken Handgelenk Druckstellen festgestellt. So, als ob sie am linken Handgelenk mit starken Kräften festgehalten worden wäre. Wenn man den Streit mit dem Bruder hinzunimmt, den die Zeugin gehört haben will, dann könnte es da oben auch zu Handgreiflichkeiten gekommen sein. Es gibt da noch ein Detail, das interessant ist. Die Tote hatte in der zur Faust geschlossenen rechten Hand ein Stück Papier. Es sieht so aus, als sei es die abgerissene Ecke eines Blattes normalen Schreibpapiers. Es steht aber nichts drauf. Wenn sie und Magnus Maier in der Rumpelkammer nach dem

Testament des heute beerdigten ältesten Bruders gesucht und dieses vielleicht gefunden haben, dann sind sie womöglich über den Inhalt in Streit geraten.« Und Fameo fuhr fort: »Sie haben gestritten, der Bruder hält die Schwester am Handgelenk fest, reißt ihr das Papier aus der rechten Hand, lässt plötzlich los, die Schwester verliert das Gleichgewicht, fällt über die Truhe nach hinten durch das Loch.« Und nach einer kleinen Pause, in der sich die Blicke von Fameo und Caruso ineinandergruben: »Oder es war anders. Der Bruder und die Schwester streiten. Er reißt ihr das Testament aus der Hand, ergreift ihren linken Arm und schubst sie über die Truhe durch das Loch.« Caruso nickte: »Genau das habe ich auch gedacht. Es kann ein Unfall sein, oder zumindest Totschlag, vielleicht auch Mord.« »Was hat die Zeugin, die Schwägerin, gesagt, wo der Bruder war, als sie die Nachbarn geholt hat? Der war nicht mehr da, als sie mit den Nachbarn kam. Der hatte alle Zeit der Welt, das Testament verschwinden zu lassen. Der könnte auch nach oben gegangen sein, um Spuren zu verwischen. Um den hat sich ja für eine lange Zeitspanne niemand gekümmert.« »Wenn es für ihn besser war, das Testament verschwinden zu lassen, war es für ihn wahrscheinlich nicht günstig. Jetzt, nach dem Tod der Schwester, erbt er vermutlich alles, denn nach der gesetzlichen Erbfolge ist er als letztes Mitglied der Familie erbberechtigt. Denkbar ist ja, dass der älteste Bruder den seit Jahrzehnten abtrünnigen Bruder nicht bedacht hat. Es sollte vielleicht die Schwester erben, die ihm immer zur Seite gestanden hat. Das hat die Schwester ihm oben auf dem Speicher bewiesen, als sie ihm das Testament unter die Nase gehalten hat. Es kam zum Streit. Und sie stürzte zu Tode. Der Bruder vernichtet das Testament und ist damit Alleinerbe. So könnte es gewesen sein.« Fameo überlegte. Wenn sie den Bruder nicht zum Reden bekämen, würde es schwierig sein, den Hergang zu rekonstruieren. Magnus Maier war ihnen überheblich vorgekommen. Der fühlte sich sicher. Bevor sie eingetroffen waren, hatte er genügend Zeit, die Lage zu überdenken. Gesetzt den Fall, die Überlegungen trafen zu und Magnus hatte seine Schwester entweder absichtlich oder unabsichtlich in den

Abgrund gestoßen, dann müsste er bloß konsequent bei der Unfallversion bleiben. Wenn die Rechtsmedizin nicht noch weitere Indizien fand, dann würde ihm nichts nachzuweisen sein. Caruso räusperte sich: »Ich habe mich im Übrigen im Schloss umgesehen. Ich habe mich gefragt, wo der Unfalltraktor gewöhnlich geparkt ist. Einer der Nachbarn hat mir einen Schuppen gezeigt, der an der Straße vor dem Schloss steht. Da hat der Maier den Traktor untergestellt. Seit ungefähr fünf Jahren. Vorher hat er ihn im Schloss geparkt, im Innenhof. Wegen seines Alters und weil ihm sein Bein immer mehr zu schaffen machte, hat er den Traktor dann in diesen Schuppen gestellt. Das ersparte ihm das mühselige Öffnen der schweren Türflügel, die ins Schloss führen. Ich habe mich in dem Schuppen ein wenig umgesehen. Da gibt es jede Menge Werkzeug. Ich habe auch eine kleine Metallsäge gefunden. Die habe ich unseren Leuten vom Labor gleich mitgegeben. Die sollen mal nachsehen, ob da Späne von den Bremszügen des Traktors in den Zähnen hängen. War nur so eine Idee. Das Ergebnis wird einige Zeit brauchen, die müssen ja auch noch den Traktor abholen. Jedenfalls hätte jeder die Möglichkeit gehabt, in dieser offen stehenden Garage mit den dort herumliegenden Werkzeugen die Kabel anzusägen.« Fameo nickte anerkennend: »Sehr gute Leistung. Dann müssen wir vielleicht noch herausfinden, ob der alte Sepp Feinde hatte. Wer könnte auf die Idee kommen, die Bremszüge anzusägen? Eigentlich nur die, die seine Gewohnheit kannten, alle Wege mit dem Traktor zu machen und nachmittags die steile Strecke nach Nals hinunterzufahren. Wenn da der Bremszug gerissen wäre, hätte es für den Sepp kaum ein Entrinnen gegeben.« »Dann scheidet der Bruder wahrscheinlich aus«, warf Caruso ein. »Der war nach den Aussagen der Schwägerin zwar vor nicht allzu langer Zeit hier und hat mit dem Sepp gestritten. Aber vorher hat der sich hier Jahrzehnte nicht blicken lassen. Der wird die Gewohnheiten seines Bruders nicht gekannt haben. Und da der Traktor in einem Schuppen abgestellt war, den man eher den Nachbarhäusern zurechnen würde als dem Schloss, hätte es schon einige Vorbereitungen und Recherchen gebraucht, um diese Tat zu begehen. Ich denke eher an jemanden aus dem nahen Umfeld, jemanden, der all diese Details kennt.« »Also jeder aus dem Dorf«, brachte sich der junge Assistente zum Erstaunen der beiden erfahrenen Polizisten ein. »Ich meine«, fügte der leicht errötende Thaler an, »in jedem Dorf weiß doch jeder über jeden alles. Das ist bei uns im Sarntal so, das ist auch hier so, das ist in allen Dörfern Südtirols so.« Fameo musterte den jungen Mann: »Sagen Sie, was schätzen Sie, könnten denn die Motive sein. Wir haben hier einen alten Mann. Offensichtlich etabliert im Dorf. Jedenfalls habe ich bisher nichts anderes gehört. Wenn einer eine offene Rechnung begleichen wollte, dann wäre dazu bestimmt früher Gelegenheit gewesen. Der Mann war fast achtzig. Das ist schon komisch.« Der Assistente überlegte nicht lange: »Ich erkläre mir das so. Da hat jemand erst jetzt herausgefunden, dass der Sepp Maier ein schlechter Kerl ist, und will es ihm jetzt heimzahlen. Das Motiv kann Rache sein. Habgier geht auch. Man müsste vielleicht ermitteln, ob der Sepp eine Lebensversicherung abgeschlossen hat und wer die Summe ausbezahlt bekommt. Verschmähte Liebe schließe ich mal aus, in dem Alter.« »Da haben wir ja einen richtigen Kriminalisten in unserer Mitte.« Fameo musste schmunzeln. Die Schlussfolgerungen waren in sich schlüssig. »Wenn wir also von einem Anschlag ausgehen, dann müssen wir hier im Dorf suchen. In der Vergangenheit des Sepp Maier.« Fameo schaute seine beiden Mitstreiter an: »Meine Herren, ich schlage vor, dass wir jetzt folgendermaßen vorgehen: Ich bestelle uns noch einen Kaffee und dann zahle ich. Sie«, er wandte sich an Thaler, »fahren dann Maresciallo Caruso nach Terlan und mich nach Bozen. Dann warten wir ab, was die Gerichtsmedizin sagt und ob das Labor an der Säge Anhaftungen findet. Und dann«, Fameo machte eine Pause, »dann sehen wir weiter.«

Dreizehn

Bis zum Wochenende zog sich die Zeit endlos hin. So empfand Fameo jedenfalls die Tage bis zum Zeitpunkt, an dem er seine Elisabeth wiedersehen sollte. Er freute sich auf die gemeinsame Zeit in der einsamen Berghütte im Ultental. Fameo sollte seine Freundin am Freitagnachmittag an der Apotheke abholen. Bozen dämmerte in der Sommerhitze vor sich hin, in der Questura herrschte eine gedämpfte Behäbigkeit, die für Fameo nur schwer zu ertragen war. Niemand schien sich ernsthaft um irgendwas zu kümmern.

Am Mittwoch hatte er ein längeres Gespräch mit dem Vicequestore. Dieser wollte sich erkundigen, wie es Fameo so gehe, ob er sich wohlfühle und was die Arbeit so mache. Fameo hatte nicht eine Sekunde den Eindruck, dass dies den Vicequestore wirklich interessierte. Es kam ihm so vor, als ob er ihn – einer Pflicht folgend, die man ihm aufgegeben hatte – unter Kontrolle halten wolle. Die Frage, die ihn interessierte, war nur: Macht dieser Fameo hier Ärger, oder bleibt er ruhig? Fameo verstand das als ein Spiel, das vom fernen Rom aus gesteuert wurde. Er und der Vicequestore waren in diesem Spiel lediglich Figuren, die, bitte schön, nicht aus der Reihe zu tanzen hatten. Der Vicequestore war übrigens kein unsympathischer Mann. Er war von kleiner, etwas korpulenter Figur, kämmte das wenige ihm an den Seiten seines Schädels verbliebene Haar mutig von links nach rechts über die spiegelnde Glatze und musste bei Wind damit rechnen, dass die paar Strähnen wüst von ihrem Platz gerissen wurden, wo er sie mit viel Pomade des Morgens fein sortiert festzukleben pflegte. Aber er hatte muntere kleine Schweinsäuglein und war ein Meister des Small Talks. Es war amüsant, ihm beim Plaudern zuzuhören. Auf den Gängen der Questura erzählte man sich, dass er bei den Frauen gut ankam. Wenn Fameo ihn so betrachtete, konnte er sich das nicht vorstellen. Eine Schönheit war er gewiss nicht. Charme? Nun ja, einen gewissen Charme konnte man ihm nicht absprechen, aber ob das allein reichte, um beim anderen Geschlecht zu punkten? In seiner Gesellschaft war es jedenfalls nicht unangenehm, das musste Fameo ihm zugestehen. Selbst in der Rolle als Vorgesetzter verstand es der Vicequestore, eine angenehme Atmosphäre zu schaffen. Fameo fiel ein besonders dicker Ring an der rechten Hand des Chefs auf und als er seine Sekretärin darauf ansprach, erzählte sie ihm, dass der Vicequestore aus einem alten Adelsgeschlecht stammte. Der Ring sei der Siegelring des Geschlechts und der Vicequestore habe es eigentlich gar nicht nötig, hier zu arbeiten, denn seine Güter würden bestimmt ein Vielfaches seines Jahresgehaltes abwerfen. Aber er habe nun einmal Jura studiert und sei bereits in jungen Jahren in diese komfortable Position gehoben worden, in der er sich eben wohl fühle – wegen der gesellschaftlichen Anerkennung und weil er überall dabei sein könne und über vieles Bescheid wisse, was ihm wiederum bei seinen Geschäften nütze. Fameo staunte nicht schlecht. Seine Sekretärin hatte wirklich wörtlich gesagt, dass der Vicequestore in das Amt hineingehoben worden sei und dass er aus den Informationen, die er aus seinem Amt habe, Nutzen für seine Geschäfte ziehe. »Wo hat er denn seine Güter?«, fragte Fameo die Sekretärin aus. Sie antwortete ganz frei. Daraus schloss Fameo, dass dies alles kein Geheimnis sei. »Die Güter liegen alle im Gebiet zwischen Verona und Venedig. Das Geschlecht besitzt mehrere große, sehr bekannte Weingüter. Die produzieren Spitzenweine, echte Verkaufsschlager auf dem internationalen Markt, kann ich Ihnen sagen. Unsereins kann sich von dem mickrigen Gehalt hier nicht eine Flasche leisten. Nicht mal zu Weihnachten, das kann ich Ihnen sagen.« Die Sekretärin stieß pfeifend Luft aus ihrer Nase, um ihre Entrüstung zu unterstreichen. Wobei nicht klar war, worüber genau sie sich entrüstete. Fameo nahm an, dass es das mickrige Gehalt war. Der Gedankengang wurde durch eine weitere Entrüstung seiner Sekretärin unterbrochen: »Und da hat er (Fameo vermutete, dass sie den Vicequestore meinte) über seine Kontakte von der finanziellen Schieflage der Bozner Obstgenossenschaft erfahren. Und die Banken haben die Genossenschaft gedrängt zu verkaufen, und jetzt raten Sie mal, wer die gekauft hat, zu einem Spottpreis natürlich.« Fameo schaute sie stumm fragend an. Das reichte ihr, um sofort die Antwort zu geben: »Das war eine Gesellschaft aus Venetien, die komplett unserem Vicequestore gehört, und es wird noch toller. Diese Gesellschaft hat dann gezielt die Obstbauern in den Ruin getrieben, deren Plantagen in den Randbezirken von Bozen lagen. Und kaum waren Grund und Boden auf die Gesellschaft übertragen, was glauben Sie ist dann passiert?« Die Sekretärin hatte einen leicht roten Kopf bekommen, ihr Eifer, ihm jetzt die ganzen Sauereien der letzten Jahrzehnte zu offenbaren, war überdeutlich. Fameo musste nur leicht nicken, um sie weitersprudeln zu lassen. »Kurz drauf ist das alles Bauland geworden und war damit ein Vielfaches wert. Und genau dort ist dann das neue Industriegebiet gebaut worden. Und jetzt raten Sie mal, wer hinter der Entwicklungsgesellschaft steckt, die die Generalplanung für dieses Areal hatte?« Die Augen der Sekretärin glühten jetzt richtig. Fameo tippte richtig: der Vicequestore. Wie die Sekretärin ausführte, trat er niemals selber auf. Auch wurde seine Verbindung zu der Entwicklungsgesellschaft erst zu einer Zeit bekannt, als das Industriegebiet längst gebaut war, die Gesellschaft sich aufgelöst hatte. Außerdem wurden die Zeitungsberichte, die solch ungeheuerliche Behauptungen erhoben hatten, sehr schnell weniger. Es war vielleicht nur ein Zufall, dass die Eigentümer der Zeitung damals den Chefredakteur austauschten, aber der neue Chefredakteur brachte jedenfalls einen neuen Stil in die Berichterstattung. Sie wurde unterhaltender, weniger informativ als vorher, könnte man sagen. Jedenfalls hielt sich seitdem das Gerücht, dass der Vicequestore der Questura von Bozen ein Mann war, der seine Finger überall drin hatte. Aber nachgewiesen wurde ihm nie etwas. Niemanden verwunderte es deshalb auch, dass er mitten in den Obstplantagen vor Bozen ein villenähnliches Gut bewohnte. Nach den Bauvorschriften durften in den Plantagen nur die dazugehörigen Gehöfte erbaut werden. Nun, dem Vicequestore gehörte natürlich auch das Land drum herum, das von einem seiner Angestellten bearbeitet wird. Und die Bauvorschriften sagten wenig darüber aus, wie der »Bauer« seinen Hof gestalten durfte. Aber natürlich hatte der Vicequestore auch ein Wochenendhaus auf dem Ritten. Die Sekretärin beschrieb es als ein Anwesen mit mehreren Häusern, für den Fall, dass Gäste zu bewirten waren, und einer Außenschwimmanlage, die einem mittleren Freibad entsprach. »Und das alles mitten in einem Naturschutzgebiet«, entrüstete sie sich. Im weiteren Verlauf des Gesprächs erfuhr Fameo, dass sie sich weniger darüber ärgerte, dass der Vicequestore in einem Naturschutzgebiet bauen konnte, als vielmehr, dass er ihrem Freund, einem schwerreichen Bauunternehmer aus Bozen, den Bauplatz abspenstig gemacht hatte, und sie jetzt mit einer 1b-Lage zufrieden sein mussten. Fameo musste innerlich lachen. Diese Ränke kannte er alle aus Rom. Willkommen im Hier und im Heute, sagte er sich. Südtirol tut nur so, als könne es kein Wässerchen trüben. Aber die italienischen Verhältnisse sind schon alle da. Eigentlich müsste es hier für mich viel zu tun geben, dachte er. Hinter den Fassaden fand sich alles wieder, was er aus Rom kannte.

Die Woche brachte dann auch einige Erkenntnisse über Magnus Maier. Auf der Rückfahrt von Prissian nach Terlan hatten Fameo und Caruso beschlossen, mehr Informationen über Magnus Maier zusammenzutragen. Sie wollten die Kollegen aus Verona um Mithilfe bitten. Da meldete sich ihr Fahrer, Eduard Thaler, und bot seine Hilfe an. Er war sicher, dass er über die Verwandten seiner Braut, die allesamt in Verona lebten, viel schneller an viel mehr Informationen gelangen könnte, als die Kollegen von der Polizei alleine. Und das war tatsächlich so. Seine zukünftigen Schwäger saßen im Büro des Bürgermeisters, in der Finanzverwaltung, einige waren Bankangestellte, einer Sergente in der örtlichen Questura und es gab auch einen Lokalredakteur. Binnen zweier Tage lag ein umfangreiches Dossier auf Fameos Schreibtisch, welches das Leben von Magnus Maier in den letzten zwei Jahrzehnten wiedergab. Assistente Thaler überreichte es mit stolzgeschwellter Brust. Es war in der Tat viel besser und detailreicher, als jede Polizeirecherche hätte sein können. Demnach war Magnus Maier seit einem Jahr pleite, und die Steuerfahndung war ihm auf den Fersen. Sein Immobilienvermögen, das seinen früheren Reichtum begründet hatte, war hoffnungslos überschuldet. Es drohten Zwangsversteigerungen. Seine Geschäftsidee, mit der er lange Zeit Glück hatte, war es, alten Leuten ihre Häuschen für wenig Geld abzuschwatzen und sie an Fremde teuer zu verkaufen. Das passte in eine Zeit, als wohlhabende Münchner sich für eine Ferienimmobilie in »bella Italia« interessierten und alte Gemäuer als pittoreske Landhausvilla zu vermarkten waren. Die halbe Toskana war derart »aufgewertet« worden. Mit den Jahren ging diese Rechnung für Magnus Maier nicht mehr auf. Die alten, etwas einfältigen Leute, denen er ihre Immobilien leicht abgeschwatzt hatte, wurden immer weniger. Die Preise, selbst für baufällige Gebäude, waren enorm gestiegen und die Eigentümer waren sich dessen auch bewusst. Auch die Kunden wurden immer anspruchsvoller. Sie erwarteten für ihr vieles Geld, das sie auszugeben bereit waren, erstklassig gepflegte Immobilien und keinen Behelf. Die Gewinnmargen wurden immer kleiner, das Risiko immer größer. Schadensersatzklagen gegen den Immobilienmakler Maier häuften sich. Die meisten Prozesse verlor er. Seine Schulden wuchsen. Da entdeckte er eine neue Marktlücke. Wirklich reiche Leute wollten gerne Schlossherr spielen. Und so kaufte Magnus Maier, wo er sie fand, alte Burgen, Ansitze und Schlösser. Die fand er vornehmlich in Norditalien und Südtirol. Er ließ meist einige Säle notdürftig herrichten, so dass man darin Seminarveranstaltungen, Weinproben, Sommerakademien abhalten konnte. Solange er keine Käufer für die Anwesen hatte, vermarktete er die Immobilien als Standorte für Events aller Art. Irgendwann war immer ein reicher Knopf darunter, der seinem Töchterchen eine Hochzeit im Ambiente einer Burg ausrichtete und dann, fasziniert von der Lage der Immobilie, danach fragte, ob sie zu verkaufen sei. Denn eines hatten die Burgen, Ansitze und Schlösser gemeinsam – das, was bei einer Immobilie eben entscheidend ist: Lage, Lage, Lage. Die einstigen Erbauer hatten aus strategischen Gründen, oder weil es eben der schönste Fleck in der Gegend war, immer nur die besten Lagen ausgewählt. Eigentlich unbezahlbar, wie Magnus Maiers Hauptverkaufsargument war. Und so verwunderte es Fameo auch nicht, dass er in seinen Unterlagen auch einen Verkaufsprospekt für Schloss Katzenzungen fand, nebst Inserat, das in den einschlägigen Hochglanzmagazinen geschaltet worden war. Magnus Maier war gekommen, um das Fell, das ihm nicht gehörte, zu verkaufen. »Die einzigartige Lage des Schlosses«, so pries er es in dem Exposé an, »versetzt seinen Besitzer zurück in eine Zeit, als man noch Herr über einen ganzen Landstrich war.« Von daher war für Magnus Maier die Frage, wer Herr über das Schloss war oder sein würde, von entscheidender Bedeutung für seine finanzielle Zukunft. Wenn Sepp seine Schwester Tessa als Erbin eingesetzt hatte, wäre ihr Tod seinen Interessen gerade recht gekommen. Ein Motiv für einen Mord hätten wir schon einmal, dachte Fameo. Aber war er auch zu beweisen?

Die Gerichtsmedizin lieferte auch keine neuen Erkenntnisse. Tod durch Genickbruch wurde bestätigt. Der Fetzen Papier in der rechten Hand der Toten blieb ein unbeschriebener Fetzen Papier und gab ansonsten nichts preis. Das Papier war ein gewöhnliches Schreibpapier ohne besondere Auffälligkeiten. Die Druckstellen am Handgelenk der linken Hand waren schnell verblasst, Einblutungen gab es keine, also war sie nicht lange festgehalten worden, oder der Druck war nicht außerordentlich. Hätten die Leute der Spurensicherung die Druckstellen nicht mit Fotos dokumentiert, wären sie in der Gerichtsmedizin wahrscheinlich gar nicht aufgefallen. Die Faserspuren an der Truhe stimmten allerdings mit den Fasern am Kleid der Toten überein. Die Gerichtsmedizin war sicher, dass die Fasern vom rückwärtigen Teil des Rocks stammten, so dass die These sich erhärten ließ, dass Tessa rückwärts über die Truhe in das Loch gefallen war.

Interessanter waren die am Donnerstag eintreffenden Ergebnisse des Kriminallabors. Fameo hatte nicht damit gerechnet, dass die dort so schnell waren. In den Zähnen der Säge fanden sich Anhaftungen, die eindeutig dem Material des angesägten Bremskabels zuzuordnen waren. Also hatte jemand mit der Säge eines der Kabel des Traktors manipuliert. Allerdings war das angesägte Kabel nicht Teil der Bremsanlage, wie Fameo und Caruso angenommen hatten. Das angesägte Kabel führte über eine Umlenkrolle nicht zu den Rädern, sondern zu der Motorabdeckung, was aber nicht leicht zu erkennen war. Ein potentieller Täter hätte schon bessere Kenntnisse über die Konstruktion der Bremsanlage haben müssen, um effektiv zu sein. Im schlimmsten denkbaren Fall, so die Experten des kriminaltechnischen Labors, »hätte sich bei voller Fahrt die Motorhaube geöffnet und dann wäre möglicherweise dem Fahrer die Sicht versperrt gewesen. Das ist aber bei der maximalen Höchstgeschwindigkeit von 40 km/h eher unwahrscheinlich.«

Also hatte ein Stümper versucht, Sepp verunglücken zu lassen, und Tessa war einem Unfall zum Opfer gefallen oder wurde in den Tod gestoßen, was aber schwer zu beweisen war. Fameo überlegte, ob es Sinn machte, Magnus Maier zu vernehmen. Ohne Zeugen für die Szene in der Dachstube konnte er seine Version als die Wahrheit ausgeben. Aber trotzdem wollte er ihn damit konfrontieren, dass es ungewöhnlich war, eine Immobilie zu einem Zeitpunkt zu vermarkten, zu dem sie ihm noch nicht gehörte. Aber vorher wollte er Maria, die Schwägerin, noch einmal befragen. Vielleicht hatte sie doch mehr vom Streitgespräch zwischen Sepp und Magnus mitbekommen, als dass sie eben nur gestritten hatten. Zeugen muss man zu unterschiedlichen Zeitpunkten immer wieder mal anhören. Manchmal kommt noch eine Erkenntnis hinzu, die das Bild rund macht.

Es war Donnerstagnachmittag, in der Questura war schon lange kein Geräusch mehr zu hören. Kein Getrappel auf dem Gang, keine schlagende Tür. Die sind wahrscheinlich alle schon weg, dachte Fameo. Und der Freitag steht vor der Tür. Ab Mittag ist dann ausnahmslos jeder im Wochenende. Warum soll ich es anders machen? Er griff zum Telefonhörer und wählte Carusos Nummer in Terlan. Der Carabiniere aus Carusos Station verband ihn umständlich. »Ciao Commissario«, tönte es ihm schließlich aus der Hörmuschel entgegen. »Ja, der Punto steht Ihnen auch dieses Wochenende zur Verfügung.« Ja, er sei zuversichtlich, dass er auch Steigungen wegstecke. Die Temperaturanzeige spinne, die solle Fameo einfach ignorieren. Und wenn doch etwas passierte, nun, er hätte ja die Telefonnummern der örtlichen Polizei. Man werde ihn schon nicht hängen lassen, dröhnte Caruso in den Apparat. Und als er heraushörte, dass Fameo sich in Bozen langweilte, lud er ihn kurzerhand zu sich ein: »Commissario, meine Frau kocht heute Abend Kalbsbraten mit Kapernsauce, das dürfen Sie nicht verpassen. Und morgen früh starten Sie bequem von hier aus in das Wochenende!« Überredet, dachte Fameo und sagte zu. Sein Fahrer war schon gegangen, die Bereitschaft wirkte desinteressiert an einem Auftrag und so beschloss Fameo, den Zug von Bozen bis Terlan zu nehmen. Mit leichtem Gepäck für ein schönes Wochenende im Ultental, Wanderschuhen und einem Wanderrucksack ausgestattet, entstieg er dem Zug in Terlan. Caruso war da, um ihn abzuholen. Über sein Gesicht ging ein breites Grinsen: »Ah, Commissario, so gefallen Sie mir. Das sieht so aus, als seien Sie hier angekommen.« Aber von meinen Anzügen lasse ich deshalb trotzdem nicht ab, schmunzelte Fameo innerlich. Für Mama Caruso hatte er einen ordentlichen Blumenstrauß mitgebracht, der die Zugfahrt erstaunlich gut überstanden hatte. Sie freute sich riesig, hatte aber gar keine Vase im Haus. Offensichtlich gab es hier keinen Markt für Schnittblumen und so fand der Strauß seinen Platz in einem Eimer, der sonst für wer weiß was benutzt wurde. Der Blumeneimer fand aber einen prominenten Platz auf dem Buffet der Carusos, direkt neben der Ansammlung von Fotos ihrer sardischen Verwandten. Auf fast allen Fotos waren übrigens Schafe zu sehen. Darauf angesprochen, erklärten die beiden ihm, dass ihre Familien aus einem Dorf stammten, in dem vor allem Schafzüchter lebten. Das Leben dieses Dorfes folge dem Rhythmus und Lebenszyklus der Schafe. Und dass ihr Dorf den besten Pecorino herstelle, den es auf der ganzen Welt gibt. Das Essen war wieder köstlich. Als Vorspeise gab es wieder die hauchdünnen Brotscheiben, die mit Öl beträufelt wurden. Als Beigabe gab es kleine Stückchen Pecorino. Leider nicht den aus ihrem Heimatdorf, sondern den aus dem Supermarkt. Dazu hauchdünne Scheiben Speck – dieser kam von einem Bauern aus Völlan, dessen Sohn Caruso aus einer unangenehmen Situation geholfen hatte. Dies deutete er allerdings nur zaghaft an und erläuterte die näheren Umstände auch nicht. Jedenfalls schien es sich um eine größere Gefälligkeit gehandelt zu haben, denn dieser Bauer belieferte Caruso seither mit seinem Speck – und das seit zwanzig Jahren. Er schmeckte jedenfalls köstlich. Das Tischgespräch der drei drehte sich um die Qualität des Pecorino, der nur dann wirklich echt war, wenn er aus Sardinien kam, und nur dann von bester Qualität, wenn er aus ihrem Dorf stammte. Das Gespräch streifte die Besonderheiten der sardischen Küche, die von einer grandiosen Einfachheit sei, und man verglich sie mit der Küche Südtirols, die historisch gesehen vielen Einflüssen ausgesetzt war und deshalb vielfältig, abwechslungsreich, aber – ähnlich wie die sardische Küche – auch sehr bodenständig geblieben war. Sie lobten die Vorliebe für frische Produkte aus der eigenen Erde und die hervorragenden Weine der Region. Nach der dritten Flasche gingen sie zum Du über. Tommaso und Anna tranken mit Fabio Bruderschaft.

Den Freitagmorgen begann Fabio mit einigen Leibesübungen an der frischen Luft auf der Veranda der Carabinieristation. Er erinnerte sich, dass sein neuer Freund Tommaso ihn in eine Art Gästezimmer verfrachtet hatte. Nüchtern betrachtet war es wohl die einzige Zelle, über welche die Station verfügte. Drei Pritschen standen darin, ein Stuhl und ein Tisch. Eine einfache Herberge, dachte Fabio. Er hatte aber gut geschlafen. Seine Pritsche war mit Decke und Kopfkissen ausgestattet. Die anderen wirkten unbenutzt. Nach einer Katzenwäsche auf der Toilette war er auf die Veranda getreten, reckte seine Gliedmaßen und gähnte laut. Das blieb nicht unbemerkt, denn Anna trat auf den Balkon und fragte, wie er seine Eier zum Frühstück möchte. Tommaso führte Fabio zum Badezimmer und bedeutete ihm, dass er vorher noch duschen könne. Frisch gewaschen und rasiert betrat er gut gelaunt Annas Küche, wo ein durchaus kräftiges Frühstück auf ihn wartete. Tommaso war mit seinen Carabinieri schon unterwegs und Anna gab ihm die Schlüssel des alten

Punto, den er schon einmal ausgeliehen hatte. Gegen zehn in der Früh brach Fabio nach Prissian auf. Am späten Nachmittag war er mit Elisabeth verabredet und vorher wollte er noch mit Maria, der Schwägerin von Sepp und Tessa, sprechen.

Der Punto schaffte die steile Auffahrt von Nals nach Prissian auch diesmal nicht, ohne dass die Temperaturanzeige in den roten Bereich wanderte, aber Fabio achtete nicht darauf. Hatte ja schon einmal geklappt. Jetzt kannte er sich auch aus und fuhr direkt nach dem Dorfeingangsschild nach rechts auf den Platz vor Schloss Katzenzungen. Er sah jetzt auch bewusst die kleine Scheune, in der Sepp seinen Traktor abzustellen pflegte. Dieser Schuppen lag näher an den Nachbarhäusern, und er hätte sie daher diesen zugeordnet. Wenn jemand den Sepp`schen Traktor manipulieren wollte, dann konnte das kein Fremder gewesen sein, denn der hätte nicht gewusst, dass Sepp seinen Traktor hier parkte. Mit diesen Gedanken im Kopf zog er die Handbremse an. Der Punto parkte neben einem dunklen Mercedes der S-Klasse und daneben parkte ein Porsche Cayenne. Fameo merkte sich im Vorübergehen die Nummern – aus Gewohnheit. Die Tür im großen Eingangstor zum Schloss stand offen und so betrat Fameo ohne Mühe das Innere des großen Eingangsbereichs. Er hörte verhaltene Stimmen im Gebäude, konnte sie aber keiner Richtung zuordnen. Er räusperte sich und rief dann: »Ist jemand da? Hier ist die Polizei.« Aus dem Raum, den sie Stube genannt hatte, wurde ein Stuhl zurückgeschoben, Maria trat aus der Tür und sah ihn traurig an. »Ja, bitte?«, sagte sie. Fameo kam auf sie zu und sah, dass sie geweint hatte. »Was ist mit Ihnen? Geht es Ihnen nicht gut?«, fragte Fameo. Maria bat ihn mit einer Geste hinein und schloss hinter ihm die Tür. Sie deutete auf die Eckbank, was Fameo als Einladung zum Hinsetzen auffasste. Maria nahm auf dem Stuhl ihm gegenüber Platz. Sie schaute auf die Tischplatte, die zwischen ihnen war. Sie sagte nichts. Maria musste so zwischen fünfundsechzig und siebzig sein, überlegte Fameo – schwer, ihr Alter genauer zu schätzen. Sie war eine kleine, zierliche Frau, deren Händen man ansah, dass sie viel und hart gearbeitet hatten. Sie knetete ihre rauen Hände über dem Tisch und wirkte dabei schrecklich hilflos. Es war, als habe sie vergessen, dass sie nicht allein im Zimmer war.

Da flog die Tür auf und Magnus polterte herein. Er sah Fameo und stutzte. Fameo sah ihm an, dass er in aggressiver Stimmung war. Er nahm sich aber sofort zurück. Seine Augen verengten sich etwas und nahmen einen lauernden Ausdruck an. »Sie schon wieder? Gibt es noch was?«, fragte er in seine Richtung. Fameo konnte aus den Augenwinkeln wahrnehmen, wie sich Maria beim Eintreten ihres letzten Schwagers wegduckte. Fameo stand daher auf, trat auf Magnus Maier zu und versperrte ihm damit den Blick auf Maria. Magnus war ein dicker Brocken Mensch. Er roch nach einem teuren Rasierwasser und altem Zigarrenqualm. Fameo bemerkte eine Bewegung im Eingangsbereich hinter dem Rücken von Magnus Maier. »Sie sind nicht allein?«, fragte er. Maier wurde leicht nervös: »Ja, richtig, ich bin nicht allein.« Und vom Eingangsbereich rief eine Frauenstimme: »Herr Maier, wo sind denn jetzt die alten Fresken, die Sie uns zeigen wollten? Die im Rittersaal meine ich.« Und Maier, in einer hohen Tonlage, zwitscherte zurück: »Ich komme sofort«, und zu Fameo gewandt: »Ich hoffe, Sie verschwinden hier bald wieder«, und zu Maria: »Und du bist ja immer noch da.« Dann verließ er flugs die Szene, nicht ohne die Tür geräuschvoll zu schließen. Maria brach in Tränen aus. Fameo wusste nicht recht, was er machen sollte. Zunächst kramte er nach einem Taschentuch und reichte es Maria. Die schneutzte hinein und noch bevor sie damit zum Ende kam, nahm Fameo ihr gegenüber wieder seinen Platz ein und schrieb das Taschentuch damit innerlich ab. Maria schaute ihn an: »Wo soll ich denn hin?«, fragte sie unter Tränen. »Er will, dass ich gehe. Sofort! Hat er gesagt. Aber wohin denn? Mein ganzes Leben habe ich auf diesem Hof gearbeitet. Nach dem Tod von meinem Mann haben sie mich alle ausgenutzt. Nie hat es Lohn gegeben. ›Du hast doch alles, was du brauchst‹, haben sie gesagt. Und jetzt sind beide tot und der letzte Erbe schmeißt mich einfach raus, dabei war ich es, die hier ein ganzes Leben gearbeitet hat. Jetzt führt der schon Kaufinteressenten durch das Schloss. Den Georg hat er auch schon vertrieben.« Damit erstarb ihre Stimme in Tränen. Nach einiger Zeit fand sie ihre Fassung wieder. »Betrogen haben die mich. Alle. Zuerst haben sie mir meinen Mann genommen und dann haben sie mich für sich arbeiten lassen. Und als Dank stellt mir der Letzte der Sippe den Stuhl vor die Tür. Diese Verbrecher!« Fameo merkte auf. »Aber sagen Sie, Maria, wie kommen Sie darauf, dass sie Ihnen Ihren Mann genommen haben? Ich dachte, er sei bei einem Unfall ums Leben gekommen.« Maria blickte Fameo an: »Unfall, das war kein Unfall. Mein Mann ist von einem Baum erschlagen worden, haben sie mir erzählt. Mein Mann! Der hatte hunderte Bäume gefällt. Der kannte die Gefahr. Dem wäre das niemals passiert. Aber sein ganzes Gesicht war zerquetscht, so etwas ist selten. Brustkorb, Bauch, alles unversehrt, nur der Kopf nicht. Das hat mich damals schon stutzig gemacht. Aber niemand hat den Unfall untersucht. Auch die Polizei nicht.« Sie funkelte Fameo böse an. »Wollen Sie damit andeuten, dass es kein Unfall war?«, fragte er. »Das war niemals ein Unfall, aber wie sollte ich es denn beweisen. Sepp und mein Mann lagen damals im Streit. Mein Mann wollte sein Pflichtteil ausgezahlt haben, damit wir uns eine kleine Existenz aufbauen konnten. Wir wollten weg von hier. Und darüber sind die beiden im Wald in Streit geraten und Sepp hat meinen Mann mit der Axt erschlagen.« Fameo schluckte: »Das ist eine ungeheuerliche Behauptung. Wissen Sie das genau, oder vermuten Sie das nur?« Maria funkelte Fameo an: »Er hat es mir selber gesagt. Vor ungefähr vier Wochen habe ich ihn gefragt, wie er sich unser Leben hier auf Schloss Katzenzungen weiterhin vorstellt. Wir drei werden immer älter, die Arbeit fällt uns von Jahr zu Jahr schwerer und er mit seinem steifen Bein kann auch nichts Rechtes mehr tun. Ein Wort gab dann das andere und als er schließlich schrie, dass er das steife Bein meinem unbelehrbaren Mann zu verdanken hätte und ich in seinen Augen lediglich die Einbußen abarbeite, die er durch die Behinderung hätte, ist mir der Kragen geplatzt. Und als ich schrie, dass ich schließlich meinen Mann durch den Unfall verloren hätte, bei dem er glimpflich davongekommen sei, brüllte er, dass mein Mann selber schuld an seinem Tod gewesen sei. Er habe ihn schließlich angegriffen und er habe sich nur gewehrt. Dann hat er mir gestanden, dass er meinen Mann mit der Axt im Streit erschlagen hat. Den Baum habe er dann so gefällt, dass der Stamm genau auf seinem Gesicht zu liegen gekommen ist, damit man die Verletzungen mit der Axt nicht mehr sieht. Verstehen Sie, ich habe all die Jahre mit dem Mörder meines Mannes und dessen Schwester, die alles gewusst hat, zusammengelebt und beide haben es für das Normalste von der Welt gehalten, dass ich wegen der Behinderung vom Sepp dessen Arbeit übernehme. Ist es nicht der Gipfel des Hohns, dass der letzte Spross dieser Familie jetzt nichts Eiligeres zu tun hat, als mich rauszuschmeißen?« Damit verstummte Maria, vor Wut bebend. Ihr kleiner Körper zuckte. Die Hände waren zu Fäusten geballt.

Fameo fragte leise: »Das mit der Säge und dem Traktor, das waren Sie?« Maria starrte ihn mit großen Augen an. Ihr Gesicht verlor jede Farbe. Sie stammelte: »Wieso wissen Sie …? Wer hat …?«

Fameo blickte ihr in die schreckgeweiteten Augen. Er sagte: »Da hat jemand ein völlig bedeutungsloses Kabel angesägt. Nichts von Belang. Damit wäre nichts passiert. Deshalb kann ich auch niemanden deswegen verhaften.« Maria schluckte: »Sie meinen, der Unfall …?« »… ist jedenfalls nicht wegen des angesägten Kabels passiert«, beendete Fameo den Satz. »Und unser Geheimnis behalte ich für mich«, fügte er hinzu.

Fameo stand auf und wollte zur Tür gehen. »Sie sagten, die Schwester habe auch Bescheid gewusst. Wie war Ihr Verhältnis?« Maria blieb auf dem Stuhl sitzen. Sie blickte zu Fameo auf. »Ich nehme es an, weil die beiden sich alles erzählt haben. Aber ich kann keinen Groll gegen sie empfinden. Sie hat meinen Mann ja auch nicht erschlagen, das war der Sepp. Wir kamen gut miteinander aus. Wenn sie den Hof geerbt hätte, hätte ich hier bleiben können, da bin ich sicher. Aber jetzt sind die Karten neu gemischt.« Fameo nickte und verließ die Stube.

Magnus Maier stand im Innenhof und pries die Vorzüge des Schlosses in den höchsten Tönen: »Die alten Grafen von Katzenzungen wussten, wo es wirklich schön ist. Dieses Schloss hat eine einzigartige Lage. Zu jeder Jahreszeit können sich seine Besitzer am absolut unverbaubaren Dolomitenblick erfreuen.« Ihm lauschte ein junges Paar in piekfeiner Garderobe. Die Dame hatte allerdings mit ihren Stöckelschuhen Mühe, einen guten Stand zu bekommen, denn der Boden des Innenhofs bestand aus groben in Lehm festgestampften Steinen. »Und als Nachbarn haben Sie noch drei weitere Schlösser, sämtliche noch im Besitz der alten Adelsgeschlechter. Sie wohnen hier also sehr prominent, wenn ich mir diese Bemerkung erlauben darf.« Und mit einer etwas tieferen Stimmlage fügte er hinzu: »Die Immobilienpreise haben allerdings in den letzten Jahren zugelegt, Schnäppchen gibt es keine mehr und die Wertentwicklung einer Immobilie dieser Dimension ist gerade in dieser Gegend nahezu garantiert.« Das Pärchen hing an Magnus Maiers Lippen. Die Frau hakte sich bei ihrem Mann unter und lächelte ihn dabei an. Das sollte wohl heißen: Kauf das Häuschen doch für mich. Magnus Maiers Augen wechselten schnell von einem zum anderen. Er ist ein Verkaufstalent, keine Frage. Der würde auch seine Oma verkaufen. Fameo trat auf die Gruppe zu. Das Ehepaar taxierte ihn knapp mit einem Blick und machte deutlich, dass es sich durch einen Mann in Wanderkluft gestört fühlte. Schließlich war man in Verkaufsverhandlungen. Magnus Maier drehte sich um und konnte seine Verärgerung über Fameos Erscheinen nicht verbergen. Auch er war schließlich in Verkaufsverhandlungen. Fameo blickte die Gruppe ruhig an und sagte kein Wort. Schließlich wandte sich Magnus Maier ihm zu und eröffnete mit einem knappen: »Ja, gibt's noch was?« Fameo trat einen Schritt auf ihn zu: »Wie ich sehe, betreuen Sie schon Kaufinteressenten. Ist denn die Eigentumsfrage schon geklärt?« Dabei setzte er ein harmloses Gesicht auf, wie er meinte. Auf der Stirn des jungen Mannes im hellen Leinenanzug zeigten sich Falten. Die Frau verstand offensichtlich nichts. »Ich wüsste nicht, was Sie das angeht«, blaffte Maier. »Nun, ich dachte nur, dass die letzten Eigentümer erst kurz unter der Erde sind und für gewöhnlich eine Eigentumsumschreibung auch länger dauert, wenn die Erben noch zu ermitteln sind.« Da sprach der Leinenanzug: »Was heißt denn das, steht das Schloss jetzt zum Verkauf oder nicht? Und sind Sie denn nicht der Eigentümer?« Die Frage ging an Maier. Der wandte sich servil zu seinem Kunden: »Aber ja doch. Es hat alles seine Ordnung. Der Commissario kennt sich eben nicht aus.« Fameo musste innerlich lachen. Bei dem Wort Commissario hätte sich Maier beinahe verschluckt. Der Leinenanzug fragte: »Commissario, Sie sind Commissario, was bedeutet das?« Fameo verbeugte sich knapp: »Ich hatte noch keine Gelegenheit, mich vorzustellen. Ich bin Commissario Fameo von der Questura Bozen. Wir hatten hier einen Todesfall und ich ermittle in der Angelegenheit.« »Sie treiben sich hier rum, würde ich sagen.« Das war Maier, mit rotem Kopf. »Das war ein Unfall, und das wissen Sie ganz genau. Da gibt es nichts zu ermitteln. Was machen Sie hier überhaupt, sehen Sie denn nicht, dass Sie stören!« Die letzten Worte brachen regelrecht aus ihm heraus. Fameo blieb ganz ruhig. Er schaute zuerst die Frau in ihrem engen rosafarbenen Kleid mit dem verführerischen Ausschnitt, dann den Leinenanzug und ganz zuletzt Maier an. Dann sprach er leise, aber so laut, dass ihn alle verstehen mussten: »Wann ich meine Ermittlungen abschließe, bestimme immer noch ich. Und nicht ein – Zeuge. Ich will hoffen, dass Sie bei Ihrer Führung die polizeilichen Siegel nicht gebrochen haben, das wäre dann für Sie sehr unangenehm. (Fameo wusste überhaupt nicht, ob Siegel angebracht worden waren). Und es wäre sicher noch zu klären, wie die oder der Erbe mit den schuldrechtlichen Ansprüchen der Angestellten umgehen. Immerhin stehen da erkleckliche Summen im Raum. Möglicherweise wird das Schloss damit belastet werden. Das wäre vor einem Verkauf sicher auch noch zu klären.« Maier schäumte vor Wut, das konnte man sehen. Das Pärchen schaute sich an und der Leinenanzug sagte zu Maier: »Ja, unter diesen Umständen sollten wir uns vielleicht wieder sprechen, wenn die Dinge hier geklärt sind. Ich will jedenfalls nichts mit der Polizei zu tun haben.« Dies mit kurzem Seitenblick auf

Fameo. Maier beeilte sich, die entgleitende Beute wieder einzufangen. Er hatte Mühe, seine Fassung zu bewahren. »Ich mache Ihnen einen Vorschlag. Ich habe im Nachbarort einen Tisch im »Löwen« bestellt. Da wollte ich mit Ihnen gerne essen gehen. Vielleicht fahren Sie schon vor. Ich kläre dann hier noch die Irrtümer des Herren von der Polizei.« Damit schob er das Pärchen leicht drängend nach draußen. Die kletterten in den Porsche Cayenne und wirbelten beim Anfahren eine Staubwolke auf. Maier marschierte daraufhin mit dem Habitus eines wilden Bullen auf Fameo zu: »Was erlauben Sie sich eigentlich! Was glauben Sie eigentlich, wer Sie sind! Was mischen Sie sich in meine Angelegenheiten ein! Das wird Ihnen schlecht bekommen, mein Lieber! Das werden Sie noch zu spüren bekommen! Wen glauben Sie, haben Sie eigentlich vor sich!« Maier plusterte sich mächtig auf. Als er Luft holen wollte, um fortzusetzen, was er begonnen hatte, sagte Fameo laut genug, dass es Maier verstehen musste: »Ich habe einen Mann vor mir, der pleite ist. Dem die vielen verlorenen Prozesse und die Steuer ordentlich Probleme bereiten und dem der Tod seines Bruder und das tragische Ableben seiner Schwester vermutlich das Eigentum an diesem Schloss verschafft haben. Da fragt man sich als Polizist, ob es da einen Zusammenhang gibt. Sie haben mit Ihrem Bruder gestritten. Über das Schloss. Kurz darauf ist er tot. Sie haben sich mit der Schwester gestritten. Über das Testament. Sie verunglückt noch an Ort und Stelle. Und kaum ist sie unter der Erde, stehen Sie hier und wollen die Hütte verkaufen. Das gibt einem Kriminalisten zu denken.« Peng, das saß. Magnus Maier schaute Fameo mit hochrotem Kopf, aber offenem Mund an. »Woher …, woher wollen Sie das alles wissen? Wer …?«, stammelte er. Fameo fuhr ihn scharf an: »Ich bin von der Polizei, schon vergessen. Ich weiß alles über Sie. Ich kenne Ihre Probleme, ich weiß um Ihre finanzielle Misere, und da stellen sich mir eben Fragen.« Magnus rang nach Luft. Aber er beruhigte sich ziemlich schnell: »Sie sind also ein ganz Schlauer. Na gut. Aber ich habe weder meinen Bruder umgebracht, noch habe ich meine Schwester umgebracht. Und da ich es nicht war, können Sie mir auch nichts anhängen.« Und nach einer kleinen Pause: »Und was war das eben mit den Ansprüchen der Angestellten? Meinten Sie Maria? Die war hier doch nicht angestellt.« Fameo musterte ihn. Das hatte er also registriert. »Maria hat von Ihrem Bruder nie einen Pfennig Lohn erhalten. Und das über die letzten, na sagen wir vierzig Jahre. Ich könnte mir vorstellen, dass sie einen schuldrechtlichen Anspruch gegen den oder die Erben hat. Nach vorsichtiger Schätzung so ungefähr in Höhe von 500.000 bis 600.000 Euro. Wäre ich Ihr Anwalt, würde ich eine Sicherungshypothek auf dem Grundstück eintragen lassen, als dingliche Sicherung. Das geht auch vorläufig, bis die Ansprüche gerichtlich geklärt sind. Und so lange ist das Grundstück nicht so einfach zu verkaufen. Das habe ich damit gemeint.« Magnus nahm wieder Farbe an. »Was geht Sie das eigentlich an? Was maßen Sie sich an? Ich werde mich an höherer Stelle über Sie beschweren!« Fameos Blick drückte Verachtung aus. »Ich maße mir gar nichts an. Ich habe nur laut nachgedacht, weil Sie mich darum gebeten haben. Aber ich denke, dass wir uns in der Questura sprechen werden. Ich werde Sie vorladen. Es gibt da einige Fragen, die für mich noch offen sind.« Magnus Maier verstand. Fameo konnte ihm das Leben ordentlich vergällen. Wenn er nicht kooperierte, zog er das Verfahren ungebührlich in die Länge. Außerdem hatte er in der Polizeiführung keinen Bekannten, der ihm noch einen Gefallen schuldig war. Er sagte daher in einem eher kleinlauten Ton: »Nun gut, was schlagen Sie vor?« Fameo lächelte: »Ich fände es gut, wenn Sie für Maria einen Platz in einem ordentlichen Seniorenstift finden würden. Für einen Mann von Ihrem Format ist das doch ein Leichtes. Und soviel ich weiß, gehört auch ein gewisser Georg quasi zur Familie. Auch für ihn muss eine Lösung gefunden werden. Jedenfalls kann man die Leute nicht einfach auf die Straße setzen. Ich bin sicher, dass Sie darüber schon nachgedacht haben.« Magnus schäumte innerlich vor Wut, was man gut an den angeschwollenen Stirnadern erkennen konnte. Aber er nickte. »Und was ist mit Ihren – Ermittlungen?«, wollte er wissen. Er hatte den Deal begriffen. »Nun, die Ermittlungen treibe ich mit Hochdruck voran. Ich kann sie erst endgültig einstellen, wenn sich auf die offenen Fragen Antworten gefunden haben.« Der Wink mit dem Zaunpfahl wurde verstanden. Magnus Maier stampfte zu seinem Mercedes und ließ beim Losfahren die Räder durchdrehen.

Fameo ging zurück in die Stube. Maria hatte ihren Platz nicht verlassen. An ihrem Gesicht konnte er ablesen, dass sie alles mit angehört hatte. Sie lächelte leicht und Fameo sagte: »Hier ist meine Karte mit den Telefonnummern, unter denen Sie mich erreichen können. Rufen Sie mich bitte an, wenn sich etwas verändert. Rufen Sie mich aber auch an, wenn Sie sich noch an etwas erinnern, was Ihnen jetzt nicht mehr einfällt. Alles könnte wichtig sein. Wollen Sie das tun?«

Maria nickte. »Das mit dem Traktor hat den Sepp nicht umgebracht?« Ihre Stimme war ganz leise. »Definitiv nicht«, antwortete Fameo. Sie brach in Tränen aus. Das Taschentuch hatte sie ja schon, dachte Fameo und verließ die Stube.

Vierzehn

Vor dem Schloss holte Fameo tief Luft. Sie schmeckte fruchtig, süß, einfach gut. Die Sonne stand kurz vor dem Zenit. Es wehte ein leichter Wind. Jetzt ist Wochenende, dachte er. Der Unfall mit dem Traktor schien geklärt. Maria war eine ungeschickte Rächerin und Magnus Maier war ein Widerling. Was tatsächlich beim Streit mit seiner Schwester geschehen war, wusste nur er. Und so abgebrüht, wie der sich gab, brauchte es stichhaltige Beweise, um ihn des Mordes zu überführen. Derzeit gab es keinen Ansatz, der sich zu verfolgen lohnte. Also: Wochenende, Elisabeth, Berghütte. Aber vorher: lecker essen in der »Brücke«. Den Wagen ließ er vor dem Schloss stehen, die knapp zweihundert Meter bis in das Dorf ging er zu Fuß. Als er die Brücke überquerte, versuchte er einen Blick auf die Friseurin zu erhaschen. Sie bearbeitete eine Kundin, zwei saßen in der kleinen Sitzecke. Auch heute sah sie wieder sehr interessant aus, fand er. Diesmal nicht in Rot, sondern ganz in schwarz gekleidet. Stand ihr gut zu den dunklen Haaren. Sein zweites Ich meldete sich: »Was schaust du fremden Frauen nach, konzentrier dich lieber auf Elisabeth, die ist jetzt deine Favoritin.« Fameo schmunzelte und sagte seinem zweiten Ich: »Appetit kann ich mir holen, wo und wann ich will. Und jetzt sei still.« Das zweite Ich verstummte. Es war eingeschnappt.

Die Gaststube war leer – fast leer. An seinem »Stammtisch«, an dem er das erste Mal in der »Brücke« Platz genommen hatte, saß der alte Georg. Er saß vor einem Glas Wein und blickte stumm auf, erkannte Fameo und gab ein leichtes Lächeln zu erkennen. Fameo setze sich zu ihm. »Darf ich?«, fragte er mehr der Form halber. Er hätte es auch komisch gefunden, sich an einen anderen Tisch zu setzen, da auch sonst niemand da war. Georg nickte nur, sagte aber nichts. Der Wirt war nicht zu sehen, Fameo nahm jedoch Geräusche aus der Küche wahr. Die Vorbereitungen für das Mittagessen, dachte er. Es war erst halb zwölf. Die rechte Zeit für einen frischen Weißwein oder einen Williams, um den Magen anzuwärmen. Dann ein gutes Essen, die Zeit bis halb fünf vertrödeln, den Wagen holen und bis zur Apotheke fahren. So war sein Plan. Aber der Wirt ließ sich Zeit. Also begann er ein Gespräch mit Georg: »Schlimme Zeit für Sie?« Georg blickte ihn an, schwieg aber weiter. »Ich meine, zwei Todesfälle in so kurzer Zeit – nicht einfach für Sie.« Georg seufzte. In seinem Gesicht arbeitete es. Dann plötzlich und ganz leise: »Die Leute sagen, Sie sind von der Polizei?« Das klang nicht misstrauisch. Das wollte er wirklich wissen. »Ja«, antwortete Fameo, »ich bin Commissario. Von der Questura Bozen.« Und wartete ab. Georg schien etwas zu überlegen. Seine Gesichtsmuskeln arbeiteten. »Sie wollen herausfinden, ob der Sepp einen Unfall hatte?« Fameo nickte, sagte aber nichts. »Ich glaube nicht, dass es ein Unfall war.« Georg blickte Fameo dabei ganz klar und deutlich an. Sein sonst leicht blöd wirkendes Gesicht wirkte dabei ernst. »Was glauben Sie denn?« »Ich glaube, dass er vergiftet worden ist.« Die beiden blickten sich stumm an. »Wieso glauben Sie das?« Georg blickte sich in der Stube um, so, als ob er fürchtete, jemand könnte ihn hören. Fameo raunte ihm zu: »Wir sind ganz unter uns. Hier ist niemand sonst. Erzählen Sie mir bitte alles.« Georg sammelte sich: »An dem Morgen, als der Sepp mit dem Traktor in den Graben gefahren ist, war er nicht alleine im Gasthaus. Sonst war er meist alleine. Denn so früh kommt noch keiner. Er war immer der Erste und trank hier sein Glas Wein. Immer nur ein Glas, dann fuhr er wieder zum Schloss. Und an dem Tag saß da ein alter Mann an diesem Tisch.« Er zeigte auf einen kleinen Tisch nahe dem Eingang. »Und als der Sepp zur Toilette ist, hat der Mann gewartet, ist dann aufgestanden, hat umhergeschaut und dann etwas in Sepps Glas getan. Dann hat er sich wieder hingesetzt.« »Und Sie haben das beobachtet? Wo waren Sie denn? Von wo aus haben Sie das gesehen?« Georg duckte sich etwas. Er richtete sich aber wieder auf. »Ich mache hier immer sauber, bringe den Müll weg und kehre unter den Tischen. Ich war im Nebenraum«, er deutete auf die großen Fenster hinter ihm. Dort erstreckte sich ein zweiter, länglicher Raum mit einer schönen Fensterfront zum Wildbach. Die Tische waren dort weiß gedeckt, während in der Gaststube, in der sie saßen, die

Tische ihre polierte Holzplatte zeigten. Hier war es eher rustikal, dort war es eher stilvoll. »Ich fegte den Boden und musste mich oft bücken, um die Krümel aufzukehren. Ich nehme an, dass mich der Fremde dabei nicht gesehen hat. Aber ich konnte ihn gut sehen.« Fameo nickte. »Und als der Sepp von der Toilette kam?« »Der hat sein Glas ausgetrunken und ist dann gegangen – so wie immer.« »Und der Wirt, wo war der?« »Morgens gibt es hier viel zu tun. Der Sepp bekommt sein Glas Rotwein, spricht drei Worte mit dem Wirt, zahlt sofort und trinkt dann in Ruhe aus. Der Wirt war an dem Morgen oben in der Wohnung. Die haben ein Baby, da ist immer was zu tun. Und ich bin ja auch noch da, wenn neue Gäste kommen.« Fameo überlegte: »Dann waren der Sepp und der Fremde allein in der Gaststube?« »Ja.« Georg nickte. Es trat eine Pause ein. Georg senkte den Blick. Fameo: »Darf ich Sie was fragen?« Georg nickte und blickte wieder auf. »Warum erzählen Sie das mir und erst jetzt? Warum haben Sie das nicht schon dem Maresciallo erzählt, als der im Dorf war nach dem Unfall?« Er sagte es bewusst ganz sanft, um Georg nicht zu verschrecken. Georg bohrte seinen Blick in die Augen Fameos. Und dann sagte er ganz leise, aber sehr deutlich: »Weil man einem Trottel nichts glaubt. Und erst recht keiner, der eine Uniform trägt. Aber Sie sind anders, das habe ich gespürt, als wir uns begegnet sind. Aber da wusste ich noch nicht, dass Sie von der Polizei sind.« Fameo war platt. Das war einleuchtend. »Sagen Sie, Georg, würden Sie den Fremden wiedererkennen?« »Ja, den habe ich hier noch nie gesehen. Aber Sie sind ihm möglicherweise schon begegnet.« Fameo nickte aufmunternd, denn er konnte sich darauf keinen Reim machen. »Er wohnte wie Sie im Trogerhof. Er ist am Montagmorgen abgereist, als die Beerdigung vom Sepp war. Er war sogar bei der Kirche und hat alles beobachtet. Dann ist er gefahren.« In dem Moment erschien der Wirt und begrüßte Fameo: »Commissario, Sie werden noch mein bester Kunde, wenn Sie weiterhin so oft kommen.« Er freute sich sichtlich. »Wollen Sie auch etwas essen?« Fameo bestellte für sich einen fruchtigen Terlaner Weißburgunder und für Georg noch ein Glas Roten als Appetitmacher. Dann ließ er es sich nicht nehmen, Georg zum Mittagessen einzuladen, was dieser ohne Umstände annahm, den Wirt aber etwas verlegen zu machen schien. Aber schließlich war er der Gast, und der Wirt zog ab, um das Bestellte zu bringen. Sie warteten schweigend, bis die Gläser vor ihnen standen. Dann begann Fameo: »Im Trogerhof wohnte außer mir nur noch ein Gast. Den habe ich auch kennengelernt. Bitte beschreiben Sie mir doch den Fremden.« Die Beschreibung von Georg passte genau auf Eduard Holzleitner, der Fameo so fantastisch geholfen hatte, als sein Fuß nach dem Bienenstich angeschwollen war. Fameo wurde unruhig. Georg war ihm gleich zu Beginn wegen seiner hohen Auffassungsgabe aufgefallen. Er merkte sich alles, was er sah. Er war immer im Dorf unterwegs und sah viel. Aber jeder hielt ihn für geistig zurückgeblieben. Wahrscheinlich würde man ihm keinen Glauben schenken. Aber ihm vertraute er sich an. »Georg, Sie können alles, was Sie sehen, sehr präzise beschreiben. Das gelingt übrigens nur ganz wenigen Zeugen. Erzählen Sie mir doch bitte haarklein, wie der Mann etwas in das Glas vom Sepp getan hat.« Georg schaute schnell zur Küche, um festzustellen, ob von dort eine Störung drohte. Er sprach leise, schnell und sehr deutlich: »Der Fremde hat so getan, als ob er sich nicht für den Sepp interessiere. Aber er hat ihn beobachtet. Als der Sepp zur Toilette ist, hat er etwas gewartet, bis er die Aufzugstür gehört hat.« »Die Aufzugstür?« »Die Toilette ist im Keller. Der Sepp kann mit seinem steifen Bein die Treppen nur schwer gehen. Das Haus ist behindertengerecht gebaut worden, wegen der Mutter vom Wirt. Die ist jetzt tot, aber die hatte eine Wohnung im Kellergeschoss. Und deshalb gibt es den Aufzug.« »Die Mutter wohnte im Keller?« Georg runzelte die Stirn, das wollte er an dieser Stelle alles nicht erzählen. Aber er war geduldig. »Das Haus hat Hanglage. Die Wohnung im Keller geht zum Bach raus. Ist eine ganz normale Wohnung, nur eben für alte Leute.« Fameo nickte. »Gut, weiter bitte.« »Also, als der Fremde hörte, dass die Aufzugstür sich geschlossen hatte, wartete er noch ein kleines Weilchen, schaute sich aber im Gastraum um. Dann stand er auf und schaute sich weiterhin um, auch durch die Fenster, ob da jemand vorbeikommt oder hineinschaut.« »Und was haben Sie gemacht?« »Ich habe mich geduckt, hinter einem Tisch. Er wird mich hinter den Blumen nicht gesehen haben.« »Und dann?« »Der Fremde ist zum Platz vom Sepp und hat aus seiner Tasche ein kleines Fläschchen geholt. Es sah aus wie Nasentropfen. Mit der Pipette hat er dann einige Tropfen in das Glas getan. Dann hat er es eingesteckt und sich wieder nach allen Seiten umgedreht. Dann ist er langsam zu seinem Platz zurück und hat den Sepp nicht weiter beachtet, als er von der Toilette kam. Der hat sein Glas ausgetrunken und ist sofort gegangen. Der Mann ist sitzen geblieben. Kurz darauf haben wir Maria, die Friseurin, schreien hören. Da sind auch der Wirt und seine Frau heruntergelaufen. Ich bin dann mitgelaufen.« Fameo fragte sich, warum Georg nicht eingeschritten war, da sagte er: »Es ging alles so schnell. Der Sepp kam zurück, setzte sich nicht mehr hin, sondern trank sein Glas im Stehen aus und ging dann sofort. Ich hockte da hinter den Blumen und konnte mich nicht rühren. Ich weiß auch nicht. Aber wenn ich hätte schreien können, wäre der Sepp jetzt vielleicht noch am Leben. Aber ich konnte es einfach nicht.« Georg machte eine Pause. »Und dann der Schrei, das Gerenne im Haus.« »Und was hat der Mann gemacht?« »Ich weiß nicht so genau. Ich glaube, der ist auch aufgestanden und hat nach draußen geschaut. Ich bin jedenfalls an ihm vorbei nach draußen, zusammen mit dem Wirt und seiner Frau. Um den Mann habe ich mich nicht mehr gekümmert. Den habe ich erst wieder auf der Beerdigung gesehen.« Fameo lehnte sich zurück. Er dachte nach. Konnte er Georg vertrauen? Eigentlich sprach nichts dagegen. Warum sollte er sich das einbilden? Oder erzählte er gerne solche Geschichten? Die im Dorf nahmen ihn nicht für voll. Aber die Friseurin hatte den Unfallhergang präzise beschrieben. Sepp sei eingeknickt. Sie hatte den Eindruck, er habe eine Herzattacke oder einen Schlag erlitten. Vom Leeren des Glases bis zum Unfall war wohl keine Minute vergangen. Passte alles ganz gut zusammen, Georgs Aussage und die Beobachtungen der Friseurin. Das Bild wäre dann rund. Aber die Sache war schon merkwürdig. Warum sollte Eduard Holzleitner, der nette ältere Herr aus der Pension, der ihm so gut geholfen hatte, den Sepp vergiften? Wo war das Motiv? Eduard Holzleitner, von dem Georg sagte, er habe ihn noch nie vorher gesehen. Und das dürfte heißen, dass er auch noch nie im Ort gewesen war, denn sonst hätte Georgs gutes Gedächtnis es behalten. Und wenn sich Georg die Tropfen nur eingebildet hatte? Nach seiner Aussage hockte er hinter der Blumendekoration verborgen im Nachbarraum und konnte die Szenerie nur durch die Fenster beobachten, die in der Mauer der Trennwand eingelassen waren. Was wäre, wenn sich Holzleitner nur die Beine vertreten hätte und dabei vielleicht nahe dem verlassenen Sitzplatz an der Theke gestanden hatte? Vielleicht hatte er wirklich etwas aus seiner Tasche genommen, das wie ein Fläschchen Nasenspray aussah. Aber konnte Georg denn von seiner Position aus überhaupt sehen, was genau Holzleitner damit gemacht hatte? Über diese Gedanken brachte der Wirt das Essen. Georg machte sich sofort daran, alles klein zu schneiden und dann langsam, aber mit Bedacht, Gabel für Gabel, seinem Mund zu überantworten, der wie eine gut eingespielte Maschine seine Arbeit versah. Konversation während des Essens war seine Sache nicht. Er konzentrierte sich auf das Wesentliche, die Nahrungsaufnahme. Also saßen sie sich schweigend gegenüber. Fameo beobachtete, dass Georgs Gesicht wieder seine gewohnte Fassung annahm. Es wirkte wieder leicht blöde. Wie der sich doch verwandeln kann, staunte er. Es ist wie eine Fassade, die ihn vielleicht vor Anfechtungen bewahrt. Einem Blöden traut man nicht alles zu. Wie hat ihn die Friseurin beschrieben? Der Georg könne keiner Fliege was zuleide tun, hat sie gesagt. Sie hält ihn also für völlig harmlos. Und der Wirt, der Georg seit seiner Kindheit kennt, hat erzählt, dass er nie eine Schule besucht hat und dass er geistig etwas zurückgeblieben ist. Außerdem helfe er überall im Dorf. Fameo versuchte sich vorzustellen, wie Georg es geschafft haben musste, in diesem Dorf seinen Platz zu finden. Als Kind hier gestrandet, ohne Familie und Herkunft. In einer Zeit, als überflüssige Esser ein Problem darstellten. Sozialfürsorge gab es damals nicht in dem Maße wie heute. Das Kind war also darauf angewiesen, dass sich jemand seiner erbarmte. Das gelang ihm: Die Familie Maier nahm ihn auf. Aber eine Schule durfte oder konnte er nicht besuchen. Ohne Bildung und ohne Ausbildung in einer Dorfgemeinschaft zu überleben, konnte ihm nur gelingen, wenn er niemandes Kreise störte. Wenn er ein Niemand blieb, ein liebenswürdiges Faktotum – der leicht blöde, hilfsbereite und ein bisschen bemitleidenswerte Georg halt. Vielleicht war das sein Lebensplan? Jedenfalls schien sich hinter der Fassade noch ein anderer Georg zu verbergen. Vielleicht war er ungebildet, vielleicht war er einfältig, aber er verfügte über eine präzise Beobachtungsgabe und konnte gut kombinieren. Diese Talente wollte er aber anscheinend nicht offenbaren, denn das hätte seine unangefochtene Stellung in der Dorfgemeinschaft gefährden können. Als Einfältiger konnte er niemandem gefährlich werden. Also musste sich in seiner Gegenwart auch niemand zurückhalten. Er durfte dabei sein. Als hilfsbereiter Mensch rechtfertigte er sein Hiersein durch seine Arbeit. Er war der Gemeinschaft nützlich, die Gemeinschaft vergalt es ihm, indem sie ihn Teil des Dorfes werden ließ. Aber niemand erkannte, dass hinter der Fassade des Blöden ein Mensch mit einer präzisen Beobachtungsgabe steckte. Er verfügte möglicherweise über Fähigkeiten, wie eine hohe Auffassungsgabe, Kombinationsfähigkeit, die auf eine hohe Intelligenz schließen ließen, die ihm aber hier niemand zutraute. Er hatte seine Einfältigkeit vielleicht als überlebensnotwendig kultiviert. Irgendwann im Laufe seines Heranwachsens musste er sich dafür entschieden haben. Oder sie erschien ihm vielleicht auch einfach als die ihm zufallende Rolle. Ob er jemals darüber nachgedacht hatte, würde sein Geheimnis bleiben.

Als Georg mit dem Essen fertig war, murmelte er etwas wie müde und schlafen, dann erhob er sich und machte sich daran zu gehen. Zum Abschied bedankte er sich für das Essen und sagte: »Sie glauben mir doch?« In seiner Stimme klang so etwas wie Zweifel mit. Fameo nickte und antwortete: »Ich kümmere mich darum.« Dann schlurfte Georg wortlos Richtung Treppenabgang, der, wie Fameo jetzt wusste, zu den Toiletten führte. Als er ihm nachblickte, nahm er auch den Aufzug wahr, von dem Georg gesprochen hatte. Die Kellertreppe rankte sich um seinen Schacht. Fameo nutzte die Zeit, bis Georg von der Toilette kam, um herauszufinden, von wo aus Georg die Handlungen des Eduard Holzleitner beobachtet haben könnte. Der Nebenraum, von dem aus er gesehen haben wollte, wie Holzleitner Tropfen aus einer Pipette in das Glas des Sepp gegeben hatte, grenzte an den Gastraum. Es war ein länglicher Raum, dessen Helligkeit von einem durchgehenden Fensterband herrührte, das den Blick auf den Prissianer Bach freigab, der unter der Brücke in eine steile, urtümliche Schlucht hinabstürzte. Durch die geöffneten Fenster kam ein frischer Wind und das Geräusch, das herabstürzende Bäche gewöhnlich liefern. Atmosphärisch war dieser Raum schon klasse, fand Fameo. Unter dem Fensterband zog sich eine durchgehende Bank entlang, die auch die beiden stumpfen Enden links und rechts umschloss. Rechts ging die Bank noch ein Stück um die Trennwand zum Gastraum und bildete so einen Trichter, in dessen Mitte ein großer Tisch den Raum abschloss, an dem bis zu acht Personen Platz fanden. Am linken Kopf des Raumes öffnete eine Tür den Durchgang auf die Terrasse, die den Gästen eine ungefilterte Akustik des Baches und einen ungehinderten Blick auf die pittoreske Umgebung bot. Vor der umlaufenden Bank standen Tische, denen jeweils zwei oder drei Stühle zugeordnet waren. An der Trennwand zum Gastraum stand nur ein kleiner Tisch mit zwei Stühlen mittig zwischen den beiden großen Fenstern, die den Blick in den Gastraum zuließen, in dem er soeben das Essen eingenommen hatte. Er sah die leeren Teller und das benutzte Besteck, das er auf seinem Teller abgelegt hatte. Von wo aus, so überlegte Fameo, hatte man einen Blick auf den Platz, den Holzleitner nach der Beschreibung Georgs eingenommen hatte, und auf den Platz vom Sepp an der Bar? Fameo bewegte sich im Raum, um diesen Platz zu finden. Es war nicht schwer. Von einem der Plätze auf der umlaufenden Bank konnte man genau diese beiden Positionen beobachten, so wie Georg es beschrieben hatte. Fameo bückte sich so tief, dass sein Kopf knapp über der Tischkante blieb und stellte die Blumen der Tischdekoration genau vor sein Gesicht. Das könnte die Position sein, die Georg ihm beschrieben hatte. Von hier aus konnte man in der Tat beobachten, was sich zwischen dem Sitzplatz von Holzleitner und dem Thekenplatz des Sepp abspielte. Und es war durchaus denkbar, dass Holzleitner den hinter den Blumen verborgenen Georg nicht bemerkte, denn die Entfernung war schon ordentlich. Wenn Holzleitner sich also unbeobachtet gefühlt hatte, dann wäre es schon möglich gewesen, etwas in das Glas des abwesenden Sepp zu geben. Aber warum? Warum sollte Eduard Holzleitner so etwas tun?

Fameo erhob sich. Er wunderte sich, dass Georg so lange auf der Toilette blieb. Da erschien der Wirt, um den Tisch abzuräumen. »War es recht?«, fragte er und freute sich, dass Fameo offensichtlich Gefallen an den Räumen fand. Denn so interpretierte er Fameos Aufenthalt im »Speisezimmer«. »Gefällt ihnen unser Speisezimmer?«, fragte er. Fameo stimmte gerne zu. Denn er fand, dass die Aufteilung in rustikalen Gastraum mit Thekenbereich, fein eingedecktes Speisezimmer, luftige Terrasse und nicht zu vergessen der Zirbelholzstube, in der er mit dem Maresciallo und dem Carabiniere gegessen hatte, eine äußerst gelungene Mischung war. »Mir gefällt es hier sehr gut. Hier kann wirklich jeder zu jeder Gelegenheit einkehren. Sie haben, wie es scheint, an alle Möglichkeiten gedacht. Für das Glas und das Schwätzchen auf die Schnelle haben Sie die Theke, für den Imbiss den Gastraum, für das große Essen und die Touristen das Speisezimmer und im Sommer zusätzlich die Terrasse und für die gemütlichen Winterabende, schätze ich, ist die Zirbelholzstube gedacht. Toll geplant.« Der Wirt erblühte vor Stolz. Der Commissario hatte all seine Überlegungen erkannt. Die Planung hatte ihn monatelang den Schlaf gekostet. Und er war sehr stolz auf sein Restaurant Zur Brücke. Er hatte es vor zwei Jahren völlig neu erbauen lassen. Das alte Gasthaus stammte aus den Anfängen des Dorfes. Seine Eltern hatten nie etwas daran geändert. Die Auflagen des Staates zum Brandschutz, zur Hygiene, kurz zum Betrieb eines Restaurants hatte der alte Bau schon seit Jahren nicht mehr erfüllt. Mit kleinen Tricks und Bestechungsgeldern an Beamte des Gewerbeamtes und des Bauamtes hatte er es geschafft, einen Umbau lange hinauszuzögern, aber irgendwann ging es einfach nicht mehr. Da hatte er sich zum Abriss des alten Gebäudes und zu einem Neubau auf demselben Grundstück entschlossen. Der Wirt räumte den Tisch ab und kam mit einer Flasche zurück. »Darf ich Sie zu einem Eigenbrand einladen?« Fameo freute sich. Der Wirt hockte sich dazu und schenkte ihnen beiden ein. Der Brand war scharf, wirkte aber wohltuend. »Eigenbrand?«, fragte Fameo. »Treber – machen hier die meisten selber.« »Ganz schön stark.« »Ja, man muss ihn schon ein wenig verdünnen, aber er kommt schnell auf 40 Grad. Ist dann wie Medizin.« »Ich meine, der hier hat wohl mehr.« Der Wirt lächelte. Er hatte mehr. Schwarzbrennen war verboten. Wenn der Commissario mit ihm trank, war das von seiner Seite aus ein Zeichen des Vertrauens. Und wenn er mittrank, war er keiner von der scharfen Sorte, die einem das Leben als Wirt sauer machen. Fameo wunderte sich, wie lange Georg auf der Toilette zubrachte, und fragte den Wirt, ob man nach ihm sehen müsste. Der Wirt verneinte. »Georg ist sicher unten in der Wohnung und macht seinen Mittagsschlaf. Das ist so seine Gewohnheit.« »Er hat hier eine Wohnung? Ich dachte, er lebt auf dem Schloss?« Fameo war erstaunt. »Nun, es ist so«, sagte der Wirt, »Georg ist heute gekommen und hat mir gesagt, dass Magnus ihn hinausgeworfen habe. Regelrecht davongejagt habe er ihn. Das kann schon sein, denn wie es scheint, will er das Schloss verkaufen. Tessa war noch nicht unter der Erde, da hat er schon die ersten Interessenten durch das Schloss geführt. Der führt sich auf, als sei das sein Schloss. Und der Georg steht ja alleine da. Der ist nicht adoptiert – ich meine im rechtlichen Sinne. Der hat keine Ansprüche gegenüber dem Magnus Maier. Und ich kann ihn ja nicht einfach so dastehen lassen. Ich hab ihn ja schon gekannt, als ich noch ein Kind war. Der gehörte für mich also immer schon Zur Brücke. Ich weiß aber nicht, wie das auf Dauer gehen soll. Meine Mutter ist vor einigen Monaten gestorben und so habe ich ihre alte Wohnung derzeit frei. Da habe ich den Georg untergebracht. Aber eigentlich muss ich die Wohnung vermieten. Ich fürchte, ich werde auf die Mieteinnahmen nicht verzichten können. Den Neubau habe ich mit Fremdmitteln finanziert und die Abgaben sind happig. Das muss ich alles erwirtschaften. Und ich fürchte, dass ich den Georg nicht für immer da wohnen lassen kann.« Der Wirt wirkte betrübt. Fameo sah ihm an, dass er sich um Georg Sorgen machte. Georg war nun ein alter Mann. Irgendwann würde er vielleicht pflegebedürftig. Vielleicht ein Fall für die Sozialfürsorge. Plötzlich kam Fameo eine Idee. »Sagen Sie, die Wohnung ihrer verstorbenen Mutter, die ist doch sicher altengerecht?« Der Wirt stutzte. »Ja, die haben wir gleich so gebaut, dass sich meine Mutter auch mit einem Rollstuhl darin bewegen kann. Die Türöffnungen sind besonders breit, das Bad ist behindertengerecht gebaut und alles ist ebenerdig. Wir haben einen Aufzug einbauen lassen, damit sie nicht die Treppen steigen musste. Warum fragen Sie?« Fameo überlegte. »Ist die Wohnung auch groß genug für zwei?« Der Wirt wunderte sich. »Die Wohnung hat zwei Zimmer, eine große Küche, Flur und Bad sind sehr geräumig. Groß genug ist sie auch für zwei Menschen. Darf ich fragen, warum Sie das so interessiert?« Fameo nickte. »Natürlich. Ich habe darüber nachgedacht, dass Maria vielleicht die gleichen Probleme hat wie Georg. Ich meine, dass Magnus Maier auch seine Schwägerin loswerden muss, wenn er das Schloss verkaufen will. Wäre es da nicht vielleicht eine gute Idee, wenn die beiden in so eine Art Alten-WG ziehen würden? Ich könnte mir vorstellen, dass sie bei Ihnen wirklich gut untergebracht wären.« Der Wirt schaute erstaunt. Was für Gedanken sich der Commissario machte. »Commissario, das wäre vielleicht eine gute Idee, aber wie ich schon sagte, ich kann es mir nicht leisten, wohltätig zu sein und die beiden hier einfach wohnen zu lassen.« Fameo legte seine Hand auf den Unterarm des Wirtes, um ihn am Weiterreden zu hindern. »Ich empfehle Ihnen, Magnus Maier einfach anzusprechen. Vorher sollten Sie ausrechnen, was Sie monatlich an Miete, Verpflegung und eventuell an Pflegekosten benötigen würden – rein hypothetisch. Und dann rechnen Sie diese monatlichen Kosten auf die zu erwartende

Restlebenszeit der beiden hoch. Dann kommen Sie auf einen erklecklichen Betrag, den Sie bitte großzügig aufrunden. Und dann schlagen Sie noch 100.000 Euro drauf. Diese Summe präsentieren Sie Magnus Maier als die Summe, die er Ihnen zu treuen Händen in bar übergeben muss, um alle Kosten abzudecken, die für eine lebenslange Versorgung der beiden Alten anfallen. Maier wird sich sträuben und winden, aber ich könnte mir vorstellen, dass er sich darauf einlässt. Und dann können Sie mit dem Geld wirtschaften. Ich schätze Sie so ein, dass Sie sich ernsthaft um die Alten kümmern und dass sie bei Ihnen gut aufgehoben sind. Und ich schätze die beiden Alten so ein, dass sie hier mithelfen, so weit es ihre Kräfte zulassen, und Ihnen zumindest in den nächsten Jahren keine Sorgen machen. Und wenn Sie das Geld geschickt anlegen, können Sie vielleicht auch eine eventuell notwendig werdende Pflegekraft davon bezahlen. Na, was halten Sie davon?« Der Wirt hatte nicht nur interessiert zugehört. Er war erstaunt über die Idee des Fremden. »Warum, glauben Sie, sollte Magnus Maier mit diesem Vorschlag einverstanden sein? Ich schätze ihn als einen kühl kalkulierenden und erfolgreichen Geschäftsmann ein. Er hat sich hier viele Jahre nicht blicken lassen. Er hat keine Beziehung zu Georg oder zu Maria. Er kennt die beiden eigentlich nicht. Warum sollte er ihren Lebensabend finanzieren? Und warum soll ich auf die errechnete Summe noch 100.000 Euro aufschlagen?« Fameo lächelte: »Ich habe Magnus Maier getroffen, bevor ich hier zu Mittag gegessen habe. Es ist so, wie Sie sagen. Er führte Kaufinteressenten durch das Schloss. Aber ich hatte Gelegenheit, ihn unter vier Augen zu sprechen.« Fameo machte eine Pause und unterdrückte ein Schmunzeln. »Ich habe den Eindruck, dass er sich durchaus Sorgen um die Zukunft der beiden Alten macht. Er sucht nach einer Lösung.« Das war nicht mal gelogen, dachte er bei sich. »Wenn Sie ihm jetzt diese Lösung anbieten, könnte ich mir vorstellen, dass er darauf eingeht. Maier ist ein Mann, der keine Zeit verlieren will. Er wird sich daher auch nicht selbst darum kümmern können oder wollen. Also, wenn Sie ihm diese Arbeit abnehmen, ist er vielleicht sogar dankbar. Und das mit den 100.000 Euro Aufschlag ist rein taktisch zu verstehen. Maier ist Kaufmann. Der wird handeln wollen. 100.000 Euro können Sie ihm nachlassen, ohne das Projekt zu gefährden.« Fameo war am Ende seines Vortrags angekommen und konnte in den Augen des Wirtes lesen, dass er im Geiste die Summe zusammenrechnete, die er Magnus Maier präsentieren würde. »Aber lassen Sie sich nicht auf Ratenzahlung oder etwas anderes als Barzahlung ein. Kaufleute gehen auch schon mal pleite. Nicht dass ich das bei Maier befürchten würde. Das kann ich ja auch gar nicht wissen, aber Bargeld lacht, das verstehen Sie doch bestimmt.« Der Wirt nickte anerkennend. Fameo war zufrieden. »Der Georg, was würden Sie sagen, ist er zuverlässig? Sie kennen ihn doch schon lange. Wenn er mir etwas erzählt, ich meine, ich bin ihm ja fremd, meinen Sie, er würde mir einen Bären aufbinden wollen?« Als Fameo das erstaunte Gesicht des Wirtes sah, fügte er schnell hinzu: »Der Maresciallo, Sie haben ihn ja kennengelernt, hat mir erzählt, dass die Prissianer Fremde gerne frotzeln.« Da lächelte der Wirt: »Hat er das? Na, der muss es ja wissen. Ist ja schon lange bei uns. Da ist was Wahres dran. Aber das stammt aus einer Zeit, bevor der Fremdenverkehr für uns in den Dörfern hier oben eine wichtige Einnahmequelle wurde. Vor dieser Zeit konnte niemand an ihnen verdienen. Die paar Fremden, die sich hierher verlaufen hatten, stellten eine Abwechslung dar. Ich kann mich noch gut daran erinnern, dass die Leute aus dem Dorf jeden, der hier in der »Brücke« Gast war, in ein Gespräch verwickelten. Es machte denen Spaß, die Fremden auf den Arm zu nehmen. Aber das waren harmlose Späße, wenn Sie verstehen, was ich meine. Das wird der Maresciallo gemeint haben. Polizisten, die wie er aus der tiefsten Provinz Italiens hierherversetzt worden waren, hatten es allerdings besonders schwer. Die mochte hier niemand. Die hat jeder auflaufen lassen. Aber die haben sich auch teilweise wie Besatzer aufgeführt. Heute ist das Verhältnis entspannt. Aber das Misstrauen gegenüber den italienischen Beamten ist immer noch da. Der Georg hat da aber nie mitgemacht. Der hat immer nur zugehört. Ich glaube nicht, dass der alles verstanden hat. Er ist halt etwas zurückgeblieben. Ich kann mir nicht vorstellen, dass der in der Lage ist, jemanden zu frotzeln. Hat er Ihnen denn eine Geschichte erzählt? Glauben Sie ihm nicht alles. Wie gesagt, er lebt in einer eigenen Welt, aber er ist eine ehrliche Haut.« Fameo nickte dem Wirt freundlich zu. Es war für ihn Zeit zu gehen, schließlich hatte er ein wichtiges Date. »Ich wünsche Ihnen viel Erfolg bei den Verhandlungen mit Herrn Maier. Vielleicht lassen Sie mich bei Gelegenheit wissen, wie die Sache ausgegangen ist. Das würde mich interessieren.« Nachdem er gezahlt hatte, ging er seinen Wagen holen.

Auf dem Weg zum Schloss musste er am Trogerhof vorbei. Er bog vom Weg ab und sah Brigitte, wie sie am Sandkasten saß und mit ihrer jüngsten Tochter spielte. Sie freute sich, ihn zu sehen. Mit Blick auf die Zeit trug er ihr sein Anliegen knapp vor: »Ich wollte dem Herrn Holzleitner schreiben, weil er mir so gut geholfen hat. Sie haben doch seine Adresse.« Jeder Gast gab der Wirtin seinen Personalausweis, aus dem sie die Anschrift, die Nummer des Passes und die Nationalität entnahm, um sie in ein Formblatt des Fremdenverkehrsvereins einzutragen. Außerdem die Dauer des Aufenthalts. Diese Angaben interessierten auch die Steuerbehörden, denn die Vermieter waren dafür bekannt, dass sie gerne an der Steuer vorbei brutto für netto vermieteten. Deshalb gab es diese strengen Regelungen. Brigitte jedenfalls erfüllte sie, das hatte er selbst erlebt. Und so erfuhr Fameo, dass Holzleitner in München wohnte. Da er bis halb fünf noch knapp zwei Stunden Zeit hatte, fragte er Brigitte, wie er diese Zeit am besten verbringen könnte. »Gehen Sie halt ein wenig schwimmen. In Tisens gibt es ein schönes Schwimmbad, da würde ich jetzt auch gerne sein.« Fameo ließ sich den Weg beschreiben, holte sein Auto, lieh sich eine Schwimmhose und vertrödelte den frühen Nachmittag in einem herrlichen Schwimmbad mitten in den Apfelplantagen. Nachdem er dort noch einen Espresso getrunken hatte, fuhr er zur Apotheke.

Fünfzehn

Elisabeth sah hinreißend aus. Sie hatte ihr dickes rot-blondes Haar in einem Pferdeschwanz gebändigt. Die eng sitzende Treckinghose betonte ihren wohlgeformten Körper. Was für eine tolle Frau, dachte Fameo, als er sie sah. Ihre weißen Zähne funkelten ihm ein bezauberndes Lächeln entgegen und ehe er etwas sagen konnte, umschlang sie seinen Nacken und presste ihre vollen Lippen auf die seinen. Fameos zweites Ich kam ins Schleudern: Mann oh Mann, geht die ran! Halt sie fest, Mann, die fegt dich weg. Du jedenfalls bestimmst nicht das Tempo. Fameo ignorierte es einfach und gluckste vor Freude. Er drückte sie an sich und flüsterte ihr ins Ohr: »Ich habe mich die ganze Woche auf diesen Moment gefreut.« Sie wuschelte durch sein Haar und ihre Augen saugten sich ineinander. »Dann lass uns schnell ins Wochenende fahren. Da kannst du mir das noch öfter sagen. Das höre ich nämlich sehr, sehr gerne, mein lieber, lieber Commissario«, gurrte sie zurück. Mit einem schrägen Blick auf den Punto verstaute sie ihr Gepäck im Kofferraum. Fameo hatte ihn wahrgenommen. Ungefragt sagte er: »Dienstwagen. Habe ich mir ausgeliehen. Soll angeblich auch Steigungen schaffen. Wenn wir liegen bleiben, kann ich jederzeit die Polizei rufen.« Elisabeth musste lachen: »Na, dann mal los. Wir fahren die Gampenstraße hinunter, Richtung Lana, und beim zweiten Kreisverkehr geht es ins Ultental.« Sie dirigierte ihn an den entscheidenden Stellen. »Das Ultental musst du dir erobern.« Zunächst einmal führte die Straße in Serpentinen immer höher hinauf. Lana wurde aus dieser Perspektive immer mehr zum Spielzeugdorf im Tal. Auf 1000 Metern Höhe nahm die Steigung der Straße ab und der Punto fuhr immer noch, obwohl die Temperaturanzeige schon nach kurzer Zeit den roten Bereich angezeigt hatte. Tommaso schien recht zu behalten – zum Glück. Jetzt öffnete sich das Tal und die Straße verlief ohne nennenswerte Steigungen längs der Talachse. Links und rechts zogen sich gewaltige Bergmassive nach oben. Zunächst noch grün, aber deutlich oberhalb der Baumgrenze waren die Flächen mit kargem Gestein durchsetzt.

Die Fahrt führte bis nach St. Pankraz. Elisabeth leitete Fabio quer durch den Ort, bis sie an einen Forstweg kamen, der sich den Mariolberg steil hinauf durch den Wald wand. Der Punto hatte Mühe, den holprigen Weg zu bewältigen. Die Ölwanne hatte des Öfteren laut krachend Bodenkontakt. Aber sie hielt. Schließlich versperrte eine Schranke die Weiterfahrt. »Ab hier geht es zu Fuß weiter, am besten du parkst den Wagen nahe an der Böschung. Dann können die Holzarbeiter noch vorbei.« Elisabeth kannte sich aus. Für den Fußweg zur Hütte brauchten sie noch zwei Stunden. Dabei schleppten sie alles, was Elisabeth für das Wochenende für nötig erachtet hatte, in zwei Rucksäcken mit. Ziemlich verschwitzt, aber glücklich gelangten sie knapp oberhalb der Baumgrenze an einen wunderschönen Platz, in den sich die Hütte malerisch einfügte. Umgeben von niedrigen Latschenkiefern und vom Wind zerzausten und mit Flechten umrankten Krüppelkiefern, stand die Hütte nahe einem kleinen Brunnen, den eine Quelle zu speisen schien. »Biete Unterkunft mit fließend Wasser«, jubelte Elisabeth ihm entgegen, »außerdem Vollpension und die ungeteilte Aufmerksamkeit der Wirtin.« Fabio nahm Elisabeth in den Arm und sie küssten sich. »Das mit der ungeteilten Aufmerksamkeit musst du mir näher erklären«, konnte er gerade noch sagen, da zog sie ihn schon mit sich, schloss die Tür auf, öffnete die Fenster und warf ihn auf das einzige Bett, das in der Hütte stand. Als er wieder normal atmen konnte, war es später Nachmittag. »Die Wirtinnen hier oben pflegen aber eine intensive Gästebetreuung«, seufzte er sehr zufrieden mit dem Erlebten. Auch Elisabeth schien glücklich. Ermattet – weniger von dem Gepäckmarsch zur Hütte, als von dem, was sie mit »Gästebetreuung« umschrieben hatte – lag sie in seinen Armen. »Du bist …«, Fameo rang nach Worten. Granate, schien ihm zu flach, eine Offenbarung, zu pathetisch. »Ja, was bin ich denn?«, gurrte sie. »… das Beste, was mir je passiert ist«, entfuhr es ihm. Was danach passierte, kostete ihn die letzte Kraft, die noch in ihm steckte.

Fabios Wochenende verflog dank Elisabeth wie im Fluge. Die Zeit schien stillzustehen. Wieder hatte er das Gefühl, nur im Heute und Jetzt zu sein. Alles Vergangene war weg, alles Zukünftige interessierte nicht. Das nennt man wohl Glück, dachte er, während er zusah, wie Elisabeth auf der offenen Feuerstelle in einer geschmiedeten Pfanne Eier mit Speck zubereitete. Sie hatte ihm erzählt, dass diese Sennerhütte vom Frühjahr bis zum Herbst oft von Hirten benutzt wurde, die mit ihren Schafherden über die Hochalmen zogen. Und dass diese Hütte ihren Eltern gehörte, die etwas tiefer im Tal einen großen Hof bewirtschaften. Sie hatte nicht in der Landwirtschaft arbeiten wollen. Zum einen, weil sich schon früh in der Schule gezeigt hatte, dass sie außergewöhnlich begabt war. Deshalb hatten die Lehrer ihren Eltern geraten, das junge Mädchen zu fördern. Und zum anderen, weil ihre Eltern nicht so traditionsverhaftet waren wie die meisten Bauernfamilien. Ein wenig unheimlich war es ihnen schon, dass ihre Tochter in Innsbruck studierte. Aber das Geld für ihr Studium hatten sie gehabt und gerne hergegeben. Das war für viele ihrer ehemaligen Mitschülerinnen durchaus keine Selbstverständlichkeit. Die meisten hatten einen Dienstleistungsberuf im Fremdenverkehr ergriffen. Einige wenige hatten sich mit einem kleinen Geschäft selbständig gemacht. Aber es gab auch durchaus Fälle, in denen die jungen Frauen an den elterlichen Hof gebunden waren. Sie hatte es also gut getroffen. Ihr ältester Bruder liebte den Beruf des Landwirts. Er hatte den Hof auf ökologische Landwirtschaft umgestellt und war damit sehr erfolgreich. Ihr jüngster Bruder hatte Geschichte studiert und arbeitete als Redakteur bei der Tageszeitung *Dolomiten* in Bozen. Elisabeth war auf dem Hof im Ultental glücklich aufgewachsen und alle Arbeiten in der Hütte gingen ihr flott von der Hand. Eine patente Frau, dachte Fabio. Mit der kann man sogar ohne Strom und Wasserspülung zusammenleben. Ganz urtümlich, ohne dass es komisch wird.

Als sie am Sonntagabend eng aneinandergekuschelt auf der Bank vor der Hütte saßen und genossen, wie die Abendsonne das verschwenderisch helle Licht langsam herunterregelte und mit einem satten orangen Ton die ihnen gegenüberliegende Felsformation ausleuchtete, schweiften Fabios Gedanken zu seinem Fall zurück und zu den Überlegungen, was er am Montag als Erstes angehen würde. »Elisabeth, kennst du dich mit Giften aus?« Elisabeth schaute ihren Fabio fragend an: »Ich bin Apothekerin, schon vergessen? Natürlich kenne ich mich auch mit Giften aus. Warum fragst du?« Fabio schaute in die Ferne: »Gibt es ein Gift, das man in ein Glas träufeln kann, ohne dass es den Geschmack des Getränks verändert, und das so schnell wirkt, dass der Tod ungefähr ein bis zwei Minuten nach der Einnahme des Giftes eintritt?« Elisabeth betrachtete ihren Fabio. Was dem so alles im Kopf herumging, während er mit ihr vor einem kitschig-schönen Abendgemälde der Natur saß! Sie sagte aber: »Es gibt viele Gifte, die schnell wirken. Meist lähmen sie die Atmung oder bewirken, dass das Herz zu schlagen aufhört. Ja, das alles gibt es. Ich bin sicher, dass es dabei auch geschmacksneutrale Gifte gibt, die man Getränken beigeben kann. Das alles ist seit alters her bekannt. Nicht umsonst haben zum Beispiel die römischen Cäsaren Vorkoster beschäftigt.« Elisabeth fragte nicht, warum Fabio das wissen wollte. »Sind diese Gifte im Körper nachweisbar, und wenn ja, wie lange nach ihrer Einnahme? Weißt du das auch?« Elisabeth schüttelte den Kopf: »Nein, das weiß ich nicht. Ich habe gelesen, dass manche Gifte nachweisbar sind, andere nicht, oder nur sehr schwer. Und manche Substanzen zersetzen sich recht schnell, nachdem sie ihre Wirkung entfaltet haben.« Fameo nickte stumm und sagte mehr zu sich selbst: »Wenn also jemand schon beerdigt ist, also schon einige Zeit tot ist, dann ist es unwahrscheinlich, im Körper die Substanz nachzuweisen.« Dann schwieg er. Elisabeth begriff natürlich, dass seine Fragen mit einem Fall zu tun hatten, der ihn beschäftigte. Sie umschlang seinen Nacken und küsste ihn auf sein Ohr. Dann flüsterte sie: »Ich kann dich ja nächstes Wochenende mit nach München nehmen. Das wäre für dich dann sogar eine Fortbildung. Ich besuche da nämlich einen Kongress. Es geht unter anderem um das Thema Toxikologie im Alltag. Einer der Referenten ist eine Koryphäe auf dem Gebiet der Toxikologie. Er leitet das Gerichtsmedizinische Institut der Universität München. Seine Spezialität ist der Nachweis von Giften im Körper. Der wird dir alle deine Fragen beantworten können. Es gibt immer ein gemeinsames Essen aller Teilnehmer mit den Referenten. Da werden wir ihn treffen können. Was hältst du davon?« Fameo schnurrte wie ein kleiner Tiger: »Klar komme ich mit, wenn du mich dabeihaben willst. Es wäre auch schrecklich, wenn ich ein Wochenende ohne dich auskommen müsste. Ich würde dich auch zu einem Kongress über die Wirkung der Esskastanie auf das Verdauungssystem des gemeinen Südtiroltouristen begleiten, selbst dann, wenn der Kongress in den Karpaten stattfinden würde. Aber alleine lassen mag ich dich jetzt nicht mehr – nie mehr.« Dabei wurde er rot.

Elisabeth wurde nicht rot, aber ihr wurde ganz heiß: »Heißt das …?« Fabio nickte: »Das heißt, dass ich bis über beide Ohren verliebt bin. Das heißt, dass ich mich noch nie vorher so gefühlt habe wie heute. Das heißt, dass ich glaube, dass du die Richtige für mich bist.« Ihre Blicke fanden einander und jeder las in den Augen des anderen dasselbe.

Kurz nach Sonnenaufgang brachen sie auf. Die Apotheke blieb zwar montags geschlossen, aber Fabio wollte nicht erst am Nachmittag seinen Dienst antreten. Bis Montagmittag im Büro zu erscheinen war ja für niemanden ein Problem. Er wollte aber die gemächliche Gangart der Bozner Polizei nicht übermäßig strapazieren. Als er sich in Tisens von Elisabeth verabschieden wollte, lief sie noch schnell ins Haus, um ihm das Programm des Münchner Kongresses zu geben. Auf der Fahrt nach Tisens hatte er ihr erzählt, dass er in München einen Onkel hatte, der ebenfalls bei der Polizei arbeitete. Vielleicht hatten sie ein wenig Zeit, um ihn kurz zu treffen. Sie hatten überlegt, ob sie einfach einen Tag dranhängen sollten. Fabio wollte im Büro abklären, ob er Urlaub bekam. Denn als Fortbildung konnte er das lange Wochenende mit Elisabeth nicht einbuchen. Bester Laune fuhr Fameo nach Terlan, um den Punto abzugeben.

Tommaso Caruso hörte sich Fameos Geschichte von Maria, ihrem toten Ehemann und dem durchtrennten Kabel an. Er nickte nur stumm und meinte: »Dann wäre das also geklärt.« Als Fameo ihm die Vergiftungstheorie von Georg erzählte, verdrehte er ein wenig die Augen: »Ich kenne die Leute hier. Auch den Georg. Seit vielen Jahren. Der ist nicht ganz dicht im Kopf. Ist ein harmloser Irrer. Ich glaub nicht an die Geschichte. Aber selbst wenn das so gewesen ist, wie soll man es beweisen? Sollen wir den Sepp ausgraben lassen? Und dann? Wer kann denn ein Gift nachweisen? Vielleicht kann man bei einer Autopsie feststellen, dass er an Herzversagen gestorben ist. Gut. Aber was das Herzversagen ausgelöst hat, ist dann schon schwieriger zu bestimmen. Wenn es ein Gift war, dann müssen die Pathologen nach seinen Spuren suchen. Und das im Gewebe eines Körpers, der schon zwei Wochen lang in der Erde ruht. Ich glaub nicht, dass so etwas funktioniert. Und wir stehen am Ende als die Blamierten da, wenn wir den Sepp umsonst haben ausgraben lassen.« Er machte eine kleine Pause und schaute in die Luft. »Fabio, das ist ein kleines Dorf da oben. Niemandem bleibt da etwas verborgen. Die Leute werden sich fragen, warum die Polizei jetzt erst eine Exhumierung anordnet. Da wird es Gerüchte geben. Auch über dich und Georg. Das wird ihm da oben nicht gut bekommen. Wenn du nichts anderes hast, als Georgs Beobachtungen, dann vergiss die Sache. Auch dieser Mensch, wie sagst du, heißt er, dieser Holzleitner, ja, das ist doch ein Deutscher. Da wirst du auch Schwierigkeiten bekommen, wenn du als italienischer Polizist Informationen aus Deutschland bekommen willst. Das läuft über viele Wege und vor allem über Rom. Du brauchst handfeste Beweise oder zumindest einen sehr gut begründeten Verdacht. Und du brauchst viel, viel Zeit. Bis unser Innenministerium Kontakt mit dem deutschen Innenministerium aufgenommen hat, dauert es ewig. Und die Deutschen haben dann noch in jedem ihrer Bundesländer eigene kleine Innenministerien. Und erst die können dann Amtshilfe leisten. Und dann geht die Information wieder den ganzen Weg zurück. Und alles muss übersetzt werden. Alles klar? Also, ich empfehle dir, vergiss die Sache. Sepp hatte das Alter. Und außerdem, was sollte dieser Tourist für ein Motiv haben, einen alten Bauern umzubringen?

Macht doch wenig Sinn, oder?« Da musste Fabio Fameo zustimmen. Das machte überhaupt keinen Sinn. Und jetzt, mit dem zeitlichen und räumlichen Abstand zu der Begegnung mit Georg, schien es ihm auch immer unwahrscheinlicher, was Georg ihm erzählt hatte. Vielleicht war er ja doch nur ein phantasiebegabter alter Spinner. Aber seine Menschenkenntnis, auf die er sich einiges einbilden konnte, sagte das Gegenteil.

Tommaso bot Fabio an, ihn nach Bozen zu fahren. Das fand Fabio sehr nett. Allerdings verdankte er dieses Entgegenkommen Anna, die ihren Mann angewiesen hatte, am Montag, wenn Fabio wieder nach Bozen müsse, ihn doch zu fahren und ihr bei dieser Gelegenheit einige Kleinigkeiten zu besorgen, die es in Terlan nicht gab. So hätte er einen guten Grund, nach Bozen zu fahren, und sie hätte die Dinge, die sie so dringend bräuchte. Das bemerkte Fabio aber erst, als Tommaso den Wagen im Hof der Questura parkte und sich mit den Worten verabschiedete: »Ich mache noch ein paar Erledigungen – für Anna.« Er zuckte verlegen mit seinen breiten Schultern und ging.

Die Bozner Questura war am Montagmittag, wie erwartet, nur spärlich besetzt. Fabio schaute nur kurz in sein Büro, schichtete ein paar Akten um, damit man sehen konnte, dass jemand da gewesen war, legte seiner Sekretärin einen Zettel hin mit dem Hinweis, dass er gegen drei zurück sein würde, und ging in seine kleine Wohnung, um zu duschen und sich zu rasieren. Außerdem brauchte er fürs Büro einen Anzug. Sauber rasiert und ausgestattet mit einem frischen Hemd, summte er seinem Spiegelbild zu. Jetzt noch die genauen Daten des Kongresses notieren, damit ich als Erstes meinen Urlaub beantragen kann. Da las er, wer der Hauptreferent zum Thema Toxikologie im Alltag war: Professor Dr. Eduard Holzleitner.

Sechzehn

Fabio war wie elektrisiert. Konnte das Zufall sein? Eduard Holzleitner hält Vorträge über die Wirkung von Giften, beschäftigt sich damit beruflich. Macht Urlaub in Prissian, wird dabei beobachtet, wie er dem Sepp etwas ins Glas träufelt – möglicherweise Gift –, und reist am Tag der Beerdigung ab. Problematisch ist die Glaubwürdigkeit des Zeugen und es fehlt ein Motiv. Auch Georg hatte gesagt, dass er den Holzleitner noch nie vorher gesehen hatte. Warum sollte er also einen fremden Menschen umbringen? Vielleicht ist alles wirklich nur ein Zufall. Wie dem auch sei. Tommaso hatte schon Recht, dass er mit diesen dünnen Verdachtshinweisen nichts erreichen konnte. Ein offizielles Ersuchen, Holzleitner zu vernehmen, würde ihm nur eine Blamage einbringen. Das Ersuchen käme über Rom nicht hinaus.

Fabio griff zum Telefonhörer. Er wählte die Nummer seines Onkels in München. Dort nahm die Sekretärin ab, die er bereits während seines Auslandssemesters an der Uni München kennengelernt hatte. Ein altehrwürdiger Vorzimmerdrache, aber, wie sein Onkel immer betonte, die Beste von allen. Sie hielt ihm Unangenehmes lange vom Leibe, versorgte ihn mit Leckereien über den ganzen Tag und ansonsten mit allen notwendigen Informationen. Die Dame war im ganzen bayerischen Innenministerium gefürchtet und geachtet. Sie verfügte über exzellente Drähte in alle Abteilungen und kannte sich im Datensystem der Polizei bestens aus. Das alles war für den Abteilungsleiter der Polizei äußerst nützlich. Allein deshalb hätte er sie niemals freiwillig hergegeben. Aber auch wegen ihrer geheimen Liaison konnte er sich von ihr niemals trennen. Fabio war eingeweiht. Das war eher unfreiwillig geschehen, als er ohne anzuklopfen in das Arbeitszimmer seines Onkels gestürmt war, um ein Buch zu holen, das er vergessen hatte. Sein Onkel, bei dem er während des Semesters wohnte, nahm ihm beim Abendessen das Versprechen ab, auf ewig zu schweigen. Dieser Schwur fiel ihm leicht und machte es dem heimlichen Paar leichter, sich zu treffen, was sie mit Blick auf den Gast in der Wohnung des Onkels bisher vermieden hatten – bis auf die Situation im Arbeitszimmer eben. Fabio war es ohnehin egal. Waltraud Geheim und er verstanden sich übrigens von Anfang an bestens. Sie mochten einander. Fabio verstand nur nicht, warum die beiden ihre Liebesbeziehung verheimlichten. Der Onkel erklärte es ihm so, dass sie dann nicht mehr zusammen hätten arbeiten können. Und er wollte einfach niemand andern um sich haben. Beide waren damals schon um die fünfzig, Familienplanung stand deshalb nicht mehr an, und so hielten sie ihre Beziehung einfach geheim. Das passte ja auch irgendwie zum Namen von Waltraud – Geheim, lustiger Name für die zur Verschwiegenheit verpflichtete erste Dame im Vorzimmer des obersten Polizeibeamten Bayerns.

Als er die Büronummer seines Onkels wählte, meldete sie sich mit: »Das Vorzimmer des Leiters der Polizeiabteilung im Innenministerium, Sie sprechen mit Waltraud Geheim.« Fabio schmunzelte: »Hallo Waltraud, Fabio hier.« »Fabio, das ist ja wirklich nett, dass du mal anrufst. Ich dachte schon, du bist verschollen. Gibt's dich also doch noch? Oder hast du in München falsch geparkt und willst erreichen, dass dein Onkel alle deine Sünden aus den Registern tilgt?« So kannte er Waltraud. Immer zu Späßen aufgelegt. Aber es stimmte schon, dass er sich vor langer Zeit das letzte Mal gemeldet hatte. »Waltraud, du hast natürlich Recht. Aber du kennst das doch bestimmt auch, als Polizist ist man eben immer im Einsatz. Aber jetzt wollte ich euch besuchen kommen, wenn es denn passt.« »Wird eben passend gemacht, wenn sich so seltener Besuch ankündigt«, dröhnte sie in den Apparat, denn sie verfügte über ein lautes Organ, das irgendwie zu ihrer kräftigen Figur passte. »Wann willst du denn kommen?« »Wir könnten Freitagmittag in München sein. Und wenn ihr uns zum Abendessen einladet, dann wäre das ein feiner Zug von euch.« »Ich höre immer wir. Wen bringst du uns denn mit? Hast du dich in Südtirol neu verliebt? Oder hast du dich mit deiner Cinzia wieder versöhnt?« Fabio hatte mit seinem Onkel über seine Versetzung nach Südtirol und deren Hintergründe gesprochen. Auch von der Trennung von Cinzia hatte er ihm erzählt. So wunderte es ihn nicht, dass Waltraud über alles im Bilde war. »Ich bringe meine neue Freundin mit. Könnte sogar was Ernstes sein. Ich bin jedenfalls hoffnungslos verliebt.« »Das hört sich ja toll an, das wird deinen Onkel auch mächtig freuen. Der hängt doch so an dir. Dem hat das arg zugesetzt, als du ihm erzählt hast, wie sie dich behandelt haben. Aber dann kann ich ihm ja ausrichten, dass du dich wieder aufgerappelt hast. Wollt ihr bei uns wohnen?« »Wir haben ein Hotelzimmer gemietet. Wir besuchen einen Kongress am Samstag, und der findet im ›Vier Jahreszeiten‹ statt.« »Ist deine Freundin also auch Polizistin?« »Nein, sie ist Apothekerin und sie besucht den Kongress. Ich bin nur ihr Begleiter. Allerdings habe ich an einem der Referenten ein rein dienstliches Interesse.« »Lass mal hören.« »Nun, der Mann heißt Eduard Holzleitner und ist Professor an der Uni München. Er leitet da die Gerichtsmedizin.« »Kenne ich«, kam es wie aus der Pistole geschossen. »Ist hier in München kein Unbekannter. Gilt als Koryphäe auf seinem Gebiet. Wird in der ganzen Welt als Experte hoch geschätzt. Aber warum interessierst du dich denn für ihn?« Fabio musste erneut schmunzeln. Waltraud ging übergangslos zum Verhör über. Wie viele Jahre war sie jetzt schon bei der Polizei? Dreißig? Vierzig? Geht einem wohl in Fleisch und Blut über. »Ich habe hier einen Fall, der mir Rätsel aufgibt. Zum einen habe ich einige konkrete Fragen an Holzleitner, was sein Fachgebiet angeht.« »Und zum anderen?«, fragte Waltraud. »Zum anderen wüsste ich gerne mehr über ihn, ob er eine Beziehung zu einem gewissen Sepp Maier hatte. Der wohnte in einem Südtiroler Dorf und nun ist er tot. Ich weiß nicht, ob Holzleitner was damit zu tun hat. Es gibt keine Verbindung zwischen den beiden. Aber sie sind einander kurz begegnet. Und zwei Minuten später war Sepp Maier tot. Ich habe eine Zeugenaussage, wonach der Holzleitner dem Maier eine Flüssigkeit ins Glas geträufelt hat. Aber der Zeuge gilt als nicht ganz zurechnungsfähig. Ich kann die Aussage also wahrscheinlich nicht verwerten. Außerdem fehlt mir ein Motiv. Die kannten einander ja nicht.« Waltraud schwieg am andern Ende. »Bist du noch da«, fragte Fabio. »Ja, ja, habe nur alles notiert. Vielleicht kann ich dir helfen. Ich schau mal, was ich machen kann. Dein Onkel ist übrigens in Sitzungen. Dem erkläre ich schon, dass er am Freitagabend Gäste hat. Passt sieben Uhr abends?« »Passt super.« »Und – hast du einen bestimmten Wunsch?« »Alles, was du kochst, ist in Ordnung, überrasche uns einfach, ja?« Waltraud lachte ihr tiefes, dunkles Lachen. »Na, dann bis Freitag, ich freue mich.«

Die Woche in Bozen erstarb in Routine. Fabio bekam ohne Problem seinen Urlaub bewilligt. Der Vicequestore fragte zwar neugierig, ob er etwas Besonderes vorhabe. Aber Fabio weihte ihn nicht in seine Reisepläne ein. Von dem wagen Verdacht erwähnte er ebenfalls nichts. Seine Dienstreisen nach Terlan hingegen waren dem Chef nicht verborgen geblieben. Fabio begründete sie damit, dass er seinen Bezirk kennenlernen wolle. Das nahm der Vice unkommentiert hin. Und als er augenzwinkernd anmerkte, dass es im Umland viele hübsche Südtirolerinnen gebe, widersprach er ihm nicht, sondern nickte nur mit Kennermiene. »Sie scheinen sich ja so langsam an Ihre neue Umgebung gewöhnt zu haben, stelle ich fest. Das ist – sehr erfreulich. Wenn Sie sich hier etablieren, werde ich Sie einigen wichtigen Leuten vorstellen. Das kann hier nicht schaden, wenn Sie verstehen, was ich meine.« Fabio verstand nicht und verstand doch. Was der Vice genau meinte, verstand er nicht, aber dass man das Umfeld kennen sollte, war eigentlich selbstverständlich. »Ich gehe heute Mittag mit einem leitenden Redakteur der *Dolomiten* essen. Hätten Sie Lust, mich zu begleiten?« Das war neu. Der Vice wollte ihn vielleicht tatsächlich in die Gesellschaft einführen. »Ja, Vicequestore, das ist sehr nett. Ich komme gerne mit.« Und so erlebte Fabio, wie man seinen Arbeitstag als Vicequestore verbrachte.

Das Mittagessen war für den Vicequestore die angenehme Überleitung zum Feierabend. Mit Nahrungsaufnahme hatte es nur am Rande zu tun. Es war eher das Pflegen von Kontakten und das Schmieden von Plänen. Er ging auch nicht in eines der vielen Bozner Lokale, in die jedermann gehen konnte. Es war so, dass die Orte, an denen er sich mittags mit Persönlichkeiten von Bedeutung und Einfluss traf, verschwiegen waren. Hier bot sich ihm eine Auswahl exquisiter Restaurants an, die sämtliche über abgetrennte Räume verfügten, wo man unter sich blieb. Und so fand sich Fameo in der Gesellschaft von Matthias Hofer, dem leitenden Redakteur für das Ressort Kultur und Feuilleton der *Dolomiten*, in einem schmucken alten Gasthof auf dem Ritten wieder. Den Fahrer ließ der Chef im Wagen warten. Der Vice war ein eleganter Plauderer. Genau wie Eduard Holzleitner, dachte Fameo. Small Talk, wie es besser nicht geht. Das könnte ich nie, dachte er. Hofer lauschte ihm gebannt, verstand sich aber genauso gut auf seichtes Geplauder. Fameo fühlte sich ein wenig unbehaglich. Zum einen wusste er nicht, was er hier verloren hatte, und zum anderen fand er zunächst keinen tieferen Sinn in dem Treffen. Nach dem vorzüglichen Essen und drei Flaschen Wein bemerkte der Vice beiläufig, dass ihn die Berichterstattung in den *Dolomiten* über den geplanten Erweiterungsbau für das Theater doch ein wenig irritiert habe. Hofer quittierte es mit einer leichten, kaum wahrnehmbaren Verbeugung. Dann kamen der Kaffee und eine Schale mit Konfekt. Das war's. Fabio fragte sich, was diese Bemerkung sollte. Sie fiel aus dem Zusammenhang. Es ging ans Bezahlen. Als Fabio Anstalten machte, selber zu zahlen, schüttelte der Vice irritiert den Kopf und teilte ihm mit, dass er selbstverständlich eingeladen sei. Der Vicequestore beglich dann die Rechnung – ganz selbstverständlich für alle. Bei der Verabschiedung drückte Hofer ihm die Hand mit der Bemerkung, dass er sich sehr gefreut habe, ihn, Fameo, kennengelernt zu haben, und dass er hoffe, dass man sich jetzt öfter sehen werde. Auf der Fahrt nach Hause bemerkte Fameo, wie ihn der Vicequestore musterte. »Nun, mein lieber Fameo, Sie wundern sich?« Fameo zuckte ein wenig mit seinen Schultern. »Sie müssen wissen, dass die Aufgabe eines Vicequestore nicht allein darin besteht, die Questura zu leiten. Und wenn Sie in zwei Jahren meine Nachfolge antreten werden, dann muss ich mich darum kümmern, dass Sie bis dahin alle wichtigen Leute kennenlernen, mit denen Sie es zu tun haben werden. Die *Dolomiten* ist das größte Medienunternehmen in Südtirol. Allein deshalb muss man sich mit den Redakteuren gutstellen.« Dann schwieg er. Kurz bevor sie Bozen erreicht hatten, sagte er noch: »Aber die wirklich wichtigen Leute sind die Herausgeber, denen der Medienkonzern gehört. Hofer ist nur ihr Angestellter.« Mehr erfuhr Fameo nicht. Der Vice ließ sich zu Hause absetzen. Er bewohnte eine Prunkvilla mitten in den Obstplantagen vor Bozen. Er hatte den Fahrer angewiesen, Fameo nach Hause zu fahren. Fameo nahm neben dem Fahrer Platz. »Langer Tag für Sie?« Der Fahrer nickte nur. Fameo nahm aber wahr, wie er ihn von der Seite musterte. Mit »Sie arbeiten schon lange in der Questura?« versuchte er den Fahrer zum Reden zu bekommen. Der antwortete knapp: »Zwanzig Jahre.« »Aber Sie haben nicht immer als Cheffahrer gearbeitet?« Der Mann rutschte ein wenig auf seinem Sitz herum. »Seit der Vicequestore im Amt ist, fahre ich ihn.« Mehr ließ er sich nicht entlocken. Als er Fameo an seiner Wohnung aussteigen ließ, fragte er: »Stimmt es, dass Sie der neue Vicequestore werden sollen?« Mit dieser Frage hatte Fameo nicht gerechnet. »Fürs Erste bin ich hierher versetzt worden. Welche Perspektiven sich mir bieten, werde ich sehen. Ich kann Ihnen die Frage nicht mit ja oder nein beantworten.« Der Fahrer wünschte ihm eine gute Nacht und fuhr davon.

Die Tage bis Donnerstagabend verrannen wie der Sand in einer Sanduhr. Routine, Bozner Hitze den ganzen Tag. Fameo las aber mit wachsendem Interesse die *Dolomiten*. Bisher hatte er das Blatt als Frühstückslektüre durchgeblättert, fand es aber eher hausbacken. Jetzt faszinierte ihn, wie sich ein Thema langsam, aber deutlich in den Vordergrund schob. Das Blatt befürwortete immer nachdrücklicher die Notwendigkeit eines Erweiterungsbaus für das Theater. Es argumentierte ausschließlich pro Erweiterungsbau und wies die Kritiker in der Stadtverwaltung in ihre Schranken. Sie wurden als Gegner des neuen Bozen beschrieben. Die *Dolomiten* entwarfen ein Bild von der Stadt, das ohne ein größeres Theater auf Provinzniveau zurückgeworfen würde. Man verglich die kleine Stadt an der Talfer mit Theatermetropolen wie Mailand und Rom. »Bozen, das kleine Rom an der Talfer«, war eine der Überschriften, die man sich ausgedacht hatte – aber nur, wenn der Erweiterungsbau komme. Wäre interessant zu wissen, wer den Bau errichtet, fragte sich Fameo. Er sprach seine Sekretärin darauf an. Die schnaubte zwar durch die Nase, half ihm aber nicht weiter. Ob ihr Freund, der reiche Bauunternehmer, wieder einmal nur die 1b-Lage abbekam?

Fameo war es eigentlich egal. Er freute sich auf das lange Wochenende mit Elisabeth und freute sich, seinen Onkel und Waltraud wiederzusehen. Mit Elisabeth telefonierte er jetzt fast jeden Abend. Bei ihrem letzten Gespräch hatte sie ihm gesagt, dass sie bereits Donnerstagabend nach Bozen kommen wolle, denn sie habe von der Kongressleitung zwei Flugtickets von Bozen nach München zugeschickt bekommen. Sie erklärte das mit der Großzügigkeit der Ausrichter des Kongresses. Der Kongress war eher eine Marketingveranstaltung eines großen Pharmakonzerns. Es gab am Samstagnachmittag zwar auch einige Vorträge von ausgewiesenen Experten, aber ansonsten stand der Spaß im Vordergrund. Die Gäste des Kongresses, alles Ärzte und Apotheker, durften jeweils eine Person mitnehmen. Reisespesen, Hotelkosten und ein opulenter Abschlussabend übernahm der Konzern. Alles in der Hoffnung, dass seine Präparate sich anschließend besser verkauften. Elisabeth vertraute ihm an, dass solche Veranstaltungen auch Kontaktbörsen seien. Aber sie habe ja jetzt ihren eigenen Kontakt dabei. Da müsse sie sich ja nicht mehr nach fremden Männern umschauen. Das gefiel Fameo.
Den Donnerstagabend verbrachten sie im Batzenhäusel, einem gemütlichen Bozner Lokal, und die Nacht in seiner schäbigen Wohnung. Aber Elisabeth schien das nicht zu bemerken, oder sie schwieg einfach darüber hinweg. Sie waren beide sehr glücklich.

Der Flug über die Alpen war schön, die Landung etwas holprig. Das Hotel war ein Vier-Sterne-Palast und das Zimmer ließ keine Wünsche offen. Vormittags spazierten sie durch den Englischen Garten, aßen ein Paar Weißwürste und probierten das Münchner Bier. Den Nachmittag blieben sie im Hotel, denn sie wussten nicht, ob sie nach dem Abendessen noch genügend Zeit füreinander finden würden. Und so standen sie glücklich und etwas ausgelaugt Punkt sieben Uhr vor Fabios Onkel und Waltraud. Das gab ein großes Hallo und Fabio merkte, dass seine Elisabeth sich wunderbar in diesen Teil seiner Familie einfügte. Es war so, als sei sie schon immer dabei gewesen. Waltraud hatte ordentliche Portionen bereitet, so dass für den Nachtisch eigentlich kein Platz mehr war. »Ein bisschen bayerische Creme geht immer«, meinte Waltraud in einem Ton, der keinen Widerspruch zuließ, und so ergaben sie sich in ihr Schicksal. Fabios Onkel entzündete nach dem Essen eine Pfeife und duftender Tabak entließ seine Aromen. Waltraud klapperte in der Küche. »Du hast Waltraud da einige Fragen gestellt, nach unserem bekanntesten Leichenschnippler in München. Du hast da so Andeutungen gemacht. Wie genau ist dein Verdacht?« Elisabeth merkte, dass die Männer jetzt Fachgespräche führen wollten, und ging in die Küche, um Waltraud zu helfen. »Es ist komisch. Ich habe eine Zeugenaussage, dass Holzleitner einem Bauern Tropfen in sein Glas Wein gemischt hat. Dabei hat er die Zeit einer kurzfristigen Abwesenheit des Bauern genutzt. Der Bauer trank aus, setzte sich auf seinen Traktor und fuhr nach Hause. Vom Austrinken bis zum tödlichen Unfall vergingen ein bis zwei Minuten. Der Unfallhergang ist von einer glaubwürdigen Person so beschrieben worden, dass der Bauer plötzlich über seinem Lenkrad nach vorne gefallen ist. Dabei hat er den Lenker verrissen, der Traktor ist dann eine Böschung hinuntergefallen und hat den Bauern unter sich begraben. Nun, der Bauer war alt. Ein natürlicher Tod also denkbar. Aber die Vergiftungstheorie ergibt Sinn. Der Ablauf und die Deckung der beiden Zeugenaussagen sind in sich schlüssig. Nur ist der Zeuge, der beobachtet haben will, dass Holzleitner dem Bauern eine Flüssigkeit in das Glas gegeben hat, ein Mann, der im Dorf als geistig zurückgebliebener alter Mann gilt. Wenn du so willst, der Dorftrottel und ein Faktotum. Ich meine, dass man ihn ernst nehmen sollte. Aber da ist noch etwas, was nicht ins Bild passt. Holzleitner war vorher nie in dem Ort. Also kannte er den Bauern auch nicht. Warum also sollte er so was tun? Wo ist das Motiv? Ich komme also nicht weiter und werde die Sache auf sich beruhen lassen, wenn ich nicht durch Zufall etwas herausfinde.« Der Onkel zog an seiner Pfeife und nickte. »Holzleitner ist Pathologe, Leichenschnippler, wie ich schon sagte. Bei der Polizei hochgeschätzt. Der findet Sachen heraus, ich kann dir sagen, da staunst du. Und er ist ausgewiesener Experte für den Nachweis von Giften im Körper. Ich glaube, es gibt in Deutschland keinen Besseren. Also wird er sich auch mit der Anwendung von Giften bestens auskennen. Und dass er in der Lage ist, ein Gift zu benutzen, das binnen ein bis zwei Minuten tötet, versteht sich bei seiner Sachkenntnis von selbst. Wenn nicht er, wer dann? Aber warum sollte er das tun? Gute Frage. Gehen wir mal davon aus, dass er den Bauern nicht kannte. Dann kann man es sich nur so erklären, dass er aus Lust am Töten Menschen vergiftet, die zufällig seinen Weg kreuzen. Diese Theorie halte ich für abwegig. Was ist aber, wenn er den Bauern doch kannte? Man kann jemanden kennen, ohne ihm je begegnet zu sein. Was ist, wenn er herausgefunden hätte, dass dieser Bauer etwas getan hat, wofür sich Holzleitner rächen will? Rache ist ein starkes Motiv. Dann musst du in der Vergangenheit forschen. Jetzt hast du aber ein Problem. Holzleitner ist Deutscher und du kannst als italienischer Polizist nicht ohne konkreten Verdacht in Deutschland herumermitteln. Und mit der internationalen Rechtshilfe brauchst du einen langen Atem, wenn du sie überhaupt nutzen kannst, bei den wagen Vorwürfen. Du brauchst also Informationen aus Deutschland, die du dir auf krummen Wegen besorgst. Nun, lieber Neffe, vielleicht kann ich dir helfen. Aber dir ist klar, dass du mich da raushalten musst. Waltraud hat dir ein Dossier zusammengestellt. Weiß der Teufel, wo die wieder gewildert hat. Ich will das gar nicht wissen. Aber so wie es aussieht, gibt es eine Verbindung von Holzleitner nach Südtirol, genauer nach Nals, und das ist ein Nachbarort von Prissian, wie ich auf der Karte gesehen habe.« Fabio nickte. »Nals liegt im Tal, Prissian auf der Höhe, 16 Prozent Steigung hat die Straße, die hinaufführt. Bringt einen alten Punto an seine

Grenzen.« »Punto?« »Ach, vergiss es, stimmt aber, sind irgendwie Nachbarorte. Was hat Holzleitner mit Nals zu tun?« »Holzleitner ist dort geboren. Seine Eltern hatten dort einen Bauernhof. Soll ein großer Hof gewesen sein. Das Unglück der Familie begann, als sie sich dafür entschieden hatten, nicht zu optieren.« »Davon habe ich gehört. Die Optanten waren diejenigen, die sich für das Deutsche Reich entschieden haben. Die anderen wurden die Dableiber genannt.« »Genau. Und die Dableiber hatten nach 1943 schlechte Karten, als die Deutschen Mussolini befreit und große Teile Italiens besetzt haben. Der Einfluss der Deutschen war in den letzten Kriegsjahren in Südtirol entsprechend stark und alle, die gegen Deutschland gestimmt hatten, die Dableiber also, mussten mit Schikanen rechnen. Manche sind auch deportiert worden. Dieses Schicksal muss auch die Familie Matscher getroffen haben, denn außer dem Eduard Holzleitner hat das niemand überlebt.« »Moment, wieso Matscher, ich denke, wir sprechen über Holzleitner?« »Richtig. Holzleitner ist der Name seiner Adoptiveltern. Geboren wurde er als Eduard Matscher in Nals.« »Und wieso weißt du das?« »Waltraud hat das herausgefunden. Es gibt bei uns einen alten Vorgang im Archiv. Holzleitner hat in der Vergangenheit Himmel und Hölle in Bewegung gesetzt, die Verantwortlichen für den Tod seiner Familie zu finden. Das war in den sechziger Jahren schwierig. Niemand wollte ihm helfen. Der Krieg war vorbei, viele Verwaltungsangestellten aus der Nazizeit wieder oder immer noch im Dienst. Keiner wollte an der Vergangenheit rühren. Allen ging es wieder gut. Fresswelle und so weiter. Altes Unrecht wurde damals gerne unter den Teppich gekehrt. Holzleitner traf also auf eine Mauer des Schweigens und wurde überall ausgebremst. Dann trat er öffentlich auf und forderte das Recht auf Selbstjustiz ein, weil der Staat seinen Aufgaben nicht nachkomme. Damit befasst sich unser alter Vorgang, den Waltraud ausgegraben hat. Es wurde damals gegen ihn ermittelt. Er galt als Extremer. Das Verfahren ist eingestellt worden und herausgekommen ist dabei nichts. Danach gab er anscheinend Ruhe, und so wurden die Ermittlungen eingestellt. Jetzt ist er ein hochangesehener Professor für Autopsie – eine Kapazität. Die Polizei hält große Stücke auf ihn. Seine Schüler werden überall als Experten sofort mit Handkuss genommen.« Hier endete der Onkel und zündete seine Pfeife, die ihm erloschen war, erneut an. Die beiden schwiegen und hingen ihren Gedanken nach. »Ich müsste herausfinden, was damals in Nals mit der Familie Matscher passiert ist und ob der tote Bauer in Prissian damit zu tun gehabt hat. Dann hätten wir zumindest ein Motiv – Rache eben, Selbstjustiz. Das ist aber schwer zu beweisen. Nehmen wir mal an, es war so, wie mein Augenzeuge gesagt hat. Dann wird er ein Gift verwendet haben, das sich nicht oder nur schwer nachweisen lässt. Und mit jedem Tag, an dem der tote Körper in der Erde liegt, wird es schwieriger. Meinem Augenzeugen wird ein Gericht wahrscheinlich keinen Glauben schenken. Also bräuchte ich ein Geständnis.« Der Onkel nickte: »Sieht nach einem Fall aus, der vielleicht nicht zu lösen ist. Solche kenne ich viele. Du kannst dran arbeiten, aber du kommst nicht weiter – Scheißgefühl. Aber manchmal kommt der Zufall zu Hilfe. Du gibst ja sowieso nicht auf, wie ich dich kenne. Lies das Dossier in Ruhe und behalte es für dich. Unnötig zu erwähnen, dass wir dicke Probleme bekommen, wenn herauskommt, dass ich einem italienischen Kollegen unbürokratisch ein wenig geholfen habe. Und dann noch einem nahen Verwandten. Das könnte mich meine Pension kosten, und das würde dir Waltraud nicht verzeihen.« Wie auf Stichwort erschienen Waltraud und Elisabeth mit dem Kaffee.

Siebzehn

Der Kongress im »Vier Jahreszeiten« war eine angenehme Veranstaltung. Die knapp 80 Teilnehmer trafen sich nach einem opulenten Frühstück zu einem Champagnerempfang im Foyer vor dem Kongresssaal. Der Vorsitzende des Vorstands eines börsennotierten Pharmakonzerns begrüßte die Teilnehmer mit wohlklingenden Worten. Jeder konnte sich als Speerspitze der modernen Medizin geehrt fühlen. Fabio kam sich vor, als bewege er sich in einer Nebenwelt. Elisabeth beobachtete ihn amüsiert. »Hier geht es darum, dass wir uns wohl fühlen«, flüsterte sie ihm ins Ohr. Und: »Wir werden hier verwöhnt, bis es uns bei den Ohren rauskommt.« Fabio blickte in ihre hellen Augen, die ihn anlachten. »Ich denke, ihr sollt hier was lernen«, flüsterte er zurück. Sie kuschelte sich an ihn. »Das auch. Aber das meiste weiß ich schon. Entspann dich und genieße die Show.« Fabio ging es eigentlich prächtig. Gesättigt von dem vielen Essen bei Waltraud und seinem Onkel waren sie erst spät zurück ins Hotel gekommen. Er war froh, bereits den Nachmittag »positiv gestaltet zu haben«, denn er war schrecklich müde. »Vielleicht komme ich in die Jahre«, hatte er noch gemurmelt, bevor er sich an Elisabeth gekuschelt hatte und dann sofort tief und fest eingeschlafen war. Am Morgen hatte sie ihn mit ihrem Anblick überrascht. Gestern noch sportlich-praktisch gekleidet, trug sie heute ein schlichtes dunkelgrünes Etuikleid, das knapp über dem Knie endete und sich vortrefflich an ihre schlanke Figur schmiegte. Es hatte einen reizenden Ausschnitt, der erahnen ließ, was sie dahinter verbarg. Ein prächtiger Anblick, dachte er, als er sie sah. Mit einem dicken Kuss quittierte sie sein Augenkompliment. Auf den hohen Pumps war sie fast genauso groß wie er und konnte ihm direkt in die Augen blicken. »Ich gefalle dir?«, fragten ihre Augen. Und seine Augen antworteten: »Wenn wir jetzt nicht zu diesem Kongress müssten, dann …« Ihre Augen signalisierten: »Erst die Pflicht, dann das Vergnügen.« Und so gingen sie zum Frühstück. Fabio hörte bei den Begrüßungsworten gar nicht richtig hin. Er beobachtete lieber die anderen Kongressteilnehmer. Bei einigen war zu erkennen, dass die Nacht kurz und heftig gewesen sein musste. Auffallend war, dass viele ältere Männer mit viel zu jungen Begleiterinnen ausgestattet waren. Die meisten der jungen Frauen nippten an ihrem Champagner, warfen ihren älteren Männern vereinzelt verliebt wirkende Blicke zu und interessierten sich ansonsten nur undeutlich für die Rede des mit einem perfekt sitzenden grauen Anzug bekleideten Begrüßungsredners. Der anschließende Gastvortrag dauerte dann auch nicht lange. Irgendein Medikament wurde in seiner Wirkung beschrieben. Die Mienen der Zuhörer schwankten zwischen Gleichmut, Interesse und Müdigkeit. Elisabeth hörte interessiert zu. In der sich anschließenden Pause, die länger als der erste Gastvortrag ausfiel, konnten sich die Teilnehmer des Kongresses an verschiedenen Ständen des Pharmakonzerns von ausgesucht höflichen und ausgesucht hübschen Hostessen über das eine oder andere Präparat informieren lassen. Elisabeth raunte ihm zu, dass man hier die Pharmareferenten treffen würde, die demnächst alle Teilnehmer in ihren Praxen und Apotheken aufsuchen würden, um die Geschäftsbeziehung zu pflegen. Das sei der Preis, den man zu zahlen habe, um sich ein Wochenende auf Kosten der Firma rundum verwöhnen zu lassen. Ihre Augen blitzten dabei. »So eine Art Naturalrabatt, alles völlig unverbindlich, versteht sich.« Fabio betrachtete das Treiben. Überall wieder dieser Small Talk, den er so gar nicht beherrschte. Die redeten gar nicht über das Produkt. Die redeten über alles Mögliche. Das war die reinste Kontaktpflege.

Auch Elisabeth wurde angesprochen, von einem Mann. Und wie es schien, kannten sie einander. Fabio verbreiterte seine ohnehin breite Brust, als sie die beiden miteinander bekannt machte. »Das ist Klaus Söhntrupp, ein Kommilitone von mir. Wir haben zusammen in Innsbruck studiert. Klaus hat es vorgezogen, Pillen im Großen zu verkaufen, statt Menschen konkret zu helfen«, spitzte Elisabeth mit einem bezaubernden Lächeln ihre Ansicht über Klaus zu. Klaus reagierte gelassen. Er schien es gewohnt zu sein, dass Elisabeth so über ihn redete. »Elisabeth ist eben eine Romantikerin. Sie hätte bei uns Karriere machen können, aber sie ist eben so heimatverliebt. Da kann man nichts machen«, lachte er Fabio an. Fabio sah sich genötigt, jetzt auch etwas zu sagen: »Heimatverbundenheit ist doch eigentlich nichts Schlechtes. Und Elisabeth ist eine wunderbare Apothekerin. Sie wird von den Menschen dort sehr geschätzt.« Elisabeth schaute Fabio verwundert an. »Wie hast du das denn herausgefunden?«, frage sie verblüfft. Fabio lächelte: »Man hört so dies und das, wenn man mit den Menschen spricht.« Klaus Söhntrupp grinste: »Ja, ja, das glaube ich gerne. Unsere Elisabeth war immer sehr den Menschen zugewandt. Dabei hätte sie mit uns um die ganze Welt reisen können. Heute Innsbruck, morgen New York, nächste Woche Mailand, Paris, Hongkong, aber so ist sie eben nicht gestrickt.« Und mit einem ironischen Lächeln auf den Lippen fügte er hinzu: »Eigentlich ist dein Talent in der Provinz verschleudert, aber des Menschen Wille ist sein Himmelreich, was willst du machen.« Elisabeth tippte ihm auf die Brust. »Genau so ist es. Geh du raus in die große Welt. Die ist dein Zuhause. Und mein Zuhause ist und bleibt das kleine Südtirol mit seinen Dörfern und den Menschen, die dort leben.« Klaus nahm es mit Humor, wie es schien. »Darf ich dir denn ein paar Pillen verkaufen? Wir haben da auch was im Angebot«, gab er sich im Habitus eines Autoverkäufers. »Schick mir doch eine paar Probepackungen, die Adresse hast du ja noch, sonst hättest du mich ja nicht eingeladen.« Klaus wechselte abrupt das Thema: »Gefällt es euch? Ist das Hotel in Ordnung, Service, Essen, Unterhaltung?« Er benahm sich wie ein Gastgeber. Elisabeth erklärte Fabio später, dass Klaus eine leitende Stellung im Konzern einnahm. Er war unter anderem für die Betreuung der wichtigsten Kunden zuständig. Die übrigen Teilnehmer seien meist Klinikchefs und Politiker, die im Gesundheitsausschuss des Bundestages ein wichtiges Wort bei der Gesetzgebung mitzureden hatten. Diese Veranstaltung war reine Lobbyarbeit und sie als kleine Apothekerin verdanke ihre Einladung allein der Bekanntschaft mit Klaus, der zugegebenermaßen früher hinter ihr her gewesen sei. Aber das sei für sie erledigt und Klaus für sie niemals in Frage gekommen. Klaus komme aus einer anderen Welt, wie sie sich ausdrückte. Durchaus talentiert, weniger im Fachlichen denn im Geschäftemachen. Sein Vater sei der Vorstandsvorsitzende, der den Kongress eröffnet habe. Der Sohn sei deshalb sehr gut positioniert worden und hatte schon damals während des Studiums eigentlich ausgesorgt. Diesen Leuten gehe es nur um Macht und Einfluss. Anfangs habe sie das fasziniert, später dann abgestoßen. Das sei mit ein Grund gewesen, warum sie Innsbruck verlassen habe. Diese Clique um Klaus habe hauptsächlich aus seinesgleichen bestanden. Die erkennen sich am Geruch, meinte Elisabeth. Das reiche denen aus, um dabei zu sein. Wissen und Können schaden zwar nicht, seien aber nicht Voraussetzung, um in die höheren und höchsten Etagen gehoben zu werden. Und diesen Stallgeruch habe sie als Tochter einer Bauernfamilie nie gehabt. Als hübsche, ja sie sagte hübsche, und intelligente, fachlich sogar die Beste von allen, sei sie aber gerne als Begleitung überall mitgenommen worden. Auch die Väter dieser Söhne hätten sie gerne als Schwiegertochter gehabt. Das habe sie gespürt. Aber das Leben dieser »Weltbürger« wollte sie nicht teilen, das sei ihr schließlich klar geworden. »Die haben alle keine Skrupel, wenn es ums Geld oder um Macht geht. Die Menschen interessieren die einen Dreck«, hatte sie schließlich ehrlich entrüstet ausgerufen. Fabio war damit sehr zufrieden. Das war nach seinem Geschmack.

Als Mittagsimbiss reichte das Hotel edel belegte Kanapees. Derart viele, dass niemand sich bemühen musste, nach ihnen zu gieren. Vielmehr war es so, dass die Gäste irgendwann nur noch abwinkten, wenn ihnen eine neue Platte herrlicher Häppchen angeboten wurde. Anschließend bat man zum Vortrag von Professor Holzleitner. Er war es wirklich. Der Mann, der ihm mit dreißig Tropfen aus einer unbeschrifteten Flasche nach dem Bienenstich die Schmerzen aus dem Fuß vertrieben hatte. Holzleitner referierte über die Entstehung und die Zunahme von allergischen Erkrankungen. Wie passend, fand Fabio. Damit kennt er sich wirklich aus. Zum Schluss seines Vortrags erläuterte er die Forschungsanstrengungen der Firma, deren Gäste sie waren, und pries die Wirkungen eines bestimmten Medikaments, dessen Namen Fabio nichts sagte. Die übrigen Gäste saßen satt und zufrieden auf ihren Stühlen und schienen überwiegend wenig bis gar nicht interessiert, den Vortrag zu verfolgen. Fabio beobachtete, wie einige der älteren Herren ihre Hand besitzergreifend auf die Oberschenkel ihrer viel zu jungen Begleiterinnen legten. Diese rutschten daraufhin enger an ihren Sugardaddy. Wie zu erwarten, dauerte auch dieser Vortrag nicht allzu lange und sein Ende läutete den gemütlichen Teil des Kongresses ein. Die Veranstalter hatten sich etwas Originelles einfallen lassen. Alle Teilnehmer wurden mit Bussen der Luxusklasse zu einer großen Flugzeughalle gefahren. Die Fahrzeit überbrückten die Gastgeber mit dem Vortrag eines bekannten Münchner Kabarettisten, der herrlich gemein über das Gesundheitswesen und die Gesundheitspolitik herzog. Alle amüsierten sich prächtig. Im Hangar wartete auf die Gesellschaft ein großer Zeppelin, mit dem sie ihr Gastgeber über München fliegen ließ. Von oben sah die oberbayerische Metropole wie bei Google Earth aus, nur dass sich alles bewegte. Außerdem war der Alpenhauptkamm in der Ferne auszumachen und die vielen Seen rund um München spiegelten den strahlend blauen Himmel wider. Ein prächtiger Anblick. In der Gästegondel des Zeppelins mangelte es den Besuchern an nichts. Natürlich gab es feines Catering, natürlich spielte eine Kapelle, und wer wollte, konnte tanzen, 300 Meter über München. »Geld spielt bei denen wohl keine Rolle«, flüsterte Fabio Elisabeth ins Ohr. »Das holen die sich alles wieder. Was glaubst du, welche Abschlüsse die später machen. Siehst du da vorne den Dicken im dunkelblauen Anzug, Glatze, randlose Brille?« »Ja, den sehe ich, neben der dünnen dunkelhaarigen, die seine Tochter sein könnte.« »Genau der. Wenn der eine Order gibt, kannst du sicher sein, dass sich der Ausflug locker refinanziert. Und von dem Kaliber gibt es hier noch mehr.« »Was ist das denn für einer?« »Das ist der Chefapotheker eines Klinikkonsortiums. Wenn der meint, alle Kliniken sollten die Präparate dieser Firma kaufen, dann ist das ein Millionenauftrag.« »Und der lässt sich mit einem solchen Wochenende einfach kaufen?« »Ich glaube nicht, dass das so einfach ist. Der weiß, was er wert ist. Die werden den schon noch hofieren. Und ich will nicht ausschließen, dass anschließend große Summen fließen. Diese Veranstaltungen dienen entweder der Kontaktaufnahme oder der Kundenpflege. Die Geschäfte macht man dann später unter vier Augen.« Fabio schaute seine Elisabeth verblüfft an. »Und da bist du dir sicher?« Elisabeth schaute amüsiert in Fabios erstauntes Gesicht. »So geht das große Geschäft. Und ich hatte dazu keine Lust. Aber so funktioniert das halt. Es sind übrigens auch einige ganz einfache Apotheker und Ärzte dabei, die sozusagen unverdächtig sind. Aber die brauchen sie, um dem Ganzen den Anstrich einer Informationsveranstaltung zu geben. Alles klar?« Fabio nickte: »Alles klar.« Elisabeth nahm ihn in den Arm. »Entspann dich und genieße den Tag. Die Welt ist nicht gerecht. Das musst du doch wissen. Wir können nichts daran ändern. Aber wir können in unserem Leben nach unseren Grundsätzen leben. Das ist doch auch etwas.« Fabio bewunderte Elisabeth, wie sie mit einfachen Sätzen ihr Wissen um diese korrupte Welt preisgab und doch dabei von ihr in keiner Weise beeindruckt und beeinflusst schien. Die Frau hat Format, dachte er, als er von hinten angesprochen wurde.

»Kennen wir uns nicht? Ich meine, ich habe Ihnen vor nicht allzu langer Zeit bei einem Bienenstich geholfen.« Es war Eduard Holzleitner. Er blickte Fabio freundlich an, offensichtlich angenehm berührt, jemanden gefunden zu haben, mit dem ihn etwas verband. Und sei es nur eine flüchtige Urlaubsbekanntschaft. Holzleitner blickte neugierig auf Elisabeth. Die stellte sich selber vor, weil Fabio, überrascht von der plötzlichen Kontaktaufnahme, zunächst nichts sagte. »Elisabeth Trafoier, ich bin Apothekerin aus Tisens – sehr eindrucksvoll Ihr Vortrag, Professor Holzleitner.« Sie gaben einander die Hand. »Und Ihr Begleiter«, er schaute auf Fabio, »ist wahrscheinlich kein Apotheker, sondern, wie soll ich sagen«, Holzleitner schmunzelte, »zunächst nur ein Kunde mit allergisch bedingtem Juckreiz nach Mückenstichen?« Elisabeth staunte nicht schlecht und zog die Stirn kraus. »Wie Sie darauf gekommen sind, müssen

Sie mir erzählen.« Holzleitner musterte die beiden. Fabio blieb vorerst sprachlos. Holzleitner erzählte, wie er Fabio kennengelernt hatte. Wie er ihm geholfen hatte, und dass er ihm wegen einer besonderen Salbe gegen die allergischen Reaktionen auf die Mückenstiche die nächste Apotheke empfohlen hatte. Dass die Wirtin ihn nach Tisens geschickt hatte und dass er Fabio sofort wiedererkannt habe. Es sei nicht schwer zu erkennen, dass sie beide frisch verliebt seien, und so habe er sich den Schluss zu ziehen erlaubt, dass der Besuch des Kunden in der Apotheke in Tisens, um nach einer Salbe zu fragen, darüber hinausgehende Ereignisse nach sich gezogen habe. »Liege ich etwa richtig?«, freute sich Holzleitner ganz offen. Jetzt musste auch Fabio lachen. »Sie sind ja ein richtiger Detektiv, Professor. Sie kombinieren blitzschnell und aufgrund weniger Fakten. Aber Sie liegen genau richtig. Dass Mückenstiche derart mein Leben verändern konnten, habe ich auch Ihrer Empfehlung zu verdanken.« »Und – hat die Salbe denn geholfen?« »Auch das, auch das.« Holzleitner war anzumerken, dass er sich aufrichtig freute, am Zustandekommen des jungen Glücks irgendwie beteiligt gewesen zu sein. Er plauderte drauflos, so wie Fabio ihn beim Frühstück auf der Terrasse der Pension erlebt hatte. Er war ein unterhaltsamer, angenehmer und witziger Gesprächspartner. Elisabeth schien ihn zu mögen. Sie strahlte ihn förmlich an. Holzleitner erzählte, dass er schon öfter für den Konzern Vorträge gehalten habe. Er gehöre zu einer Schar von Wissenschaftlern, die gerne für solche Veranstaltungen gebucht würden. »Wissen Sie, den Zuhörern ist es meist schrecklich egal, was ich da erzähle. Die Firma bucht auch nicht mein Wissen, sondern meine Reputation.« Holzleitner registrierte das leichte Zucken um Fabios Mundwinkel. »Das braucht Ihnen nicht komisch vorzukommen, mein lieber Fameo, das ist auf der ganzen Welt so. Die meisten Konzerne schmücken sich mit irgendwelchen Koryphäen, aus der Wissenschaft, aus dem Sport, aus der Politik. Ich für meinen Teil mache mir keinen Kopf darüber, ob die Geschäfte der Firma, die mich bucht, sinnvoll oder ethisch wertvoll sind. Ich werde für meine Vorträge fürstlich bezahlt. Und ich erzähle auch nichts anderes, als ich meinen Studenten erzähle. Nur hier bekomme ich für einen kleinen Vortrag und meine Bereitschaft, ein Wochenende lang den Kunden der Firma für Gespräche zur Verfügung zu stehen, mehr als ich in einem Monat von Vater Staat gezahlt bekomme.« Fabio lächelte. Diese Offenheit gefiel ihm. Holzleitner rückte näher an die beiden heran. »Wenn es Ihnen nichts ausmacht, werde ich dafür sorgen, dass wir heute Abend beim großen Bankett am selben Tisch zu sitzen kommen. Dann habe ich wenigstens zwei normale Menschen um mich, mit denen ich mich auch gerne unterhalte. Normalerweise werden mir irgendwelche Medizinmanager oder Chefärzte zugeteilt. Wir sehen uns dann immer genötigt, darüber hinwegzusehen, dass alle nur hier sind, um sich mit ihren Sekretärinnen oder den ihnen zugeteilten Damen zu amüsieren. Die verstehen nämlich nichts vom Fach und schauen immer nur blöde in der Gegend herum, wenn mich ihre männlichen Begleiter in ein Fachgespräch zwingen. Und das tun sie immer, allein um sich gegenseitig ihre Fachkenntnis zu beweisen. Männer müssen immer sofort abstecken, wer im Ring der Stärkste ist. Das gilt auch am Bankettisch.« Holzleitner sah dabei leicht genervt aus. Fabio fragte nach: »Wen meinen Sie mit den zugeteilten Damen? Das habe ich nicht verstanden.« Holzleitner lächelte amüsiert. Auch Elisabeth schien es lustig zu finden, dass er das nicht verstand. »Nun, mein lieber Fameo. Das ist Ihr erster Kongress. Die Gepflogenheiten sind die, dass die Gäste bei ihrer Zusage angeben, ob sie mit Begleitung kommen, oder ob sie wünschen, dass ihnen eine Reisebetreuung zur Seite gestellt wird. Besondere Wünsche nimmt das Organisationsbüro dann gerne telefonisch entgegen. Diskretion ist Ehrensache. Sie sehen, mein lieber Fameo, hier gibt es eine Rundumbetreuung, die keine Wünsche ausspart. Und daher sind Paare, wie sie beide, so selten. Also, darf ich auf Ihre Gesellschaft zählen? Ich würde mich sehr freuen.« Fabio und Elisabeth sagten begeistert zu – Elisabeth, weil sie Professor Holzleitner nett fand, Fabio, weil es ihm sehr gelegen kam, um den Professor in ungezwungener Atmosphäre kennenzulernen. Manchmal kommt einem der Zufall zu Hilfe.

Achtzehn

Es war ein Segen, dass Holzleitner ihnen seine Gesellschaft angeboten hatte. An ihrem Tisch saßen ansonsten nur Wichtigtuer. Fabio konnte das Schauspiel nur mit Verwunderung betrachten. Holzleitner hatte es ihnen richtig beschrieben. Um sie herum nur Klinikleiter, Chefärzte und ihre jeweilige »Begleitung«. Als man festgestellt hatte, dass Elisabeth nur eine Apothekerin war und er überhaupt nicht vom Fach, wurden sie von den anderen nicht mehr beachtet. Wobei das auch nicht ganz richtig war. Ihnen wurde eine aufgesetzte Höflichkeit zuteil. Aber am Tischgespräch, das sich im Wesentlichen um das Golfhandicap und den Austausch, in welchem »Ressort« es sich auf der Welt am besten Golfen ließ, handelte, wurden sie nicht beteiligt. Sie hätten zu diesem Thema auch wenig beizusteuern gehabt. Die Damen der Begleitung konnten allerdings auch wenig beitragen. Das machte aber nichts, denn es war ja auch nicht ihre Aufgabe. Auch Holzleitner hielt sich zurück. Hin und wieder beteiligte er sich am Gespräch und punktete jedes Mal mit einer geistreichen Bemerkung. Später würde er ihnen gestehen, dass er noch nie auf einem Golfplatz gewesen war und diesen Sport auch nicht interessant fand. Das Essen war, wie nicht anders zu erwarten, sehr erlesen. Aber die Wichtigtuer taten sich im Wesentlichen damit hervor, dass sie einander versicherten, das Filet Rossini auch schon besser gegessen zu haben. Es komme eben doch sehr darauf an, welche Qualität der Trüffel habe. Nach dem Dessert wurde zum Tanz aufgespielt und die Wichtigtuer bewegten ihre Begleitungen, wobei es durchaus komisch war zu erleben, dass diese erfahrenen Golfsportler doch etwas steif in der Hüfte waren. Jedenfalls hatten Holzleitner, Fabio und Elisabeth den Tisch plötzlich für sich.

Holzleitner grinste die beiden an: »Habe ich Ihnen zu viel versprochen? So ist das immer. Ich tröste mich für gewöhnlich mit dem guten Essen und dem vielen Geld, das man mir dafür gibt, dass ich hier herumsitze und dummes Zeug rede.« Holzleitner griff nach der Flasche mit dem ganz vorzüglichen Rotwein, die er dem Kellner bedeutet hatte, hierzulassen, als dieser den Tisch passierte. Er goss allen ins Glas und prostete den beiden zu: »Jetzt beginnt der gemütliche Teil. Erst tanzen sie, dann verschwinden sie auf ihren Zimmern und morgen ist der Spuk vorbei. Dann kehren sie heim an den Herd und gehen ihren wichtigen Geschäften nach.« Dabei verdrehte er die Augen. »Und in der nächsten Woche bekommen sie Besuch von bestens geschulten Pharmareferenten, die sie dann nach allen Regeln der Kunst bearbeiten.« Das war Elisabeth. Holzleitner lächelte sie an: »Sie kennen das Geschäft?« »Ich habe es während der Studienzeit kennengelernt. Einige meiner Kommilitonen sind von Hause aus damit groß geworden.« Holzleitner nickte. »Ja, in diesem Geschäft beherrschen einige wenige Familien den Markt. Schwer zu erkennen, da sich alles hinter den verschiedenen Gesellschaftsformen verbirgt. Wer weiß heute noch, wie viele Anteile welche Familie an welcher Gesellschaft hält? Mittlerweile sind fast alle großen Pharmakonzerne über Beteiligungen miteinander verwoben, teils verdeckt, teils offen. Da blicken nur noch Insider durch.« Holzleitner hielt inne: »Darf ich mal das Thema wechseln?« Elisabeth und Fabio gaben zu erkennen, dass sie nichts dagegen hatten. »Ich bin ein neugieriger Mensch, verzeihen Sie mir.« Er blickte Fabio an. »Sie haben beim Tischgespräch zu erkennen gegeben, dass Sie mit der Gesundheitsindustrie nichts zu tun haben. Als wir uns in Prissian kurz kennengelernt haben, sprachen wir nicht über unsere Berufe. Darf ich Sie fragen, was Sie machen?« Fabio überlegte kurz. Sollte er die Wahrheit sagen? Wenn er jetzt einen anderen Beruf angab, konnte es passieren, dass Elisabeth ihn verriet, denn sie ahnte ja nichts von seinem Verdacht. Also blieb ihm nichts anderes übrig, als Holzleitner zu erklären, dass er Commissario war. Holzleitner wirkte nicht unangenehm berührt. Er hatte keine Berührungsängste. »Commissario also. Aber Sie sprechen perfekt Deutsch, ohne jeden Akzent?« »Meine Mutter ist Deutsche, mein Vater Italiener. Ich bin mit beiden Sprachen aufgewachsen. Außerdem habe ich auch in Deutschland studiert. Genauer gesagt, ich habe hier in München zwei Auslandssemester Jura studiert. Ich kenne mich also hier ganz gut aus.« »Und wo genau arbeiten Sie?«, fragte Holzleitner. »Nun, ich bin vor kurzem an die Questura in Bozen versetzt worden.« Und einer Eingebung folgend fügte er hinzu: »Als wir uns in Prissian trafen, habe ich mir ein freies Wochenende in den Bergen gestattet. Die Hitze in Bozen ist im Sommer kaum auszuhalten. Und dank der Mücken und dank des Bienenstichs habe ich an diesem Wochenende mein Glück gefunden.« Er strahlte Elisabeth an und sie strahlte zurück. Fabio hatte ein kleines schlechtes Gewissen, dass er die Geschichte von ihrem kleinen Glück dazu benutzte, Holzleitner nicht auf den Gedanken kommen zu lassen, dass er den Unfalltod des Bauern untersuchte. Aber Elisabeth konnte die Zusammenhänge nicht kennen und es war ja auch nicht gelogen. Holzleitner lächelte die beiden auch nur an. Er war ohne Skepsis. »Darf ich Sie denn auch etwas fragen?« Holzleitner nickte Fabio aufmunternd zu. »Machen Sie öfter Urlaub in Prissian, kennen Sie sich dort aus?« Fabio beobachtete, wie diese Frage auf Holzleitner wirkte. Er blieb gelassen. Die Antwort verblüffte ihn. »Ich bin in Nals geboren. Das ist der Ort im Tal. Ich war lange nicht mehr dort. Aber es war mir da unten zu heiß. Da habe ich mir ein Quartier gesucht, das höher liegt. Prissian kannte ich aus meiner Kindheit. Aber es hat sich viel verändert. Die Straßen sind ausgebaut, alte Häuser verschwunden, neue gebaut. Aber die Struktur ist im Wesentlichen erhalten geblieben.« Und nach einer kleinen Pause: »Aber ich habe niemanden mehr angetroffen, an den ich mich noch erinnern konnte. Alle weggezogen oder gestorben. Es war schon irgendwie komisch. Es ist nicht mehr meine Welt. Es ist eigentlich nur noch eine Erinnerung.« Damit endete er. Sein Blick hatte etwas Melancholisches, als er davon sprach. »Sie sprachen davon, dass Sie lange nicht mehr dort waren. Warum haben Sie Nals denn verlassen?« Holzleitner blickte Fabio unvermittelt scharf an. Die Melancholie war schlagartig verschwunden. Fabio sah, wie es in ihm arbeitete. Er war unschlüssig, ob er hier das Gespräch abbrechen sollte. Fabio erinnerte sich an sein erstes Gespräch mit Holzleitner. Damals hatte er rein gar nichts von sich preisgegeben. Aber diesmal schien er sich anders entschieden zu haben. Vielleicht, weil Elisabeth dabei war, vielleicht, weil er Vertrauen zu ihnen gefasst hatte. »Ich war zehn, als meine Familie das Dorf hat verlassen müssen. Das war 1943. Meine Eltern galten als Dableiber, weil sie nicht für das Deutsche Reich optiert hatten. Als die Deutschen 1943 einmarschiert sind, um Mussolini zu befreien, haben das einige genutzt, um unliebsame Nachbarn zu denunzieren. Ich habe das damals nicht begriffen. Meine Familie ist dann deportiert worden. Wir kamen zuerst in ein Lager in Österreich. Mein Vater und meine älteren Brüder sind zu einem Arbeitseinsatz ›abkommandiert‹ worden. Ich habe sie nie wieder gesehen. Meine Mutter ist kurz darauf im Lager gestorben. Dann war der Krieg aus und ich bin als Vollwaise in ein Heim gekommen. Von dort bin ich ausgerissen und habe mich bis Bayern durchgeschlagen. In den Nachkriegswirren hat sich niemand um einen elternlosen Dreizehnjährigen gekümmert.« Holzleitner machte eine Pause. Er holte tief Luft. »Ich habe viel Glück gehabt. Das größte Glück war es bestimmt, auf die Familie Holzleitner zu treffen, die mich zunächst bei sich aufgenommen und später adoptiert hat. Meine Adoptiveltern hatten ihre Söhne im Krieg verloren und ich war sozusagen ihr Ersatz. Mir ist das gut bekommen. Sie waren in der Lage, mir eine gute Schule zu bezahlen und das Studium zu ermöglichen. Sonst wäre ich nicht das, was ich heute bin.« Holzleitner fiel es anscheinend schwer, darüber zu sprechen. Er versuchte ein Lächeln, aber es missriet zur Fratze. Dann straffte er sich plötzlich. »Aber was langweile ich Sie mit meiner Geschichte, lassen Sie uns den Abend genießen. Sie stehen am Anfang Ihres jungen Lebens und ich mit meinen 75 Jahren im Herbst des meinigen. Genießen wir den Abend und trinken noch ein Glas.« Er leerte die Flasche in ihre Gläser und noch bevor er ihnen zuprosten konnte, sagte Elisabeth: »Ich hätte Sie viel jünger geschätzt. Außerdem sind Sie doch noch aktiv und noch nicht emeritiert.« Da blitzten Holzleitners Augen auf: »Danke, meine Liebe. Das hört ein alter Mann gerne.« Aber auch Fabio hätte ihn mindestens zehn Jahre jünger geschätzt. Holzleitner war ein drahtiger Mann, sehr schlank, und er verfügte über volles graues

Haar. So ein Luis-Trenker-Typ halt. »Ich bin allerdings schon seit einigen Jahren emeritiert. Aber ich bin seither weiterhin in der Forschung aktiv gewesen. Ich arbeite an einer Sache, die ich jetzt noch zum Abschluss bringe. Dann ist aber auch Schluss.« »Verraten Sie mir, woran Sie gearbeitet haben?«, wollte Elisabeth wissen. »Gerne. Ich habe mich mit dem Nachweis von GHB im Gewebe beschäftigt. Das ist Gamma-Hydroxybuttersäure, auch als K.O.-Tropfen bekannt. Diese Substanz ist absolut geschmacksneutral. Man kann sie jedem Getränk beimischen. Wer es trinkt, wird zunächst benommen. In diesem Zustand hat man keinen eigenen Willen mehr und folgt jedem, der einen mitnimmt. Einige Zeit später wird man bewusstlos. Wenn man wieder aufwacht, kann man sich an nichts erinnern. Das Zeug mischen bestimmte Menschen vorzugsweise jungen Mädchen ins Getränk, um sie gefügig zu machen. Oder es wird arglosen Menschen verabreicht, um sie auszurauben. Das Schlimme ist, dass die Dosierung auch tödlich sein kann. Die Opfer können sich an nichts erinnern und verzweifeln an der Ungewissheit. Ich habe jetzt herausgefunden, wie man GHB nachweisen kann. Ein kompliziertes Verfahren. Aber es wird jetzt versuchsweise an den Gerichtsmedizinischen Instituten in München und Bonn eingesetzt. Man kann GHB noch lange nach der Einnahme in den Haaren der Opfer nachweisen. Ähnlich wie beim Kokain. Dieses Verfahren, GHB nachzuweisen, habe ich entwickelt.« Fameo nickte: »Ich verstehe, wenn die möglichen Opfer über diesen Nachweis beweisen können, dass ihnen K.O.-Tropfen verabreicht worden sind, dann hört die Ungewissheit auf, sie müssen nicht mehr an sich selbst zweifeln, und Tatzeitpunkt und mögliche Täter sind besser einzukreisen.« Holzleitner lachte: »Da lacht des Kriminalisten Herz, wie ich sehe. Ihr Land wird mein Verfahren auch anwenden wollen, da bin ich sicher. K.O.-Tropfen werden weltweit eingesetzt. Alle brauchen das Verfahren zum Nachweis.« »Dann sind Sie auch Spezialist für den Nachweis von Spuren im Körper?« Das fragte Elisabeth. Holzleitner holte aus: »Ich bin zunächst nur Pathologe. Aber mein Interesse galt schon immer den Wirkungen und später auch dem Nachweis von Giften. Gift ist ja an sich nichts Schlechtes. Es kommt immer auf die Dosis und seine Zusammensetzung an. Sehen Sie mal«, Holzleitner schaute Fameo an, »das Mittel, das Ihnen so gut gegen das Bienengift geholfen hat, was glauben Sie war das?« Fameo musste schlucken. Er erinnerte sich an die kleine Pipette, aus der Holzleitner eine genau abgezählte Zahl Tropfen auf einen Löffel gegeben hatte. Holzleitner wartete nicht auf eine Antwort. »Das war, wenn Sie so wollen, ein Gegengift. Ich habe es immer bei mir, weil ich selber auf Bienenstiche allergisch reagiere. Das Gift im Stachel einer Biene ist für uns Menschen eigentlich harmlos. Es tut zwar an der Einstichstelle weh, aber es schadet nicht weiter. Wenn unser Lymphsystem allerdings nicht optimal arbeitet, und das ist bei mir und wahrscheinlich auch bei Ihnen der Fall, dann reagiert unser Körper auf diese kleine Menge Gift allergisch. Meist schwillt sehr schnell die Stelle des Einstichs an. Die für uns Allergiker bedeutsamste Form einer Überempfindlichkeitsreaktion ist die systemisch-anaphylaktische Reaktion.« Fameo hatte wohl ein großes Fragezeichen im Gesicht, denn Holzleitner erläuterte weiter: »Sie tritt meist innerhalb von Minuten nach dem Stich auf und beschränkt sich manchmal nur auf die Haut. Sie kennen das, die Stelle wird rot und schwillt an. Bei Ihnen sah das aber schon schlimmer aus. In schweren Fällen können auch Organe betroffen werden. Es kommt zu Erbrechen, Atemnot, Kreislaufkollaps, Atemstillstand und Schock. So etwas in der Richtung habe ich bei Ihnen befürchtet. Und da Sie keine Anstalten machten, etwas zu unternehmen, habe ich Ihnen mit meinem Mittel geholfen. Das Mittel, das ich Ihnen gab, neutralisiert das Gift sozusagen. Ich gewinne es übrigens aus dem Gift des Stachels selber, ähnlich wie beim Schlangenserum. Aber ganz entscheidend ist die Menge. Gebe ich einem Gesunden nur ein bis zwei Tropfen, dann kann das zu seinem Tod führen. Ein Kuriosum. Ganz geringe Mengen können den Herzmuskel lähmen, mit fatalen Folgen. Gebe ich aber, wie bei Ihnen, genau dreißig Tropfen, dann wirkt es nicht tödlich, sondern vermag in kurzer Zeit das anschwellende Gewebe zu entgiften. Sie haben es ja selber gemerkt, wie es wirkt.« Fameo musste erneut schlucken. »Dann haben Sie mich also zu meinem Wohl vergiftet?« »Nein, nein, wo denken Sie hin. Ich habe Sie therapiert. Sonst würden Sie ja nicht hier sitzen, oder?« Holzleitner schaute vergnügt in die verdutzten Gesichter von Elisabeth und Fabio. Fabio überlegte blitzschnell. War er hier schon an einem entscheidenden Punkt angekommen? Hatte Holzleitner ihm soeben geschildert, wie er den gesunden Sepp Maier mit ein bis zwei Tropfen ins Jenseits befördert hatte? »Wie schnell wirkt denn die todbringende Dosis?«, fragte Fameo, wobei er sich Mühe gab, nur interessiert zu wirken. Holzleitner antwortete frank und frei: »Das geht schnell. Es hängt natürlich von der Verfassung des Menschen ab. Gehen wir von einem Normalgewichtigen und gesunden Menschen aus, wirken diese Tropfen binnen zwei Minuten. Der Herzmuskel wird gelähmt, das Herz hört auf zu schlagen, das Gehirn wird nicht mehr mit Sauerstoff versorgt, Exitus. Das geht schnell.« Holzleitners Miene verriet nichts. Er dozierte. »Und können Sie diesen Stoff auch im Körper nachweisen?«, fragte Elisabeth. Fabio wunderte sich, dass sie ihm die nächste Frage aus dem Mund nahm. Aber als wissbegierige Apothekerin hatte sie natürlich Interesse an der Sache. Holzleitner lehnte sich zurück und griff nach seinem Glas. Langsam schwenkte er den Rest vom guten Rotwein und sagte dann genauso langsam, wie er das Glas dabei schwenkte: »Nein, dieses Gift lässt sich nicht nachweisen. Es wird nach sehr kurzer Zeit vollständig abgebaut. Keine Spuren in den Haaren, keine Spuren in den Fingernägeln, keine Spuren dort, wo unsereins suchen würde. Die Diagnose ist in jedem Fall Herzstillstand.« Holzleitner blickte dabei in seinen sich im Glas bewegenden Rotwein. »Wer dieses Gift einsetzt, kann damit den perfekten Mord begehen, mein lieber Commissario. Die Tatwaffe ist nicht nachweisbar, sie ist nicht existent. Und es ist genauso einfach wie bei der Verabreichung von K.O.-Tropfen. Das Opfer schmeckt die Substanz nicht. Sie ist absolut geschmacklos.« Holzleitners Gesicht nahm einen entspannten Ausdruck an. Er hörte auf, den Wein zu schwenken. Er blickte Fabio an. »Sie sehen, meine Forschungen sind für euch Kriminalisten viel wert.«

Es entstand eine Pause. »Da habe ich ja Glück gehabt, dass Sie sich damit auskennen, sonst ...« Holzleitner tätschelte Fabios Arm. »Mein lieber Mann, ich sagte doch, dass ich das Mittel für mich dabei habe und nicht, um Sie damit zu vergiften.« »Aber Sie könnten damit auch jemanden vergiften und niemand könnte es beweisen?« Holzleitner betrachtete Fameo nachdenklich. »Wie ich schon sagte, es kommt auf die Dosis an. Aber ja, das Mittel kann auch tödlich wirken. Und ja, einen Nachweis im Körper des Opfers kann derzeit, jedenfalls nach meinem Wissen, niemand führen.« Und mit einem Lächeln auf den Lippen fügte er hinzu: »Und ohne mich loben zu wollen. Auf dem Gebiet der Toxikologie bin ich international die Nummer eins. Ich finde Spuren, wo andere vergeblich gesucht haben. Aber dieses Mittel aus dem Gift des Bienenstachels ist chemisch so raffiniert, dass auch mir der Nachweis bisher nicht gelungen ist. Irgendwann nach mir wird es jemand schaffen. Aber derzeit ist es jedenfalls aussichtslos.« Holzleitner schien zufrieden. Für Fabio war klar, dass die Beobachtung des verrückten Georg und die Erzählung von Holzleitner ein übereinstimmendes Bild ergaben. Es war denkbar, dass Holzleitner Sepp Maier kaltblütig vergiftet hatte. Nur das Motiv war unklar. Wo gab es die Verbindung zwischen den beiden? Holzleitner stammte aus Nals, Maier aus Prissian. 1943 musste Holzleitner Nals verlassen, 1943 nahm der Vater von Sepp Maier das Kind Georg bei sich auf. Wie alt war da der Sepp? So um die zwanzig, grob geschätzt. Kannten sich der zwanzigjährige Sepp Maier und der zehnjährige Holzleitner? Und wenn ja, was bewegte einen 75-Jährigen, nach sechzig Jahren einen Mord zu begehen. Sinn machte das keinen. Oder war das alles nur Zufall? Und Georgs Aussage ein Hirngespinst? Oder er hatte etwas anderes gesehen und es sich dann so zurechtgelegt? Alles Fragen, auf die es heute Abend keine Antworten gab, dachte Fameo. Und mit einem Blick in die Runde stellte er fest, dass seine beiden Gesprächspartner, der emeritierte Professor und die liebreizende Elisabeth, müde Stellen im Gesicht hatten. Es war spät geworden. Die meisten der Wichtigtuer hatten sich verzogen, die Begleitungen taten vermutlich ihre Dienste, die Pausen der Kapelle wurden immer länger. Zeit, schlafen zu gehen. »Eine letzte Frage habe ich noch«, Fameo brauchte Gewissheit. »Wenn ein Gesunder von einer Biene gestochen wird, so wie ich, aber nicht weiß, dass er allergisch reagiert, kann dann ein solcher Bienenstich auch zum Tod führen? Und wenn ja, wie schnell geht das?« Holzleitner überlegt nicht lange: »Mit den Allergien ist das schon komisch. Sehen Sie, ich nehme an, dass Sie eine solche Reaktion auf einen Bienenstich vorher nicht an sich erlebt haben, richtig?« Fameo nickte. Das war ihm in der Tat vorher noch nie passiert. »Und wie war das mit den dicken Quaddeln, die Sie nach den Mückenstichen hatten, die kannten Sie doch wahrscheinlich auch nicht?« Fameo bestätigte. »Für mich sind Sie ein ganz typischer Fall. Allergien schlummern unter der Oberfläche. Was sie auslöst und warum welche chemische Reaktion im Körper sie auslöst, weiß man heute nicht genau. Es gibt da nur viele Vermutungen. Aber als ich Sie an dem Morgen sah, war mir klar, dass Ihr Körper durch die vielen Mückenstiche ohnehin schon arg mitgenommen war. Ihr Immunsystem machte sozusagen Überstunden. Und dann noch der Bienenstich am frühen Morgen. Da war Ihre Immunabwehr überfordert und das wenige Gift des Bienenstachels löste die allergische Reaktion aus. Was passiert wäre, wenn ich Ihnen nicht hätte helfen können, weiß ich nicht. Möglicherweise nur Unwohlsein, im schlimmsten Fall Atemstillstand. Sie sollten jedenfalls ab jetzt immer eine Art Notfallapotheke mit sich führen. Es gibt da Präparate mit Cortison und einem Antihistaminikum, da wird Ihnen Ihre Freundin bestens helfen können. Vielleicht legt sich das bei Ihnen auch wieder. Aber Sie sollten die Gefahr nicht unterschätzen. Einmal Allergiker, meist für lange Zeit oder für immer Allergiker.« Fameo schaute Holzleitner lange an. »Wenn Sie mir aber nicht geholfen hätten und ich vorher noch nie solche Beschwerden gehabt hätte, wäre es denkbar, dass ich innerhalb von sagen wir zwei Minuten gestorben wäre?« Holzleitner und Elisabeth blickten Fameo verwundert an. »Es sind solche Fälle bekannt, ja. Aber sie sind äußerst selten. Die meisten Insektengiftallergiker können mit einer notärztlichen Versorgung rechnen. Sie waren ja nicht im luftleeren Raum, da war noch die Wirtin, die Ihnen den Stachel gezogen hat. Die meisten Menschen dort in den Obstanbaugebieten kennen sich mit Insektenstichen aus. Die hätte bestimmt auch ein Hausmittel gekannt.« Fameo ging aufs Ganze: »Ich frage auch nicht wegen mir. Ich denke nur an einen Fall, der mich beschäftigt. Es ist eigentlich kein Kriminalfall, sondern eher ein Unfall. Das Unfallopfer ist von seinem Traktor erdrückt worden, der auf ihn gestürzt ist, als er eine Böschung hinabstürzte. Aber eine Zeugin hat ausgesagt, dass der Bauer, als er noch auf dem Traktor saß, plötzlich über dem Lenkrad zusammengebrochen ist. So wie man sich einen Herzanfall vorstellt. Der Unfall war dann die Folge davon. Der Bauer war aber sehr gesund. Ich frage mich nach all dem, was ich soeben von Ihnen gehört habe, ob nicht auch ein Bienenstich so eine Reaktion ausgelöst haben könnte?« Fameo beobachtet das Gesicht Holzleitners sehr genau. Holzleitners Augen bohrten sich förmlich in die seinen. Elisabeth beobachtete diese Veränderung aus der Distanz. Später würde sie sagen, dass sie noch nie erlebt hatte, wie eine Stimmung derart schnell umgekippt ist. Holzleitner ließ sich Zeit mit der Antwort. Er sagte nur: »Auch das ist denkbar.« Dann ging er.

Neunzehn

Für Fabio war klar, dass Holzleitner Sepp Maier umgebracht hatte. Er verfügte über die Pipette, die Georg gesehen hatte. Er hatte das Gift, das in kleiner Dosis tödlich wirkte, er kannte seine Wirkung. Er wusste, dass dieses Gift nicht nachzuweisen war. Er selber sprach von der perfekten Mordwaffe. Aber wo lag das Motiv? Warum sollte Holzleitner diesen Mord begehen? Die Aussage Georgs würde keinen Bestand haben. Jeder Trottel von einem Anwalt hätte leichtes Spiel, diese Aussage als unglaubwürdig abzustempeln. Holzleitner selber ließ sich nach seinem Abgang vom Festbankett nicht mehr sehen. Morgens beim Frühstück im Hotel tauchte er jedenfalls nicht mehr auf. Beim Auschecken hatte Fameo an der Rezeption gefragt, ob Professor Holzleitner noch da sei. Man sagte ihm, dass er bereits sehr früh abgereist sei. Mit Elisabeth sprach er in der letzten Nacht im Hotel nicht sehr lange über die Begegnung mit Holzleitner. Elisabeth hatte etwas Besseres mit ihm vor. Erst auf dem Rückflug fragte sie ihn, warum Holzleitner plötzlich so komisch gewesen sei. Nachdem der Abend vorher doch so nett gewesen war. Fabio wollte Elisabeth in Hörweite von anderen Fluggästen nicht einweihen und zuckte daher nur mit den Schultern.

Fabio beschloss, Tommaso mit ins Boot zu nehmen. Tommaso war seit dreißig Jahren in der Polizeistation in Terlan. Er kannte die Menschen in den Dörfern. Vielleicht konnte er Licht ins Dunkel bringen. Es galt, herauszufinden, was Opfer und Täter verband.

»Nach allem, was du mir erzählt hast, bleibt eigentlich nur ein denkbares Motiv für eine solche Tat«, sagte Caruso. »Rache ist ein sehr altes Motiv, das auch nach Jahren und Jahrzehnten in den Menschen wirkt. Wenn wir damit richtig liegen, dann muss Sepp Maier etwas getan haben, wofür sich der Holzleitner rächen wollte. Du hast erzählt, dass Holzleitners Familie 1943 von den Deutschen deportiert wurde. Da würde ich ansetzen. 1943 ging es in den Dörfern hoch her. Überall gab es Denunzianten, die unliebsame Weggenossen meist um des eigenen Vorteils willen aus dem Weg räumen wollten. Oft ging es nur um Grenzsteine, Holzeinschlagrechte und so was. Aber es gab auch Fälle, in denen behinderte Menschen unter Vorspiegelung falscher Versprechungen, man würde sie in ein Sanatorium bringen, um sie zu heilen, weggeschafft wurden. Später erhielten die Eltern nur knappe Mitteilungen, dass ihr Kind verstorben sei. Heute weiß man, was die Nazis mit diesen Menschen gemacht haben. Viel Unrecht ist damals geschehen. Und es ist denkbar, dass auch Holzleitners Familie Opfer solcher Umtriebe war. Der Maier Sepp war damals zwanzig, sagst du. Das ist ein Alter, in dem die Propaganda gut gewirkt hat. Denn die ging ja schon Jahre vorher los. Der Sepp dürfte sie seine gesamte Schulzeit über erlebt haben. Zuerst die faschistische Erziehung unter Mussolini und dann seit 1939 die immer stärker werdende nazistische Erziehung. Viele der jungen Leute waren vom Deutschtum derart besessen, dass sie alles ablehnten, was sich vermeintlich dagegenstemmte. Die Dableiber galten damals als ›Walsche‹, die sich für die falsche Seite entschieden hatten. Kann also gut sein, dass ein hitzköpfiger junger Sepp Maier der Familie des Holzleitner etwas angetan hat. Vielleicht hat er sie an die Nazi-Schergen verraten. Wird nur schwer sein, das herauszufinden. Die meisten Akten aus dieser Zeit sind vernichtet. Ich will mich mal erkundigen, was davon noch da ist.«

Fameo war sprachlos. Sein Maresciallo kannte sich aber wirklich gut aus. »Woher weißt du das alles?«, wollte er wissen. Tommaso lächelte: »Als ich hierher versetzt worden bin, habe ich mich über vieles gewundert. Zunächst darüber, dass die Leute hier kein Italienisch sprechen. Und wenn, dann oft nur schlecht und widerwillig. Dann habe ich mich darüber gewundert, dass die Menschen hier bemüht waren, alle Vorschriften einzuhalten, aber im Übrigen an allen Vorschriften vorbei klarzukommen versuchten. Und das bedeutete damals Schmuggel und Bestechung. Schließlich habe ich erlebt, wie versucht wurde, Südtirol mit medienwirksamen Anschlägen auf Hochspannungsleitungen ins Bewusstsein der Weltöffentlichkeit und nach Möglichkeit in die Unabhängigkeit zu bomben. Erst in den 70er Jahren ist das alles besser geworden. Italiener und deutschsprachige Südtiroler kommen leidlich miteinander aus. Seit ich hier bin, versuche ich, die Südtiroler zu verstehen. Und das geht nur, wenn man sich die Geschichte dieses Landes anschaut. Und natürlich seine Menschen. Dann versteht man vieles. Also habe ich zu Beginn meiner Zeit hier viel gelesen und auch ein wenig geforscht. Aber glaub mir, als Carabiniere hattest du es damals nicht einfach, auch wenn du dich in die Leute einfühlen konntest. Heute ist es etwas besser, aber geliebt werden wir auch heute noch nicht.«

Fameo konnte derzeit in dem Fall Sepp Maier nichts weiter tun. Er beschäftigte sich daher mit den Routinearbeiten, die ihm die Bozner Questura abverlangte. Der Vicequestore nervte ihn damit, dass er sich unentwegt nach den Erfolgen in der Fahndung nach fünf gestohlenen Luxuskarossen erkundigte. Er sprach davon, dass den Geschädigten Genugtuung widerfahren müsse. Fameo verstand das Gefasel erst, als ihm die Sekretärin verriet, dass eines der Diebstahlsopfer eine Geschäftsbeziehung zu einer für den Vicequestore nicht unwichtigen Person unterhielt. Fameo ordnete daher die gesamte uniformierte Einheit der Questura in das Luxushotel ab, aus dessen Tiefgarage die wertvollen Dinger gestohlen worden waren. Alle gingen diskret vor, wie man eben diskret in einer Uniform vorgehen kann. Fameo war klar, dass die Fahrzeuge längst außer Landes gebracht worden waren. Die Videoanlage in der Tiefgarage war manipuliert worden, die Diebe hatten die Absperrvorrichtungen ausgeschaltet, es gab keinerlei Spuren, so dass der Verdacht nahelag, dass Nachschlüssel im Einsatz waren. Vom Hotelmanager hatte Fameo erfahren, dass die Geschädigten schon am nächsten Tag nach dem Frühstück ihre Versicherungsagenten empfangen hätten. Weiß der Teufel, wo die so schnell hergekommen waren. Denn die Anreise aus den Heimatländern der Versicherungen beträgt immerhin einige Stunden, selbst wenn man ein Flugzeug nimmt. Aus einem vergleichbaren Fall wusste Fameo, dass die

Übergabe des Nachschlüssels Bares auf die Hand bedeutete. Die allesamt neuen Fahrzeuge waren weit über Wert versichert, so dass die Differenz der ausgezahlten Versicherungssumme zum Kaufpreis den meisten der Besitzer aus einem momentanen Liquiditätsengpass helfen konnte. Das funktionierte allerdings nur in den Kategorien jenseits der 250.000 Euro. Und genau in diesen Dimensionen bewegte sich der Schaden. Der Wirbel, den die uniformierten Carabinieri verursachten, ließ allerdings jeden Verdacht im Keim ersticken, dass die italienische Polizei ihrer Arbeit nicht akribisch nachgehen würde. Fameo ließ einen vierzig Seiten starken Bericht verfertigen. Er konnte davon ausgehen, dass der vielbeschäftigte Vicequestore dicke Berichte nicht las und deren Qualität nach ihrem Gewicht beurteilen würde. »Gute Arbeit, Fameo«, war dann auch sein Kommentar, »ich habe gewusst, dass Sie ein tüchtiger Mann sind. Aber was will man machen? Gegen diese organisierten Banden kommt man eben nicht an. Jedenfalls haben wir alles getan, was in unserer Macht steht.«

Eine andere Sorte von Diebstählen beschäftigte Fameo viel mehr und interessierte den Vicequestore, wie es schien, überhaupt nicht. Seit Beginn der Sommersaison häuften sich die Einbrüche in kleine Tankstellen, die nicht von einer großen Kette betrieben wurden. Gestohlen wurden nur Kleinigkeiten, Zigaretten, Süßigkeiten, Bier. Was zuerst wie Beschaffungskriminalität aussah, nahm nach vier bis fünf Wochen kuriose Züge an. Genau dieselben kleinen Tankstellen wurden erneut heimgesucht. Auch diesmal wurden nur Kleinigkeiten gestohlen. Alles Dinge, die auch jeder Kiosk hatte. Aber bei den Kiosken war Ruhe. Nur Tankstellen waren Einbruchsziele. Fameo setzte einen jungen Carabiniere darauf an. Der berichtete ihm eines Tages, dass einer der Pächter Stein und Bein darauf geschworen hatte, dass die Zahlstation, an der die Kunden mit ihrer EC-Karte bezahlten, nach dem zweiten Einbruch plötzlich auf der falschen Seite neben der Kasse stand. Der Pächter habe sie immer rechts daneben stehen und nun stehe sie aber links. Die Täter mussten sie umgestellt haben. An der Station selber war nichts zu sehen. Fameo schickte daraufhin den Carabiniere zu all den anderen Pächtern der aufgebrochenen Tankstellen, um auch sie wegen der Zahlstationen zu befragen. Einige bestätigten, dass auch sie die Zahlstation an einem anderen Ort als gewohnt wiedergefunden hatten. Einer sagte aus, dass die Zahlstation nach dem zweiten Einbruch nicht mehr funktioniert habe und er sich eine neue habe kaufen müssen. Die alte gab er dem Carabinieri mit. Fameo ließ sie untersuchen. Das Labor meldete nach einer Woche, dass diese Station manipuliert worden war. Allerdings stümperhaft. Man hatte anscheinend versucht, die Speicherkarte zu entfernen, die für die Identifikation der Pin Codes der Kundenkarte zuständig ist. Dabei war ein Teil der Karte abgebrochen. Der Ingenieur vermutete, dass jemand mit einem Schraubenzieher versucht hatte, die Karte herauszubrechen. Fameo fragte, ob ein geschickterer Mensch diese Karte austauschen könne gegen eine Karte, die alle Kundendaten mitsamt Pin Code speichere. Der Ingenieur bestätigte dies. »Und wenn sie diese Daten haben, können sie Kartenrohlinge damit präparieren und an jedem Geldautomaten Geld von dem fremden Konto abheben, so lange, bis es gesperrt wird. Fameo ließ daraufhin alle Kartenterminals der Tankstellen, in denen eingebrochen worden war, untersuchen. Einige wiesen Manipulationsspuren auf. Jetzt konzentrierte sich Fameo auf die Tankstellen, bei denen man erst einmal eingebrochen hatte. Es waren genau drei Stück. Dort installierten seine Leute Minikameras und legten sich abends auf die Lauer. Und an einem Montag um drei Uhr in der Früh schnappte die erste Falle zu. Fameos Leute überwältigten einen Mann, der sich nach dem Einbruch in die Tankstelle sofort daranmachte, die Kartenstation zu öffnen und den Chip auszutauschen. In derselben Nacht verfolgten sie einen zweiten Mann, der Reißaus nahm, als er die im Wagen dösenden Beamten bemerkt hatte. Die beiden kamen vermutlich aus Rumänien, sprachen aber kein Wort Italienisch oder Deutsch und waren nicht kooperativ. Fameo ließ sie mit einem Dolmetscher verhören. Aber sie verrieten nicht einmal ihre Namen. Die Vermutung, dass sie Rumänen waren, basierte auf einem Stück mitgeführten Käse, halb aus Schafsmilch, halb aus Kuhmilch, eingewickelt in einer Birkenrinde, wie es die Schäfer in Rumänien machen. Fameo ließ daraufhin die Fingerabdrücke abgleichen. Und siehe da, die beiden waren registriert. Die Spitzbuben staunten nicht schlecht, als Fameo sie mit ihren Namen ansprach. Sie waren in anderen europäischen Ländern bereits wegen ähnlicher Delikte aufgefallen.

Dieser Erfolg freute Fameo und sein Team, der Vicequestore nahm ihn anscheinend nicht wahr.

Der Vice purzelte eines Morgens gegen 11 Uhr in Fameos Büro, er war guter Laune und überredete ihn, heute unbedingt mit ihm essen zu gehen. Er wolle ihm eine ganz reizende Person vorstellen. Der Vice wirkte aufgeräumt wie selten. Die reizende Person, mit der sie zu Mittag aßen, war seine Nichte. »Sie müssen wissen, mein lieber Fameo, dass meine Nichte die Assistentin des Intendanten des Bozner Theaters sein wird. Sie ist sehr talentiert, hat viel studiert und ist in der ganzen Welt herumgekommen.« Die so Gelobte lächelte leicht säuerlich. Sie war hübsch, eigentlich schön – und sehr jung. Vielleicht 23 Jahre alt. Wie so eine Person in so jungen Jahren mit Führungsaufgaben beauftragt werden konnte, zumal die Theaterleitung bisher ohne Assistenz ausgekommen war, erschloss sich Fameo nicht auf Anhieb. Vielleicht Wunschdenken des Herrn Onkel? Das Gespräch war im Übrigen amüsant. Die Nichte eloquent, ihr Onkel ganz der fürsorgliche Gönner. Nach dem Essen trennten sich die Wege. Die Nichte verabschiedete sich, indem sie den Onkel drückte und Fameo die Hand gab und ihm dabei tief in die Augen schaute. Viel zu tief, fand Fameo. Als sie gegangen war, machte der Vicequestore noch keine Anstalten zu gehen. »Nehmen Sie noch einmal Platz Fameo. Ich wollte noch einiges mit Ihnen bereden.« Sie saßen in einem separaten Raum des Lokals und waren ungestört. Fameo wartete gespannt. Der Vice bestellte noch Kaffee, etwas Konfekt und zwei Cognac. Nachdem der Kellner den Raum verlassen hatte, schaute der Vice Fameo mit lustigen Augen an. »Na, was sagen Sie? Ist sie nicht fantastisch?« Er meinte offenbar seine Nichte. Fameo verstand nicht. Er sagte: »Ja, eine sehr nette und interessante Frau.« Und weiter, damit er nicht unhöflich erschien: »Ist sie die Tochter von einer Schwester oder von einem Bruder?« Das interessierte ihn zwar überhaupt nicht, aber der Vice fühlte sich geschmeichelt. Fameo erfuhr, dass sie die Tochter einer Schwester des Vice war. Ihr Vater eine einflussreiche Persönlichkeit in Rom. Was auch sonst, dachte Fameo. Aber dann wechselte der Vicequestore plötzlich das Thema: »Mein lieber Fameo, Sie fragen sich vielleicht, warum ich Sie ab und zu zum Essen mitnehme. Vielleicht haben Sie auch den Eindruck gewonnen, dass ich mich nicht so recht für Ihre Arbeit interessiere. Möglicherweise haben Sie bemerkt, dass ich selten im Büro bin, und deshalb vielleicht den Schluss gezogen, dass ich mich eher wenig um die Belange der Questura kümmere.« Fameo machte ein neutrales Gesicht. Genau das waren seine Eindrücke. Aber das konnte er schlecht seinem Vorgesetzten gegenüber zugeben. Er wusste nicht, worauf der Vice hinauswollte. Der sprach aber auch schon weiter: »Nun, ich bin hier schon seit vielen Jahren Leiter dieser Polizeibehörde. Ich kenne alle meine Schäfchen und weiß, wie sie funktionieren. Wenn es hakt, bekomme ich es mit. Ansonsten, solange der Apparat brummt, greife ich nicht ein.« Fameo dachte, dass er bisher von einem Brummen nichts mitbekommen hatte. Er empfand es eher so, dass die Questura weniger brummte, sondern eher so, dass sie vor sich hin döste.

»Und ich habe Sie genau beobachtet. Ich bin zwar oft weg, aber ich weiß trotzdem, was Sie leisten. Außerdem kenne ich Ihre Personalakte. Sie sind ein guter Polizist.« Der Vice nickte anerkennend. Und nach einer kurzen Pause: »Rom will, dass Sie mich in zwei Jahren ablösen.« Der Vice starrte an die Decke. »Den Job kann man so oder so machen.« Der Vice blickte Fameo jetzt direkt an: »Ich will Ihnen zeigen, wie ich es mache, und Ihnen einiges zum Überlegen geben. Wenn ich Sie einfach laufen lasse, dann geraten Sie vielleicht in dieselben Schwierigkeiten, die Sie aus Rom hierhergebracht haben. Und nach Bozen gibt es nur noch Palermo. Und da wollen Sie doch gewiss nicht hin, oder?« War das eine Drohung oder ein väterlicher Hinweis? Fameo konnte den Vice nicht einschätzen. Was will er? Worauf will er hinaus? »Sie müssen wissen, dass ich die wichtigen Leute hier sehr gut kenne. Sehr gut, wirklich. Und ich bin ein gefragter Ratgeber. Ja, ich mische mich auch schon mal ein. Ja, ich verfolge hie und da auch eigene Interessen oder die Interessen von Leuten, die mir nahe stehen oder die ich brauche, denen ich einen Gefallen schulde. Die Sache mit den Autos zum Beispiel, in der Sie mir einen dicken Bericht geschrieben haben.« Der Vice lächelte. »Mir war wichtig, dass die Eigentümer möglichst schnell alle Papiere für ihre Versicherungsagenten zusammenbekommen. Das haben Ihre Leute prima hingekriegt. Bravo dafür. Ich bin übrigens genau wie Sie der Meinung, dass es sich um einen eingefädelten Versicherungsbetrug handelt.« Fameo merkte auf. Den Verdacht hatte er niemandem gegenüber geäußert. In seinem Bericht hatte davon kein Wort gestanden. »Das habe ich aber nie zum Ausdruck gebracht, Vicequestore.« Der Vice lächelte nur wissend: »Das war auch geschickt von Ihnen. Aber mir machen Sie nichts vor. Sie sind ein guter Kriminalist. Das haben Sie sofort gerochen. Aber Sie haben auch erkannt, dass es keine stichhaltigen Beweise gibt. Außerdem haben Sie gedacht, dass ich ein Büttel dieser Leute bin, stimmt's?« Der Vice lachte Fameo jetzt an. Er war vergnügt. Fameo lächelte scheu zurück und vermied es direkt zu antworten. »Nun ja, ich habe mich schon gewundert, dass Sie diesen Fall so dringend machten und zum Beispiel den Fall mit den Manipulationen an den Geldterminals scheinbar nicht als so wichtig nahmen. Ich habe diese Wertung nicht verstanden.« Der Alte nickte: »Kann ich gut nachvollziehen. Wäre mir an Ihrer Stelle auch so gegangen. Ich will es erklären. Ich kenne die Autoleute zwar nicht, aber ein guter Bekannter von mir steht in engem Kontakt mit einem von denen. Und da ich mit meinem guten Bekannten in anderen Geschäften erfolgreich zusammenarbeite, habe ich ihm den Gefallen getan, dass die Sache zügig abgewickelt wird. Das wird mir dann an anderer Stelle wieder sehr nützlich sein.« Und nach einer kleinen Pause: »Ihre Erfolge in der Tankstellenserie beruhen auf solider Polizeiarbeit.

Das ist mir klar. Aber das erwarte ich auch von Ihnen. Dafür werden Sie von mir kein Lob erwarten können. Das ist eben Ihr Job.« Fameo wusste nicht, was er darauf sagen sollte. Aber da sprach der Alte schon weiter: »Sie sind ein guter Polizist. Sie können auch eine Questura leiten. Aber wenn Sie die Bozner Questura leiten wollen, empfehle ich Ihnen, sich meiner Kontakte zu bedienen. Die reichen sehr weit. Ich habe noch zwei Jahre. In dieser Zeit will ich versuchen, Sie in dieses Netzwerk einzuweihen, wenn es Ihnen recht ist. Ich will Sie in nichts hineinziehen und ich will Ihnen nichts aufzwingen. Sie können es auch alleine auf Ihre Weise versuchen. Aber denken Sie darüber nach und geben Sie mir ein Signal, ob Sie mein Angebot annehmen wollen.« Fameo nickte. »Vielen Dank für das Vertrauen. Aber gestatten Sie mir eine Frage?« »Jede.« »Nachdem wir mit dem Redakteur der *Dolomiten* essen waren, änderte sich die Berichterstattung über den Erweiterungsbau für das Theater. Und heute stellen Sie mir Ihre Nichte als künftige Assistentin des Intendanten vor. Wie passt das zusammen?« Der Vicequestore lehnte sich zurück. »Sie kombinieren schnell, wie ich merke. Nun, es ist so. Von jeher haben Persönlichkeiten dieses Landes daran mitgearbeitet, die öffentliche Meinung zu gestalten. Das geht nun mal am besten über die Medien. Und ich fühle mich diesem Land und dieser Stadt verbunden. Ich nehme regen Anteil an ihrer Entwicklung, und Südtirol muss den Anschluss an das vereinigte Europa suchen und finden. Da sind wir auf einem guten Weg. Kultur gehört dazu, und ein Theater von überregionalem Rang bedeutet für dieses Land Anteilnahme am Weltgeschehen und grenzüberschreitende Beachtung. Darum setze ich mich dafür ein, dass Bozen ein adäquates Theater erhält.« Der Vice hielt inne. Es trat eine kurze Stille ein und Fameo überlegte, was er darauf sagen sollte, als der Vice fortfuhr: »Ich sehe meine Aufgabe ebenfalls darin, dafür zu sorgen, dass es mit diesem Land weitergeht. Auch ich wirke dabei im Hintergrund. Ich beschränke mich eben nicht darauf, die Questura zu leiten. Ich will gestalten.« Er schob das Kinn nach vorne und sah fast ein wenig kühn aus. Der Vice wirkt also im Hintergrund. Er macht Politik.

Er bedient sich der Medien. Aber wieso sollten die ihm folgen, fragte sich Fameo. »Ich nutze meinen Einfluss. Dabei muss ich nicht selber in Erscheinung treten. Das weiß auch der Redakteur. Also ändert er möglicherweise den Kurs der Berichterstattung. Und dass ich meiner Nichte ein wenig helfe, ist Familienehre. Das kann ich, weil ich Stiftungsratsvorsitzender der Stiftung bin, die über die Besetzung genau dieser Stelle entscheidet. Nehmen Sie das als Beispiel für meine mannigfachen Beziehungen. Diese haben mir über all die Jahre in Bozen bestens geholfen. Und wenn Sie wollen, kann ich Sie in dieses Netzwerk einbinden. Aber nur, wenn Sie wollen – Sie müssen nicht. Aber überlegen Sie es sich gut. Es kann Ihnen helfen, wenn Sie die Leitung eines Tages übernehmen.« Damit leerte er seinen Cognac. Fameo nahm an, dass damit das Gespräch beendet war. Aber der Vice blieb sitzen.

»Da ist noch etwas, was ich mit Ihnen besprechen wollte. Sie sind in letzter Zeit oft in Terlan gewesen. Ich habe hierüber aber nie einen Bericht von Ihnen gelesen. Darf ich fragen, ob Sie dort ermitteln? Und wenn ja, was?« Eins zu null für den Chef. Fameo hätte gewettet, dass er das gar nicht mitbekommen hatte. Aber er schien entweder auf Draht zu sein, oder hatte überall seine Spitzel. Vielleicht war die Questura doch nicht so verschnarcht, wie sie ihm vorkam. Fameo erzählte dem Vice der Reihe nach, was passiert war. Er berichtete auch von seinem Verdacht gegenüber Holzleitner, verschwieg ihm dabei aber seine Kontakte zur deutschen Justiz. Der Vicequestore hörte interessiert zu. »Halten Sie mich auf dem Laufenden, mündlich. Hierüber braucht es vorerst keine Aktennotiz. Danke, dass Sie es mir erzählt haben.« Mit diesen Worten erhob sich der Vice und wollte die Tafel aufheben. Beim Hinausgehen zögerte Fameo. Der Vice bemerkte das und fragte: »Ist noch was, Commissario?« Fameo rang mit sich, ob jetzt der Zeitpunkt richtig war, damit herauszurücken, was ihn schon seit Längerem beschäftigte. Der Vice war ihm heute ganz anders begegnet als sonst. Er hatte ihm zu verstehen gegeben, dass er sich auch um sein Fortkommen Gedanken gemacht hatte. Das wirkte irgendwie fürsorglich, auch wenn das Bild noch nicht ganz rund war. Aber vielleicht war jetzt gerade der richtige Augenblick. »Ja, ich habe noch etwas auf dem Herzen.« Der Vicequestore machte eine einladende Handbewegung. »Ich würde gerne einen persönlichen Assistenten haben, so wie ich es in Rom gewohnt war. Ich bin besser, wenn ich im Team arbeite. Meinen Sie, dass sich das einrichten ließe?« Der Vicequestore nickte. »Das wird sich machen lassen. Ich werde überlegen, wen ich dafür abstelle.« Damit wollte er es bewenden lassen. Aber Fameo entgegnete: »Das ist sehr großzügig, aber ich würde mir diese Person gerne selber aussuchen, wenn es möglich ist.« Der Vice machte auf dem Absatz kehrt. »Fameo, Fameo, ich werde Ihnen schon keinen schlechten Mann aussuchen, sondern einen fähigen, da können Sie sicher sein.« Ja und einen, der dir alles hinterträgt, was ich mache, dachte Fameo. Deshalb sagte er: »Davon bin ich überzeugt, Vicequestore, aber ich muss darauf bestehen, dass ich mir den Mann selber aussuchen darf. Die Chemie muss stimmen, und das kann niemand anderes nachvollziehen als ich selbst.« Der Vice musterte Fameo. Der war hartnäckig und clever. Er hatte natürlich sofort durchschaut, dass er ihm einen seiner Leute gegeben hätte, der ihm alles berichtet hätte, was im Kommissariat passiert. Ach! Sollte er doch einen Vorschlag machen. Wenn er ihm nicht passte, würde ich ihn sowieso ablehnen. Einen Grund würde er bei Bedarf immer finden. Dann freundlich: »Aber sicher, Commissario, machen Sie mir bei Gelegenheit einen Vorschlag. Ich will sehen, was ich tun kann. War's das?« Der Vice wollte das Gespräch beenden. »Ja, das war's.«

Zwanzig

Tommaso Caruso hatte Spaß. Endlich mal Abwechslung im Berufsalltag. Wie es schien, traute ihm sein neuer Freund und Vorgesetzter Fabio eine Menge zu. Jetzt sollte er ermitteln wie ein echter Commissario, statt sich um die Routinen seiner Carabinieristation kümmern zu müssen. Sein Stellvertreter staunte nicht schlecht, als er ihm in Zivil entgegentrat. Caruso wollte die alten Männer in Nals in den Gasthäusern ansprechen, um etwas über Eduard Matscher und dessen Familie zu erfahren. Es schien ihm passender, wenn er dabei nicht in Uniform auftrat. Eigentlich verstieß das gegen die Dienstvorschriften. Aber er fühlte sich so ein wenig wie ein echter Kriminalbeamter. Eigentlich war er es schon seit Jahren leid, diese Carabinieristation zu leiten. Sein Leben erstarb in Routine. Aber beförderungsmäßig war anscheinend nicht mehr drin, andere Aufgaben gab es im Umfeld nicht und die Versetzung in eine andere Provinz wollte er seiner Frau und auch sich selber nicht mehr zumuten. Er mochte die Gegend, er mochte die Menschen, er wollte seine Berufszeit hier beschließen. Dann würde er zurück nach Sardinien gehen und dort seine Pension verzehren, mit einer kleinen Schafherde, den Keller gefüllt mit selbst hergestelltem Pecorino. Das war sein Plan.

Er war froh, den Commissario getroffen zu haben. Der brachte frischen Wind in sein Berufsleben. Und der Fall, den sie gemeinsam bearbeiteten, war auch spannend. In einer Mordsache hatte er noch nie ermittelt. Wahrscheinlich hatte der Commissario erkannt, dass nur er mit seinen jahrelang gepflegten Kontakten hier in den Dörfern mehr herausfinden konnte als jeder noch so studierte römische Commissario. Die Carabinieri waren auf dem Land eben die bessere Polizei! Er wollte Fabio auch nicht enttäuschen. Er musste und er würde etwas herausfinden. Mit diesem Vorsatz fuhr er nach Nals, dem Ort, aus dem die Familie Matscher 1943 verschleppt worden war.

Carusos Überlegungen waren einfach. Er fragte sich, wer heute noch wissen konnte, was 1943 geschehen ist. Das waren alle, die damals schon gelebt hatten, heute also so um die achtzig Jahre alt waren. Wo fand man diese Generation? Je nach Rüstigkeit und Familiensituation würde er die einen in den Wirtshäusern an den Stammtischen, andere im Altersheim in Tisens, wieder andere zu Hause bei ihren Familien finden. Caruso wollte in den Gasthäusern anfangen. Die waren in jedem Dorf von jeher das Zentrum der Kommunikation. Hier flossen alle Informationsstränge zusammen, hier wurde der aktuelle Dorftratsch in das Gedächtnis des Dorfes eingewoben, in einem immerwährenden, nie endenden Prozess. Caruso musste jemanden finden, der ihm den Faden rückwärts erzählen konnte.

Nals liegt am Fuß des Tisener Mittelgebirges und wird von Obstplantagen umschlossen. Ein Meer von reifen Äpfeln umwogt das lang gestreckte Dorf im Herbst und die Obstbauern fahren dann fast rund um die Uhr die Zentrallager der Nalser Obstgenossenschaft an, wo ihre Ernte gewogen, bewertet und eingelagert wird. Der Apfelanbau und der Weinbau bestimmen den Takt des Dorfes. Jetzt, im heißen Sommer, sieht man die Apfelbauern tagsüber beim Auszwicken der Äpfel, frühmorgens und spät am Abend beim Spritzen des Obstes gegen Schädlingsbefall. Ein reges Treiben, das den Gesetzen des Wachstums und der Ertragsmaximierung folgt. Die Alten des Dorfes haben andere Aufgaben und vor allem viel mehr Zeit als ihre Söhne und Töchter, die entweder die Äpfel oder die Touristen umsorgen müssen.

Caruso hatte überlegt, dass ihm fürs Erste die alten Gemeindebücher helfen könnten, etwas über die Familie Matscher herauszufinden. Und so fand er sich zum verabredeten Termin im modern gestalteten Nalser Rathaus ein. Der Gemeindebeamte, mit dem er den Termin vor Tagen vereinbart hatte, war fleißig gewesen. Er hatte tatsächlich aus den verstaubten Archiven zutage gefördert, was dem Leben und Schicksal der Familie Matscher aus Nals wieder Kontur gab. Der Stammbaum der Familie Matscher ließ sich in den Akten der Kommune über viele Jahrzehnte zurückverfolgen. Sie waren seit jeher in Nals ansässig. Der Gemeindebeamte hatte sogar auf dem Friedhof recherchiert. Es existierte noch ein altes Familiengrab, das aber kurz vor der Auflassung stand. Und obwohl niemand von der Familie mehr in Nals ansässig war, wirkte es, als würde es regelmäßig gepflegt. Das fand der Gemeindebeamte nicht merkwürdig. »Es kann durchaus sein, dass sich jemand aus dem Dorf dieses Grabes angenommen hat. Auf dem gesamten Friedhof gibt es kein einziges ungepflegtes Grab, das können Sie mir glauben. Oder Sie schauen sich das selber mal an.« Caruso wusste, dass die Verstorbenen in den Dörfern geehrt wurden, ähnlich wie auch in anderen sehr katholisch geprägten Gegenden. Und so schien es zunächst plausibel, was der Beamte erzählte. Caruso notierte aber für sich: »Pfarrer aufsuchen, fragen, wer sich um das Grab kümmert.« Aus den Gemeindeakten erfuhr Caruso, dass die Familie Matscher über eine recht große Obstplantage verfügt und außerdem das einzige Kaufhaus in Nals betrieben hatte. In den alten Gewerbeunterlagen war die Erlaubnis eingetragen, »mit Waren für den täglichen Bedarf, Kleidung und Haushaltsgeräten jedweder Art Handel treiben zu dürfen«. Für die damalige Zeit musste das schon ein größeres Geschäft gewesen sein. Möglicherweise waren die Matscher also recht wohlhabend gewesen.

Aus den Unterlagen ging auch hervor, dass die Matscher 1939 für das Dableiben votiert hatten. Sie wollten also nicht an der sogenannten Rückführung ins Deutsche Reich teilnehmen. Das deckte sich mit den Erkenntnissen Fameos, dachte Caruso. Mehr gaben die Akten nicht her. »Aus der Kriegszeit sind hier nur wenige Akten vorhanden. Da ist vieles abhandengekommen. Ich nehme an, dass in der Nachkriegszeit hier einiges vernichtet worden ist. Mehr habe ich jedenfalls nicht für Sie herausgefunden. Aber vielleicht hilft es Ihnen weiter.« Caruso dankte dem jungen Gemeindebeamten sehr für seine Mühe. Mit einigen Kopien aus den Akten verließ er das Rathaus.

Jetzt wird es Zeit für einen Espresso, sagte er zu sich und überlegte, in welche der Bars er gehen sollte. Wo hatte er in der Vergangenheit erlebt, dass sich die Alten des Dorfes trafen? Wenn er es recht überlegte, hatte er sie schon überall gesehen. Also war es eigentlich egal, wo er seinen Espresso trank. Die Wirtin des »Sandbichels« war zwar freundlich, aber nicht sonderlich kommunikativ. Er war der einzige Gast. Als Caruso noch überlegte, ob er die Wirtin danach fragen sollte, ob es bei ihr so eine Art Stammtisch Nalser Bürger gebe, betrat ein alter Mann die Bar und nickte der Wirtin nur zu. Die brachte ihm einen Gespritzten, also Rotwein mit Wasser verdünnt. Man verstand sich ohne Worte, also ein Stammgast. Der Alte beäugte Caruso etwas. Diese Neugier nutzte er aus und mit einem freundlichen »Grüß Gott!« ließ er sich neben dem Alten nieder. Der war erstaunt, aber auch irgendwie erfreut. Sein zahnloser Mund lächelte Caruso an. Die wettergegerbte Haut voller Falten und Bartstoppeln geriet in Bewegung, als Caruso ihn fragte, ob er aus Nals stamme. In tiefster Mundart wurde die Frage bejaht. Selbst der erfahrene Caruso hatte Mühe, sich in diesen Dialekt einzuhören. Dann plauderten die beiden über das Wetter und über die Äpfel. Der Alte meinte, es werde eine gute Ernte geben, wenn der Hagel ausbleibe. Die Wirtin kümmerte sich nicht um die beiden, außer als Caruso für beide noch einen Gespritzten bestellte. Mit den Worten »schon der zweite vor elf Uhr« und einem Zwinkern stellte sie ein volles Glas vor den Alten hin. Daraus schloss Caruso, dass der Alte hier immer, zumindest regelmäßig, sein Glas verdünnten Rotweins trank. Als der Alte das zweite Glas zur Hälfte geleert hatte und ihr Gespräch einen entspannten Verlauf nahm, fragte Caruso direkt nach der Familie Matscher. »Ich forsche nach Angehörigen der Familie Matscher, die hier bis 1943 gelebt haben. Haben Sie die Familie Matscher vielleicht gekannt und wissen Sie, was aus den Leuten geworden ist?« Der Alte überlegte. Caruso setzte nach: »Die sollen hier eine Art Kaufhaus gehabt haben.« Da blitzte es in den Augen des Alten auf. »Ja«, sagte er, »die Matschers. Die habe ich gekannt. Da war ein Kaufhaus, da gab es für uns Kinder immer ein Zuckerl, wenn die Mutter einkaufte. Ja, ja. Die haben wegmüssen, im Krieg.« Der Alte dachte nach. »Ich glaub, die sind weg, weil sie nicht für Deutschland waren. Ja, so war's.« Das Gesicht hellte sich auf. Die Erinnerung kam wieder: »Jetzt weiß ich wieder. Die haben damals nicht optiert. Die wollten dableiben. Das gab Probleme damals mit den Herren von der ADERST (Amtliche Deutsche Ein- und Rückwandererstelle). Die haben ja versucht, die Leute zum Gehen zu überreden. Und später hat sie auch noch die ADO (Arbeitsgemeinschaft der Optanten) unter Druck gesetzt.« Caruso erinnerte sich. Von diesen Behörden hatte er gelesen. Es waren nazistische Ein- und Auswanderungsbehörden, die aus Einheimischen gebildetet ADO wurde hinter vorgehaltener Hand auch gerne als »Amtliche Drückeberger-Organisation« bezeichnet. Letztlich verwalteten diese Behörden die sogenannte Rückführung ins Reich. Die ADO-Funktionäre waren stramme Nazis, willige Helfer nicht nur bei der bürokratischen Abwicklung aller Umsiedlungsformalitäten. Denunziantentum, Geheimnistuerei und nationaler Aktionismus zeichneten viele von ihnen aus. Der Alte erzählte: »Das waren damals schlimme Zeiten. Nach 1943, als die Deutschen in Italien einmarschiert sind, ging es besonders wild zu. Da brauchte bloß jemand behaupten, dass die Matschers, oder meine Eltern oder was weiß ich wer, Bücher lasen, die damals verboten waren, und schon hatte man die schönste Hausdurchsuchung am Hals. Und wenn die was gefunden haben, gab es Ärger. Wer 1939 nicht für Deutschland optiert hatte, war besonders schlecht dran. Die haben die Beamten der ADERST und der ADO natürlich mit Vorliebe schikaniert.« Caruso fragte: »Und die Matschers sind da reingeraten?« Das Gesicht des Alten verfinsterte sich. Er schien sich nicht gerne daran zu erinnern. »Das ist jetzt schon alles so lange her«, stöhnte er, »Ihre Fragen reißen alte Wunden auf.« Caruso schwieg und beobachtete, wie der Alte mit sich rang. Der überlegt jetzt, ob er mir noch mehr erzählen soll oder nicht, dachte Caruso. Abwarten und nicht drängeln war seine Devise. Wenn jemand sich schwertat, mit der Wahrheit herauszurücken, gab es zwei Methoden. Die erste ist abzuwarten, bis die Kräfte in dem Verhörten siegen, die dafür sorgen, dass sich das Gewissen Bahn bricht und irgendwann die

Schranke des Schweigens durchbricht. Die zweite kann man eh nur im echten Verhör anwenden und geht bis an den Rand des Erlaubten. Der Alte schien ganz in sich gekehrt, als er mit leicht modifizierter Stimmlage zu erzählen begann: »Hier gab es damals eine sehr aktive nationale Bewegung. Mit vielen Aktiven bin ich zusammen in die Schule gegangen. Wir haben zuerst erleben müssen, wie die Faschisten uns unser Deutschtum haben austreiben wollen. Wir wurden in die Balilla-Uniform gesteckt und durften nur noch Italienisch sprechen. Unsere deutschen Lehrer sind durch Italiener ersetzt worden. Als dann der Hitler drankam, haben die Eltern gehofft, der wird das alles wieder ändern. Aber wir waren nur die Schmiere für die Achse Rom–Berlin. Mussolini sollte das Land bekommen und Hitler die Menschen. Aber das Deutsch-Nationale war in uns allen drin. Wir haben die Italiener dafür gehasst, dass sie uns alle umbenannt haben, dass sie uns verwaltet haben. Für jeden Holzeinschlag haben die Eltern Formulare ausfüllen müssen. Und wehe, du hast einen Fehler gemacht, weil du die Sprache nicht richtig verstanden hast. Also, als damals die Deutschen einmarschiert sind, 1943, da haben hier in Nals einige meiner alten Schulkameraden, die streng deutsch waren, viele Nichtoptanten angeschwärzt, um sich bei den Deutschen einzuschmeicheln. Das lief damals alles über die ADO Nals. Und die haben möglicherweise dafür gesorgt, dass auch die Matschers weg sind. Wie, weiß ich nicht. Aber eines Morgens waren sie weg. Alle miteinander. Wir haben nie mehr etwas von ihnen gehört. Heute kann ich mir vorstellen, was mit ihnen geschehen sein könnte. Heute weiß man mehr darüber. Aber damals hatten wir alle genug damit zu tun, über die Runden zu kommen. Man war ja froh, wenn man selber in Ruhe gelassen wurde.« Caruso legte seine Hand auf den Arm des Alten: »Vielen Dank, dass Sie mir das erzählt haben. Das hilft mir schon weiter.« Der Blick des Alten bohrte sich in Carusos Augen. »Wer sind Sie eigentlich?«, wollte der jetzt wissen. Caruso überlegte, ob er seinen Dienstausweis zücken sollte, entschied sich aber dafür, den Alten im Unklaren zu lassen. »Ich ermittle im Auftrag. Mein Auftraggeber möchte Kontakt zu noch lebenden Angehörigen der Familie Matscher aufnehmen. Das ist alles.« Das war nicht einmal gelogen, dachte Caruso. Der Alte beruhigte sich wieder. »Geh, lass doch die Vergangenheit«, sagte der jetzt, »ist doch eh so lang her. Die meisten, die damals jung und national waren, sind heute bereits verstorben.« »Aber ein paar Zeitzeugen wird es doch noch geben?«, warf Caruso ein. Der Alte wirkte jetzt müde. »Nicht mehr viele, nicht mehr viele. Gerade in diesem Jahr sind wieder drei aus meinem Jahrgang gestorben. Es werden halt immer weniger.« Und nach einer kurzen Pause fügte er hinzu: »Der Letzte erst vor kurzem. Oben in Prissian, vom eigenen Traktor erdrückt.« Caruso nickte nur. Den Fall kannte er. »Und die anderen?«, fragte er eher beiläufig, um den Gesprächsfaden nicht abreißen zu lassen. »Die anderen sind alle in diesem Jahr verstorben. Der eine im Januar, der andere im Frühling. Alle hatten einen Herzschlag, ganz plötzlich. Morgens noch munter, abends schon mausetot. So möchte ich auch einmal sterben.« Mit diesen Worten erhob sich der Alte: »Aber jetzt wird es Zeit fürs Mittagessen.« Caruso dankte dem Alten, aber der winkte nur ab.

Caruso bekam jetzt Hunger. Aus der Küche hatte ihn ein unwiderstehlicher Duft erreicht. Die Wirtin hatte ihn trotz seiner Zivilkleidung sofort als Maresciallo von Terlan erkannt. Und schon allein deshalb war es ihr nicht möglich, seine neugierige Frage nach dem köstlichen Duft nicht zu beantworten. »Ich mach ein Wildgulasch für das Gassl-Fest morgen. Das gibt's am Stand der Jäger – morgen.« Carusos bittender Blick ließ sie erweichen. »Na gut, eine Probeportion kann ich Ihnen ja geben. Aber nicht dass deswegen auch andere ankommen, dann habe ich ja für morgen nichts mehr.« Caruso lächelte sie verschmitzt an. »Dann komme ich in die Küche, da sieht mich keiner.« Die Wirtin fand das lustig und willigte ein. Und so kam es, dass Caruso vor einem lecker duftenden Teller voller Wildgulasch in der Küche des »Sandbichel« saß und der Wirtin beim Kochen zusah. Sie sprachen über Rezepte, die beste Art, Polenta zu braten, über die Qualität des Käses und so weiter. Ein Themenfeld, mit dem Caruso sich bestens auskannte. »Mein lieber Maresciallo«, staunte die Wirtin, »Sie sind ja ein echter Feinschmecker. Hätte ich jetzt nicht unbedingt erwartet.« Und Caruso schwärmte von den Kochkünsten seiner Frau, den frischen Zutaten und davon, dass der beste Pecorino aus seinem Heimatdorf komme. Irgendwann kam das Gespräch auf den Alten, mit dem sich Caruso so lange unterhalten hatte. »Ja, es ist schon traurig«, meinte die Wirtin, »da sind ihm in diesem Jahr alle seine Freunde gestorben. Zuletzt der Sepp aus Prissian. Und auf das fragende Gesicht von Caruso hin plauderte sie weiter: »Zuerst der Moser Paul im Januar, dann im April der Gruber Schorsch. Alle ganz plötzlich gestorben. Alle hatten sie einen Herzstillstand. Von jetzt auf gleich. Muss für ihn schlimm gewesen sein.« Sie meinte offensichtlich den Alten, mit dem sich Caruso eben noch unterhalten hatte. »Und jetzt, vor kurzem, der Maier Sepp aus Prissian. Alles enge Freunde. Trafen sich hier regelmäßig, um ein Glas Wein zu trinken.« Und dann etwas besinnlich: »Ist schon komisch, wenn die alten Stammgäste plötzlich nicht mehr da sind.« Caruso nickte. »Waren sie alle im selben Alter?«, fragt er. »Die sind zusammen aufgewachsen. Waren schon in der Schulzeit zusammen, haben halt das Alter gehabt. Eigentlich ein schöner Tod, einfach umzufallen, keine Leidenszeit, keine Krankheit vorher. Ist nur für die Hinterbliebenen hart. Keine Zeit, um sich zu verabschieden. Und nun kommt er alleine hierher.« Caruso schwieg. In seinem Kopf formierten sich die Gedanken. Drei Todesfälle in kurzer Zeit. Alle drei Todesfälle wegen akuten Herzversagens. Kann vorkommen. Wenn aber Fabio mit seiner Vermutung Recht hatte, dass Holzleitner einen Rachefeldzug durchführte, dann wäre es theoretisch denkbar, dass er nicht nur Sepp Maier, sondern auch die anderen mit seinem Gift umgebracht hatte. Die Theorie ist wackelig, gab er sich selber zu bedenken. Zumindest sehr gewagt. Das würde voraussetzen, dass Holzleitner auch die anderen für das Schicksal seiner Familie verantwortlich machte. Er überlegte. Vielleicht konnte er den Arzt, der den Totenschein ausgestellt hatte, befragen. Aber andererseits war auch beim Sepp dabei nichts herausgekommen. Der Prissianer Arzt

hatte ganz klar akutes Herzversagen festgestellt. Wenn Gift im Spiel war, dann dürfte es jetzt nicht mehr nachzuweisen sein. Er musste herausfinden, ob Eduard Holzleitner Kontakt zu den anderen Verstorbenen gehabt hatte. Er fragte die Wirtin ganz unvermittelt: »Sagt Ihnen der Name Eduard Holzleitner etwas?« Die Wirtin überlegte, verneinte dann aber. »Nie gehört. Warum?« »Ach, nur so, war nur ein Gedanke.« Caruso beschloss, das Gespräch zu beenden. Hier kam er nicht weiter. Er wollte jetzt auf dem Friedhof das Grab der Familie Matscher besuchen und den Pfarrer befragen, wer das Grab pflegte. Vielleicht kann ich da noch etwas über die beiden anderen jüngst Verstorbenen erfahren, überlegte er. Das war jedenfalls schon recht erfolgreich, lobte er sich kurz selber und ertappte sich bei dem Gedanken, dass der Commissario das nicht hätte besser machen können.
Dem Pfarrer von Nals war Caruso vorher noch nicht begegnet. Er war aber einfach zu finden, denn er wohnte, wie so oft in den Dörfern, neben der Kirche. Caruso hatte Glück, ihn direkt an der Kirche zu treffen. Er fragte ihn, ob er ihm das Grab der Familie Matscher zeigen könne. Der Pfarrer war über die Frage sichtlich erstaunt, führte Caruso aber ohne zu zögern direkt zum Grab. Der Friedhof lag ja gleich neben der Kirche. Er schien neugierig, denn er fragte: »Gehören Sie zur Familie?« Caruso verneinte, was die Neugier des Pfarrers noch anstachelte. »Ich frage deshalb, weil ich noch nie jemanden von der Familie hier gesehen habe.« Caruso blickte auf die gepflegte Grabstätte: »Aber jemand scheint sich um das Grab zu kümmern?« Der Pfarrer nickte: »Es kommt regelmäßig jemand aus Mölten, um es zu pflegen. Aber der gehört auch nicht zur Familie. Sagt aber, dass er von der Familie beauftragt worden sei.« Caruso wunderte sich. Mölten liegt auf dem Tschögglberg, auf der anderen Seite des Tals, oberhalb von Terlan. Ein weiter Weg. »Wissen Sie denn, wie der Mann heißt?« wollte er wissen. Der Pfarrer wand sich. »Darf ich denn fragen, wer Sie sind?« Caruso zückte seinen Dienstausweis. Dem Pfarrer gegenüber verbot sich das Versteckspielen. Der zuckte leicht zusammen. »Darf ich fragen, warum Sie das interessiert?« »Fragen dürfen Sie. Aber sagen kann ich es

Ihnen im Moment nicht, leider.« Caruso setzte sein gewinnendes Lächeln auf, das er draufhatte, wenn es sein musste. Er konnte trotz seiner massigen Gestalt auch ganz lieb aussehen. Der Pfarrer fasste Vertrauen: »Der Mann heißt Knotter. Er ist Imker. Er lebt oberhalb von Mölten im St.-Jakobs-Wald. Aber er ist nicht gesprächig. Macht hier seine Arbeit am Grab und redet mit niemandem. Ist ein Eigenbrötler. Ich vermute, er bekommt dafür Geld. Es ist nur, dass ich, seit ich hier bin, noch niemanden von der Familie gesehen habe. Ich ging immer davon aus, dass keiner mehr lebt. Hier liegen die Eltern der Familie Matscher begraben. Die Familie selbst ist im Krieg umgekommen, heißt es.« Caruso nickte. »Davon habe ich auch gehört. Wissen Sie darüber mehr?« »Nein. Ich bin erst seit drei Jahren in dieser Pfarrei und kenne diese Geschichte nur vom Hörensagen.« Caruso ging langsam weiter in den Friedhof hinein, der Pfarrer folgte ihm. »Wo liegen denn die frischen Gräber?« Der Pfarrer machte keine Umstände, sondern führte ihn direkt dorthin. Es waren nicht viele. Caruso suchte nach Sterbedaten im Januar und im Frühjahr. Da gab es nur zwei Gräber. Caruso notierte sich die Namen, was der Pfarrer mit Erstaunen registrierte. »Fragen darf ich, aber sagen dürfen Sie nichts?« Caruso lächelte und nickte. Er hatte mit großer Wahrscheinlichkeit die Namen, die Geburts- und Sterbedaten der beiden Verstorbenen, von denen die Wirtin in der Bar erzählt hatte. »Kannten Sie die beiden?«, fragte er den Pfarrer. Und als dieser bestätigte, fragte er: »Können Sie mir etwas über die beiden erzählen?« Der Pfarrer wiegte seinen Kopf: »Könnte ich schon, darf ich aber nicht. Beichtgeheimnis.« Jetzt grinste der Pfarrer. »Und etwas, was das Beichtgeheimnis nicht berührt? Irgendetwas?« Jetzt wurde der Pfarrer wieder ernst. »Wenn es der Polizeiarbeit hilft. Die beiden waren über achtzig, hatten also ein gesegnetes Alter erreicht. Aber sie verstarben ganz plötzlich. Waren immer gesund und verstarben von heute auf morgen. Sie waren gut miteinander befreundet, soviel ich weiß. Da war noch ein Dritter im Bunde. Die haben sich jeden Nachmittag in der Bar getroffen und ein Glas Roten getrunken. Sie kannten sich alle seit der Kindheit und vielleicht sind sie gestorben, weil einer den Anfang gemacht hat. So wie Wellensittiche, die auch kurz hintereinander sterben, wenn der erste gegangen ist. Vielleicht konnten sie nicht alleine sein. So kam es mir vor. Der Dritte wohnte oben in Prissian. Der ist erst vor kurzem gestorben. Herzanfall hat es geheißen. Januar, April und August, alle kurz hintereinander, wie Wellensittiche.« Caruso fand den Vergleich mit den Vögeln zwar befremdlich, aber irgendwie einleuchtend. Er bedankte sich bei dem Pfarrer und bat ihn, über das Gespräch Stillschweigen zu bewahren. Im Dorf sollte kein Gerede entstehen. Und der Pfarrer machte den Eindruck, als wollte er sich daran halten.

Einundzwanzig

Caruso war mit sich zufrieden. Was er bis jetzt herausgefunden hatte, war schon etwas. Er griff zum Handy und wählte Fameos Nummer. Fameo hatte sich intensiv mit den Akten über die Einbrüche in den Tankstellen befasst. Leute, die er auf die Einbrecher angesetzt hatte, berichteten ihm von einem interessanten Fund. Sie hatten den Unterschlupf der beiden geschnappten Einbrecher entdeckt. Eine Baracke im Bozner Industrieviertel, sehr unansehnlich und dreckig, wie sie sagten. Neben einer Handvoll Blankokarten und einem Kopiergerät sowie einigen Werkzeugen, die auch als Einbruchwerkzeug taugten, hatten sie einen Autoschlüssel gefunden, der nicht zu den beiden Rumänen passen wollte. Es war der Schlüssel eines Bentleys. Unter den gestohlenen Luxusfahrzeugen war auch ein Bentley gewesen. Fameo versuchte nun herauszufinden, ob sich der gefundene Schlüssel genau diesem Fahrzeug zuordnen ließ. Er wollte soeben die Versicherung anrufen, die den Schaden geregelt hatte, als sein Telefon klingelte. Es war Caruso.

In Tommasos Stimme klang gut hörbar Stolz mit. Er erzählte seinem Freund, was er herausgefunden hatte und was er vermutete. »Du glaubst also, dass die drei Alten, die alle in diesem Jahr gestorben sind, damals, 1943, die Familie Matscher an die Nazis verraten haben, die sie daraufhin deportiert und möglicherweise umgebracht haben?« Caruso nickte in sein Handy. »So könnte es gewesen sein. Beweisen kann ich es nicht. Es ist mehr ein Bauchgefühl, das mir sagt, dass es so oder so ähnlich zugegangen sein könnte. Und wenn es stimmen sollte, dass Eduard Holzleitner der überlebende Sohn der Familie ist und er den Maier Sepp vergiftet hat, um sich zu rächen, dann wäre es doch auch möglich, dass er ...« Fameo unterbrach ihn: »Du meinst, der hat auch die beiden anderen umgebracht?« »Ist nur ein Gefühl. Der Pfarrer hat da so ein Bild gebraucht, von Wellensittichen, die nacheinander sterben. Das ist natürlich Quatsch. Aber die Alten sollen alle ganz gesund gewesen sein – und dann ganz plötzlich: Schluss, aus, vorbei. Wie beim Maier Sepp. Wenn wir herausfinden, dass

Holzleitner auch die beiden anderen aufgesucht hat, dann wären wir schon weiter. Soll ich mal bei den Familien fragen?« Fameo überlegte. Das ist ein Weg. Aber wenn wir auf dem Holzweg sind, dann bringen wir unnötig Unruhe in die Familien. Er sagte: »Tommaso, du hast da noch was von einem Imker erzählt, der in Mölten lebt und das Grab versorgt. Lass uns zuerst diesen Mann finden. Die Familien befragen wir vielleicht später. Meinst du, wir könnten das heute noch schaffen? In einer Stunde wäre ich in Terlan. Dann fahren wir rauf nach Mölten und suchen den Mann, geht das?« Tommaso strahlte: »Und ob das geht. Bis in einer Stunde in Terlan.«

Fameo verschob das Telefonat mit der Versicherung auf später und ordnete an, die Einbrecher nochmals zu verhören. Man solle ihnen ein Angebot andeuten, dass man sie mild behandeln könnte, wenn sie kooperieren würden. Sie sollen erzählen, wie sie an den Schlüssel gekommen waren.

Dann ließ er sich von dem jungen Assistente Thaler aus dem Sarntal nach Terlan fahren. Der war gut gelaunt. Seit er dem Commissario über seine zukünftigen Schwäger Informationen über Magnus Maier aus Verona besorgt hatte, fühlte er sich als Teammitglied. Fameo nahm es hin und freute sich auch ein wenig darüber, dass sich für ihn langsam eine Arbeitsumgebung formte, mit der er arbeiten konnte.

Der Weg von Terlan nach Mölten ging steil nach oben. Fameo war froh, einen ordentlichen Wagen mit Fahrer zu haben. Der alte Punto hätte die haarnadelartigen Kehren mit der beachtlichen Steigung nicht geschafft, dessen war er sich sicher. Immerhin musste der Wagen drei Männer rund 1000 Höhenmeter nach oben wuchten. Allein Caruso mochte so um die 100 Kilo wiegen. Aber der junge Carabinieri war ein Kind der Berge. Er fuhr wie ein Einheimischer, der ahnen konnte, ob ihn in den engen Kurven Gegenverkehr erwartete. Fameo wurde flau im Magen. Aber das mochte er nicht eingestehen. Er schämte sich ein wenig, dass er kein guter Autofahrer war, und schon gar nicht in den Bergen. Fameo hatte zwar Autos besessen, aber in den vergangenen Jahren war er ohne ausgekommen. Er hatte immer

Fahrer, wenn er im Dienst war. Ansonsten nutzte er Taxis, die Eisenbahn oder er ließ sich von Cinzia durch Rom kutschieren. Hier in Südtirol musste er feststellen, dass ihm die steilen und engen Straßen den Schweiß heraustrieben. Caruso plauderte unterdessen in einem fort abwechselnd mit dem Fahrer und mit ihm. Aber Fameo konnte nicht recht folgen. Nur dass die beiden vor ihm sich anscheinend mit den Örtlichkeiten um Mölten gut auskannten. Der Imker Knotter war dem Fahrer vom Hörensagen bekannt. Knotter galt als Bienenpapst der Gegend. Wenn ein Imker Probleme hatte, bei denen er nicht weiterwusste, fragte er Knotter. Knotter war mit Bienen groß geworden, hieß es, und dass er recht einsam im St.-Jakobs-Wald lebte. Er sei nicht direkt ungesellig, liebe aber die Einsamkeit. Der Carabiniere hatte gehört, dass er angeblich schwer krank gewesen war. Aber jetzt hieß es, er sei wieder auf dem Damm. Während dieses Geplauders und einige scharfe Kurven später erreichten sie Mölten. Als der Wagen hielt, stieg Fameo aus und holte tief Luft. Er sehe ein wenig käsig aus, fand Caruso. Der Fahrer steckte sich eine Zigarette an und schien nicht zu merken, was sein Fahrstil ausgelöst hatte. Er war mit sich zufrieden. So schnell ist der Commissario bestimmt noch nicht hier heraufgekommen, dachte er bei sich.

Die frühe Abendsonne tauchte den ganzen Tschögglberg in ein wunderschönes warmes Licht. Die Luft war klar und duftete nach Heu. Langsam nahm Fameos Gesicht wieder Farbe an. Man hatte einen wunderbaren Blick auf die andere Seite des Tals. Genau gegenüber lagen die Dörfer Prissian und Tisens, unten im Tal sah man Nals. Mölten liegt auf 1200 Meter, die Dörfer im Tal auf 600 Meter. Man kann auf sie hinuntersehen. Ob auch Holzleitner hier gestanden hatte? Seine Opfer im Blick? Was für ein Gedanke – nicht kriminalistisch. Getrübt von dem leicht üblen Gefühl in der Magengegend, hatte Fameo nicht bemerkt, wie Caruso in das nächste Gasthaus gegangen war, um dort nach Knotter zu fragen. Er traf jetzt wieder beim Wagen ein, um die Richtung vorzugeben. Knotter wohnte mitten im Wald. Es gebe auch eine Fahrstraße fast bis ans Haus. Man müsse aber aufpassen, dass man sie nicht verpasse. Sie zweige unvermittelt vom Hauptweg ab und sehe eher wie ein Wanderweg aus. Die Beschreibung passte. Eigentlich war es so, dass der Wald an einer Stelle ein bis zwei Bäume weniger dicht war. Dazwischen schlängelte sich ein schmaler Weg, auf dem ein Auto so gerade eben entlangfahren konnte. Links und rechts streiften die Äste der umstehenden Bäume am Auto vorbei. Es wurde dunkel um sie herum. Der Wald schluckte das Licht. Der Weg führte zunächst steil bergauf, verlief dann waagerecht und mündete in einer Lichtung, auf der sich zwei Häuser befanden. Sie waren am Ziel. Hinter dem zweiten Haus parkte ein blaues BMW-Cabriolet.

»Das glaub ich jetzt nicht«, sagte Fameo. Die beiden anderen schauten ihn erstaunt an. »Der Wagen, der dort geparkt ist, gehört mit ziemlicher Sicherheit Eduard Holzleitner.« Caruso verstand, der Fahrer nicht. Fameo wandte sich an den Fahrer: »Sie bleiben bitte im Wagen sitzen und beobachten den blauen BMW. Wegfahren kann der nicht, denn wir blockieren den Weg. Sollte ein kerniger alter Mann auftauchen, hupen Sie. Verwickeln Sie ihn in ein Gespräch, aber lassen Sie ihn nicht wegfahren. Noch Fragen?« Der Fahrer verneinte und fand die Situation spannend. Als die beiden ausgestiegen waren, löste er die Klappe seines Holsters. Man konnte nie wissen.

Fameo und Caruso umrundeten den Wagen. Es war Holzleitners BMW – Münchner Kennzeichen. Aber niemand war zu sehen. Sie gingen zum ersten Haus und klopften. Keine Reaktion. Nur ein Summen war zu hören. Als sie das Haus umrundeten, sahen sie, wer summte. Das Haus war ein einziger Bienenstock. Auf der Rückseite, der Sonne zugewandt, zeigten sich Hunderte schlitzförmige Öffnungen in den verschiedensten Farben. Davor herrschte reger Flugverkehr. Die Bienen kümmerten sich nicht um die beiden Beobachter, die sich aber auch in einem respektvollen Abstand hielten. »So viele Bienen auf einmal habe ich noch nie gesehen«, sagte Fameo. »Ich auch nicht«, staunte Caruso. Beide überlegten, wie viel Honig da wohl zusammenkommt. Darüber bemerkten sie nicht, dass sie Besuch bekommen hatten.

Hinter ihnen standen Holzleitner und Knotter. Während Letzterer ihnen misstrauisch zugewandt war, wirkte Holzleitner interessiert. »Hallo Commissario, ist das Zufall, dass Sie uns hier besuchen, oder sind wir in das Fadenkreuz Ihrer Ermittlungen geraten?« Holzleitner lachte, Knotter schien verwirrt. Holzleitner bereinigte die Situation, indem er Fameo Knotter vorstellte. Zu Caruso gewandt: »Und Sie sind sicher ein Kollege?« Knotter verstand nicht, was die Polizei hier wollte. Er stand etwas mürrisch herum. Aber Holzleitner entspannte die Situation. »Wollen wir uns nicht ein wenig vors Haus setzen? Hias, hol doch deinen guten Schnaps, oder sind die Herren im Dienst?« Fameo und Caruso dankten und wenig später saßen die vier im Licht der tiefen Sonne vor dem Haus des Imkers und genossen einen höllisch scharfen Brand. Holzleitner begann die Konversation: »Lieber Commissario, jetzt bin ich aber neugierig, was Sie bei uns suchen. Sie hegen doch keinen Verdacht gegen meinen Freund?« Damit war Knotter gemeint, der immer noch misstrauisch wirkte. Fameo überlegte, wie er mit der Situation umgehen sollte. Was ahnte Holzleitner? Ahnte er überhaupt etwas? Bei ihrem letzten Gespräch in München hatte er ihm davon erzählt, dass er sich Gedanken über den Tod des alten Sepp Maier machte. Holzleitner hatte ihm vorher über seine Entdeckung des schnell wirkenden Giftes berichtet. Konnte Holzleitner jetzt, da er hier aufgetaucht war, den Schluss ziehen, dass er unter Verdacht stand? Aber irgendetwas musste er sagen. Bei Holzleitner zeigte sich jetzt eine Stirnfalte, die vorher nicht da war. »Es ist schon kurios, dass wir uns hier treffen. Mit Ihnen habe ich ja überhaupt nicht gerechnet, ich kann jedoch Ihre Frage gut verstehen. Aber um es vorwegzunehmen«, Fameo drehte sich zu Knotter: »Sie stehen unter keinem Verdacht. Wir wollten Sie bloß mal kennenlernen und Ihnen eine Frage stellen.« Knotter straffte sich: »Ich hab noch nie was mit der Polizei zu tun gehabt. Und da rücken Sie gleich zu zweit an. Da bin ich aber gespannt, was Sie mich fragen wollen.« Die beiden haben wohl unseren dritten Mann nicht gesehen, stellte Fameo nebenbei fest. Der Wagen des Carabiniere stand ja auch versteckt zwischen den Bäumen mitten auf dem

Zufahrtsweg. Fameo lächelte Knotter an: »Wir haben erfahren, dass Sie das Familiengrab der Matscher in Nals pflegen.« Fameo registrierte, dass Holzleitner seinen Gesichtsausdruck änderte. »Wir gehen einigen Fragen nach. Und in diesem Zusammenhang interessiert es uns, warum Sie das Grab pflegen.«

»Welchen Fragen gehen Sie denn nach?« Das war Holzleitner. »Die Krux bei der Polizeiarbeit ist, dass wir uns oft in Rätseln ausdrücken, mein lieber Professor. Fürs Erste wäre ich dankbar, wenn Herr Knotter mir meine Frage einfach beantworten würde.« Knotter und Holzleitner wechselten Blicke. Es war Holzleitner, der antwortete: »Er tut es in meinem Auftrag. Und jetzt werden Sie wissen wollen, warum er das tut.« Fameo schaute in Holzleitners Gesicht. Eduard Holzleitner wirkte leicht angespannt, redete aber in ruhigem Plauderton weiter: »Es handelt sich um das Grab meiner Familie. Ich bin in Nals geboren. Wenn ich mich recht erinnere, habe ich Ihnen das in München erzählt, als Sie mich fragten, warum ich in Prissian Urlaub mache. Mein Geburtsname ist Matscher. Ich habe Ihnen erzählt, dass ich mit zehn Jahren Nals mit meiner Familie verlassen musste, dass sie alle umgekommen sind und ich das Glück hatte, von der Familie Holzleitner adoptiert zu werden. Sie erinnern sich?« Holzleitner wusste, dass sich Fameo erinnerte. Und Fameo begriff, dass Holzleitner ahnte, warum er jetzt hier war. »Und so schließt sich der Kreis und erklärt, warum mein Freund Hias in meinem Auftrag das Grab pflegt. Denn, wie Sie wissen, wohne ich in München und kann mich selber nicht darum kümmern.« Knotter wirkte erleichtert. »Aber jetzt interessiert es mich, warum Sie sich für das Grab meiner Familie interessieren. Das verstehen Sie doch?« Holzleitner blickte ruhig, aber irgendwie auch lauernd auf Fameo. »Nun, das ist etwas schwierig für mich. Polizeiarbeit ist mitunter für Außenstehende nicht zu verstehen. Vielleicht reicht es Ihnen fürs Erste, wenn ich Ihnen sage, dass wir den Fall Ihrer Familie untersuchen. Ich konnte ja nicht ahnen, dass Sie, Eduard Holzleitner, als Eduard Matscher geboren worden sind. Das Leben ist manchmal schon kurios.« Fameo machte eine Pause, um Zeit zu gewinnen. Was sollte er noch fragen?

Caruso hatte alle beobachtet und bisher kein Wort gesagt. Aber er spürte, dass sie in eine Sackgasse gerieten. »Ich habe gehört, dass man Sie hier den Bienendoktor nennt?«, fragte Caruso unvermittelt Knotter. Alle schauten ihn erstaunt an. Mit dem schnellen Wechsel des Themas hatte niemand gerechnet. Knotter nickte: »Ja, so nennen sie mich hier alle.« »Und wie kommt das?« Knotter schien dankbar, dass er über sein Lieblingsthema sprechen konnte. Seine Augen leuchteten auf: »Ich liebe die Bienen. Seit Kinderzeiten. Ich habe immer Bienenvölker gehabt.« Caruso lachte sein breites Lachen: »Das haben wir gesehen. Da wären wir ja beinahe an Ihrem Bienenhaus in einen Schwarm geraten. Das summt ja mächtig hier.« Knotter verzog leicht säuerlich sein Gesicht. »Das ist kein Schwarm, das sind dreißig Völker. Jede Biene findet ihr Volk. Das geht ganz geordnet zu. Für Laien wirkt das vielleicht wie ein Schwarm, aber alles folgt einem großen Plan.« Als Knotter das sagte, wirkte er fast wie verklärt. »Und stechen die denn nicht?« Knotter grinste jetzt: »Nur wenn sie den Plan nicht verstehen, Maresciallo. Ich gehe da rein und raus und keine sticht mich. Aber wenn man nur herumtrampelt, kann es schon passieren. Das ist der Unterschied. Sie müssen die Bienen respektieren und Sie müssen ihr Verhalten kennen, dann geschieht Ihnen nichts.« »Sie haben dreißig Völker?« Knotter erhob sich. »Dreißig habe ich im Bienenhaus. Fünfzig weitere Völker habe ich überall in den Bergen ringsum.« Er zog mit der rechten Hand einen Halbkreis: »Überall im Wald habe ich sie. Ich reise mit ihnen das ganze Jahr. Sobald die erste Blüte im Tal beginnt, bringe ich sie in die Obstplantagen ins Etschtal, Nals, Terlan, überall, wo es Nektar gibt. Im Sommer habe ich die meisten Völker im Wald. Und im Winter sind die meisten Völker hier und ruhen. »Sie bringen Sie auch nach Nals?«, wollte Fameo wissen. »Ja, auch nach Nals.« »Wie geht das vor sich?« Knotter schaute leicht irritiert. Der Commissario hatte wohl überhaupt keine Ahnung. »Die Obstbauern brauchen die Bienen, damit sie ihre Obstbäume bestäuben. Es gibt kein Obst ohne Bienen. Also stellen wir Imker unsere Völker während der Blüte in die Plantagen. So geht das.« »Und Sie stellen die Völker immer denselben Bauern in die Plantagen?« Knotter runzelte die Stirn: »Natürlich wird das vorher abgestimmt. Ich kann meine Völker nicht so einfach irgendwo abstellen. Aber wir Imker haben alle unsere festen Plätze. Das ergibt sich so über die Jahre.« Fameo schoss ein Gedanke durch den Kopf: »Wie lange kennen Sie sich eigentlich?« Knotter überlegte nicht lange: »Eduard und ich kennen uns seit zehn Jahren, denke ich?« Er schaute Eduard Holzleitner fragend an. Der nickte nur. »Und wie haben Sie sich kennengelernt?« Holzleitner antwortete: »Ich bin hier gewandert. Den Fernwanderweg E5. Der läuft hier über den Tschögglberg. Ich bin etwas vom Weg abgekommen und bin hier gelandet. Es war bereits dämmrig und Hias hat mich aufgenommen. Am nächsten Morgen bin ich dann etwas schlaftrunken in die Bienen geraten. Und die haben mich gestochen, weil ich damals noch nicht wusste, dass ich mich falsch verhalten habe. Und da ist mir das passiert, was Ihnen, lieber Commissario, in Prissian passiert ist, als wir uns kennengelernt haben. Eine allergische Reaktion. Und Hias hat mir von seinen Tropfen gegeben. Die kennen Sie ja.« Hias Knotter nickte begeistert: »Ja, da hab ich ihm meine Tropfen gegeben. Die helfen. Und dann wolltest du wissen, was das für ein Teufelszeug ist. Und so hat alles angefangen.« Fameo merkte auf: »Was hat angefangen?« Und noch ehe Holzleitner eingreifen konnte, sagte Knotter: »Das mit dem Forschen. Eduard wollte wissen, wie ich die Tropfen mache. Ich konnte ja nicht ahnen, dass er ein Professor ist. Die wollen immer alles erforschen.« Holzleitner schien nicht glücklich über diese Offenbarung, aber Knotter wirkte sichtlich stolz. Fameo wandte sich jetzt Holzleitner zu: »Das waren also die Tropfen, die Sie mir gegeben haben. Ich erinnere mich, dass Sie mir in München erzählten, dass Sie diese Tropfen aus dem Bienengift selber gewinnen. Wie geht das?« Knotter richtete sich auf: »Das habe ich herausgefunden, aber der Eduard hat das dann verbessert. Ist halt ein Gelehrter. Nur leider hat es meinen Asko das Leben gekostet.« Holzleitner wurde jetzt unruhig: »Aber das wissen wir doch nicht so genau, Hias.« Und zu Fameo gewandt: »Asko war der Schäferhund vom Hias. Es kann sein, dass er einige Tropfen aufgeschleckt hat. Jedenfalls ist er plötzlich gestorben. Hias glaubt, es hat am Gift gelegen. Aber ich kann das nicht bestätigen.« Fameo wurde nervös. War Asko vielleicht ein Versuchsobjekt? Hatte Holzleitner die Wirkung des Gifts ausprobieren wollen? »Wie war das denn mit Asko?« Knotter wollte antworten, aber Holzleitner ging dazwischen: »Also bitte, der Hund ist vor drei Jahren gestorben. Ich war in der Zeit damit beschäftigt herauszufinden, wie Hias' Tropfen wirken, welche chemische Verbindungen sie haben. Ich habe verschiedene Sude und Mischungen hergestellt und eine Versuchsreihe aufgebaut. Asko schnüffelte im Labor herum und ich habe das nicht bemerkt. Er hat vielleicht eine der Proben aufgeschleckt. Aber ich konnte nicht feststellen, dass er daran gestorben ist.«

»Haben Sie den Hund etwa untersucht?«

»Der Eduard hat gesagt, wenn es ein Gift war, dann findet man es im Körper des Hundes, und er hat das Blut untersucht und Teile vom Fleisch. Er hat aber nichts gefunden.«

»Sie haben den Hund auf Giftspuren untersucht? Und nichts gefunden?«

Holzleitner stand auf. »Ja, Commissario, so war es. Ich weiß nicht, woran der Hund gestorben ist. Aber es war kein Gift nachzuweisen. Also hatte er vermutlich einen Herzschlag. Ist selten, kommt aber vor.« »Wo haben Sie eigentlich Ihre Versuchsreihen aufgebaut? Braucht es dafür kein Labor?«

Holzleitner nickte: »Kommen Sie mit, ich zeige es Ihnen.« Er bedeutete Fameo, ihm zu folgen. Zu Knotter gewandt sagte er: »Schenk dem Maresciallo noch einen ein. Ich zeige dem Commissario das Labor.« Holzleitner ging vor, Fameo folgte ihm. »Das Labor, lieber Commissario, ist im Bienenhaus. Aber keine Angst. Die Bienen kommen da nicht rein.« Mit diesen Worten öffnete er eine Tür, die in einen fensterlosen Raum führte. Er knipste Licht an und der Raum entpuppte sich als kleines, aber feines Labor, vollgestellt mit Utensilien, die Fameo entfernt an den Chemieunterricht in der Schule erinnerten. »Hier ist mein Reich. Als ich Hias' Tropfen kennenlernte, erwachte in mir das Forscherherz. Hias' hatte sie nach einem alten Hausrezept hergestellt. Ich habe sein Verfahren verfeinert und optimiert. Das Problem ist, dass jede Biene nur einen Stachel hat, den sie verliert, wenn sie zusticht. Dann stirbt sie. Die Giftmenge ist minimal. Um das Gegengift zu gewinnen, bedarf es einiger Tricks. Das Verfahren ist aufwändig und die Ausbeute gering. Aber ich habe herausgefunden, dass man dieselbe Wirkung mit einer minimalen Dosis originärem Bienengift erzielen kann. Ein Segen für alle Allergiker.«

»Denken Sie daran, das Verfahren zu vermarkten?«

Holzleitner lächelte Fameo an: »Vermarkten setzt voraus, dass es einen Markt gibt. Eine Vermarktung dieses Produkts setzt voraus, dass die Pharmaindustrie davon ausgeht, dass sie mit dem Produkt Geld verdienen kann. Das kann sie, wenn es viele Menschen gibt, die das Präparat kaufen. Aber genau das wird nicht geschehen. Es gibt zu wenige Menschen, die, so wie Sie und ich, derart allergisch reagieren, dass sie ohne das Präparat nicht mehr leben können. Es gibt zudem genügend andere Präparate auf dem Markt, die billig sind und auch ganz gut helfen. Also, um Ihre Frage zu beantworten: Das Verfahren und das Produkt eignen sich nicht für eine Vermarktung. Reich werde ich damit gewiss nicht.«

»Aber Sie haben bei Ihren Forschungen auch herausgefunden, dass eine geringe Menge genügt, um einen Menschen zu töten, ohne dass es Spuren im Körper hinterlässt?« Fameo beobachtete, wie seine Worte auf Holzleitner wirkten. Der blieb ganz gelassen. »Davon habe ich Ihnen, glaube ich jedenfalls, in München erzählt. Sie haben ein gutes Gedächtnis, Commissario.«

»Und das haben Sie entdeckt, als Asko zufällig davon gekostet hat? – Oder war es so, dass Sie die Wirkung an Asko ausprobiert haben?«

Holzleitner drehte sich abrupt um: »Was wollen Sie mir damit unterstellen? Dass ich einen Hund absichtlich vergiftet habe? Was soll der Verdacht?« Holzleitner hatte seine Fassung verloren. In Fameo liefen die Gedanken Sturm. Wenn seine Theorie stimmte, dass Holzleitner einen Rachefeldzug durchgeführt hatte und nur ein Geständnis die Wahrheit ans Licht bringen kann, dann wäre jetzt vielleicht der Moment, den so überlegenen Holzleitner ins Wanken zu bringen. Also beschloss er in Bruchteilen von Sekunden, Holzleitner mit dem ungeheuerlichen Verdacht zu konfrontieren. Mal sehen, wie er regiert, dachte er noch, und hörte sich sagen: »Sie sind der Letzte der Familie Matscher. Sie haben durch Zufall ein Gift gefunden, das, ohne Spuren im Körper zu hinterlassen, tötet. Sie haben den Kontakt zu den Menschen gesucht und gefunden, die Ihre Eltern und damit auch Sie 1943 verraten haben. Sie hatten Zugang zu drei Männern, die alle in diesem Jahr gestorben sind. Alle ganz plötzlich, alle an Herzversagen. Da frage ich mich, ob Sie nicht späte Rache geübt haben.«

Da schlug Holzleitner zu.

Als Fameo aufwachte, war es um ihn herum dunkel. Sein Schädel brummte. Oder summte es um ihn herum? Bienen!

Zweiundzwanzig

Eduard Thaler beobachtete, wie Fameo und Caruso langsam auf die beiden Häuser zugingen. Die Entfernung vom Wagen betrug vielleicht 300 Meter. Thaler hatte den Wagen leicht zurückgesetzt, weil ihn die tief stehende Sonne sonst geblendet hätte. Schließlich sollte er hier warten und den blauen BMW im Auge behalten. Sein Wagen wurde jetzt vom Wald verschluckt, blockierte aber die einzige Zufahrt, soweit er sehen konnte. Die Lichtung war in etwa kreisrund. Vielleicht 600 Meter im Durchmesser. In ihrer Mitte standen die beiden Häuser. Der BMW parkte zwischen den Häusern, leicht im Schatten des rechten Hauses. Als seine Vorgesetzten das linke Haus erreichten, wichen sie zurück, so als ob sie etwas entdeckt hätten. Währenddessen kamen zwei Männer aus dem ersten Haus, schauten neugierig um die Ecke und gingen schnellen Schrittes in die Richtung der beiden Polizisten. Thaler, der nicht einschätzen konnte, ob die beiden was im Schilde führten, oder ob sie lediglich nachsehen wollten, wer da ungebeten gekommen war, griff in sein Holster und umklammerte den Griff der Pistole. Aber die Sache schien sich sofort zu entspannen. Man sprach miteinander und begrüßte sich. Dann gingen die vier zum rechten Haus. Anscheinend nahmen sie in der Abendsonne vor dem Haus Platz. Jedenfalls konnte Thaler das uniformierte Bein Carusos erkennen, wie er es lange von sich streckte, nachdem er Platz genommen hatte. Nach einer Weile sah der Assistente, wie Fameo einem der Männer zum zweiten Haus folgte. Das Bein des Maresciallo blieb an seinem Platz. Einige Zeit später stürzte dann der eine Mann plötzlich aus dem Haus heraus und schob den Riegel vor die Tür. Er lief zu dem BMW und ließ den Motor an. Carusos Bein verschwand und er selber kam um die Ecke. Gefolgt von dem anderen Mann. Da war der BMW aber schon in voller Fahrt in Richtung Waldweg. Thaler stieß die Fahrertür auf, zog seine Pistole und stellte sich breitbeinig deutlich sichtbar vor sein Fahrzeug. Mit der Pistole zielte er auf die Reifen des auf ihn zurasenden BMW. Dessen Geschwindigkeit nahm zu. Thaler schoss auf die Vorderreifen.

Der Schuss löste sich, die Kugel schlug vor dem Wagen in den Boden ein. Der Fahrer musste inzwischen erkannt haben, dass der Fahrweg blockiert war, denn er bog ruckartig nach rechts ab. Thaler sah, dass ein alter Mann am Steuer saß, das Gesicht zu einer Fratze verzogen. Der BMW fuhr jetzt am Rand der Lichtung entlang und an dem Punkt, wo die Entfernung zum Haus am größten war, hielt er an, die Tür wurde aufgestoßen und der alte Mann lief in den Wald. Caruso war zunächst dem Wagen hinterhergelaufen und hatte, als Thaler geschossen hatte, seine eigene Pistole gezogen. Als er sah, dass Holzleitner floh, war sein erster Gedanke: »Was ist mit Fameo?«. Er lief zum Bienenhaus und rüttelte an der Tür. Knotter war im gefolgt und half, den Riegel zu entfernen, den Caruso in der Hektik nicht sofort gesehen hatte. Der Raum war stockdunkel. Knotter drängte sich vor, griff zum Lichtschalter. In dem länglichen Raum voller Utensilien aus einem Chemielabor lag Fameo auf dem Boden, sichtlich benommen. Aus einer Luke an der rechten Wand summten Unmengen von Bienen in den Raum. Viele krabbelten auf den verschiedenen Instrumenten herum. Knotter fluchte und schloss die Luke, Caruso half Fameo auf die Beine und stützte ihn. Er führte ihn hinter das Haus, vor dem sie vor kurzem noch gemeinsam gesessen hatten. Inzwischen war auch Thaler herbeigelaufen. »Soll ich die Verfolgung aufnehmen?« Caruso entschied sich dagegen. »Den kriegen wir schon noch. Jetzt kümmern wir uns erst einmal um den Commissario.« Der sah mitgenommen aus. Eine dicke Beule hatte sich am Schädel oberhalb des rechten Auges gebildet. Er blutete an der Kopfschwarte. »Sieht schlimmer aus, als es ist«, murmelte Caruso und schickte Thaler, um den Verbandskasten aus dem Wagen zu holen. Fameo stöhnte, als Caruso die Wunde versorgte. »Wie fühlst du dich?« »Beschissen, wenn du mich so fragst. Wo ist Holzleitner?« »Der ist in den Wald gelaufen. Kann nicht weit kommen. Den kriegen wir schon noch. Jetzt kümmern wir uns erst mal um dich. Was ist eigentlich passiert?« Fameo hustete. Knotter betrachtete die Szene mit Interesse. »Ist er allergisch?«, fragte er in die Runde. Caruso verstand nicht. Fameo nickte schwach. Seine Augen drehten ab, das Weiße kam nach vorne. Knotter lief ins Haus und kam mit einem kleinen Fläschchen und einem Löffel wieder. »Halten Sie den Kopf, passen Sie auf, dass die Zunge nicht nach hinter fällt«, befahl er. Caruso war zu erschrocken, um zu widersprechen. Er spürte, wie Fameos Körperspannung nachließ. »Schlagen Sie ihm ins Gesicht, schnell«, brüllte Knotter Caruso an, während er die Zahl der Tropfen zählte, die er auf den Löffel gab. Caruso tat wie ihm befohlen. Fameo kam wieder zu sich, die Augen drehten wieder ein. Knotter drückte auf die Unterlippe, Fameo machte artig den Mund auf und Knotter schob den Löffel samt Tropfen in den Mund. »Schlucken Sie! Verdammt, schlucken Sie!«, brüllte er. Fameo nickte schwach. Dann wurde ihm schwarz vor Augen.

Als er wieder zu sich kam, lag er auf einem Bett. Davor saß Caruso und blickte ihn an. »Die Ambulanz ist informiert, sie wird gleich da sein.« Thaler hatte, als er sah, dass Fameo mit der Ohnmacht kämpfte, über Funk die Ambulanz des Bozner Krankenhauses angefordert. Die brauchten mindestens eine halbe Stunde bis hier oben. Wenn sie den Weg überhaupt finden würden. Deshalb hatte Thaler den Wagen der Questura bereits vor das Haus gefahren, um Fameo hineinzusetzen, sobald er transportfähig schien. Knotter hatte Caruso erklärt, dass Fameo allergisch auf Bienenstiche reagiere und dass ihn vermutlich einige Bienen in dem Haus gestochen hätten. Knotter war aber zuversichtlich, dass sein Hausmittel schon geholfen hatte. »Das war mein letztes Fläschchen. Da hat der Commissario echt Glück gehabt. Ansonsten hätte das übel enden können.« Was in Holzleitner gefahren war, konnte sich Knotter nicht erklären. Fameo bekam wieder Farbe im Gesicht. Sein Kopf dröhnte, aber die Benommenheit nahm ab. Er konnte wieder klar denken. »Der wollte mich umbringen. Holzleitner wusste, dass ich allergisch bin. Er hat es selbst erlebt. Und wenn er die Bienen in den Raum gelassen hat, wusste er, dass mich das umbringen kann.« Knotter schüttelte nur mit dem Kopf. Er verstand nicht, was in seinen Freund Eduard gefahren war. Warum sollte er den Commissario umbringen wollen? Tommaso fragte Fabio: »Hast du ihn mit deiner Theorie konfrontiert?« Fameo nickte nur. »Volltreffer!«, sagte Caruso. Knotter schien verwirrt. »Was wird jetzt aus Eduard. Es wird dunkel und der Wald ist unwegsam. Es gibt steile Abhänge.« Caruso zuckte mit den Schultern: »Im Dunkeln können wir nicht nach ihm suchen. Wir werden morgen in der Früh damit beginnen.« Er wandte sich an Thaler: »Lass aus allen vier Reifen die Luft raus. Dann kommt er diese Nacht von hier mit dem Auto jedenfalls nicht weg. Und gib eine Fahndung raus. Morgen nach Tagesanbruch soll der Suchtrupp mit den Hundeführern die Suche aufnehmen.« Und zu Knotter gewandt: »Sie würde ich am liebsten mitnehmen. Aber ich habe dafür keinen Grund. Und wenn ich Sie wäre, würde ich auch keinen Anlass schaffen, um mir einen Grund zu geben. Also, wenn Ihr Freund Holzleitner hier diese Nacht auftaucht, dann sollten Sie ihn davon überzeugen, dass er hier auf uns wartet. Sollte ich auch nur den Eindruck gewinnen, dass Sie ihm dabei helfen zu verschwinden, dann werden Sie mich kennenlernen, haben wir uns verstanden?« Knotter nickte stumm. Er verstand die Welt nicht mehr. »Haben Sie ein Telefon hier oben?« Knotter nickte stumm. »Dann rufen Sie mich an, wenn Holzleitner hier wieder auftaucht.« Er überreichte eine Karte mit der Telefonnummer der Carabinieristation. »Tag und Nacht können Sie anrufen, alles klar?« Zu Thaler: »Versiegeln Sie das Bienenhaus. Das nehmen wir uns morgen in aller Ruhe vor.« Zu Knotter: »Wenn das Siegel morgen gebrochen ist, bekommen Sie den Ärger Ihres Lebens, das ist Ihnen doch klar?«

»Ich weiß überhaupt nicht, was Sie von Eduard wollen. Was soll er denn getan haben? Warum hat er den Commissario geschlagen? Ich verstehe das alles nicht.«

Caruso sah Knotter ins Gesicht. Er wirkte sichtlich irritiert und aufgewühlt. Die Sache nahm ihn mit. »Hören Sie, Knotter, Holzleitner ist möglicherweise in eine ernste Sache verwickelt. Mehr darf ich Ihnen nicht sagen. Seine Flucht jedenfalls und sein Angriff auf den Commissario lassen das Schlimmste befürchten. Sollte er hier auftauchen, sagen Sie ihm, dass es das Beste für ihn ist, sich zu stellen. Wir bekommen ihn sowieso. Wo will er denn hin? Seine Identität ist bekannt, wir wissen, wo er in München wohnt. Ohne das Auto kommt er nicht weit. Er soll Vernunft annehmen.« Knotters Augen wurden feucht. Er schien bestürzt über die Entwicklung der letzten Stunden. Was hatte Eduard bloß getan?

Inzwischen war die Ambulanz eingetroffen. Der Notarzt untersuchte Fameos Verletzung und legte ihm einen ordentlichen Kopfverband an. Er ließ sich die Reaktionen auf die Bienenstiche schildern und schüttelte ungläubig den Kopf, als er von der Wirkung der Tropfen hörte. Knotter grummelte nur etwas von »altem Hausmittel«, war ansonsten aber schweigsam. Fameo sollte zur Beobachtung ins Krankenhaus, was er widerwillig zur Kenntnis nahm. Thaler fuhr mit Caruso hinter dem Krankenwagen her. Draußen war es inzwischen dunkel geworden.

Dreiundzwanzig

Knotter fand keinen Schlaf. Die Gedanken jagten einander. Die Polizisten hatten ihm nicht sagen wollen, weswegen sie hinter Holzleitner her waren. Knotter zermarterte sich das Hirn, was es sein konnte. Die Polizisten hatten ihn wegen der Grabpflege in Nals aufgesucht und waren ganz erstaunt, dass sie Eduard hier trafen. Aber irgendwie hatte es mit Eduards Familie zu tun. Dass sie während des Krieges aus Nals vertrieben worden war, wusste Knotter. Eduard hatte ihm von seinem Schicksal erzählt. Eduard hatte sich in diesem Jahr oft in Nals aufgehalten. Immer wenn er Bienenstöcke nach Nals gebracht hatte, war Eduard dabei. Er plauderte auch gerne mit den Bauern. Hatte er nicht auch Kontakt mit einigen alten Bauern? Knotter erinnerte sich, dass er Eduard zusammen mit drei alten Bauern in einem Gasthaus gesehen hatte. Ende Januar war einer der Bauern verstorben. Die Beerdigung konnte er miterleben, als er wieder einmal das Familiengrab pflegte. Und war später, im Früjahr, nicht die Rede davon, dass auch der andere Bauer gestorben war? Ja, ja, davon hatte der Pfarrer ihm einmal erzählt. Wie die Vögel oder so, hatte er gesagt. Das fand er verwunderlich, was das mit den Vögeln sollte. Ob das alles miteinander zu tun hatte?

Plötzlich hörte er ein Geräusch. Da war jemand am Bienenhaus. Hias Knotter lebte sehr einsam hier oben. Er kannte die Geräusche des Waldes und wusste fremde Geräusche zu werten. Aber wer konnte es sein, wenn nicht Eduard. Eduard, der zurückgekommen war, nachdem Ruhe auf der Lichtung eingekehrt war, und der aus dem sicheren Wald heraus beobachtet haben mochte, wie die Polizei und die Ambulanz abgerückt waren. Vorsichtshalber nahm Knotter einen der Gebirgsstöcke mit, die immer neben dem Eingang standen. Zur Not konnte man sie auch zur Verteidigung einsetzen.

Die Lichtung wurde vom Mondlicht fahl beschienen. Knotter sah sofort, dass die Tür zum Bienenhaus offen stand. Die Siegel waren aufgebrochen und aus dem Zimmer drang ein diffuses Licht. Knotter näherte sich vorsichtig, den Stock quer vor sich, bereit, ihn einzusetzen, wenn sich jemand auf ihn stürzte. Im Raum konnte er einen Menschen ausmachen, der ihm den Rücken zuwandte und sich über eine geöffnete Schublade beugte, in der die Hände wühlten. Die Bewegungen wirkten hektisch, aber auch so, als ob die Person wusste, wonach sie suchte. Knotter rief: »Eduard!?« Und Eduard Holzleitner drehte sich um. Knotter war erleichtert. Er ließ den Stecken sinken. »Was um alles in der Welt ist hier los? Warum sind sie hinter dir her? Warum hast du den Commissario eingesperrt? Und warum hast du die Bienenklappe aufgemacht? Der Commissario sagte, dass du von seiner Allergie gewusst hast und dass du ihn hast umbringen wollen. Stimmt das? Und warum bist du weggelaufen?« Aus Knotter sprudelten die Fragen heraus wie Wasser aus einer Quelle. Holzleitner winkte ab. »Lass mich jetzt. Sag mir lieber, ob die hier schon durchsucht haben?« Und als Knotter zögerte, sagte er merklich unwirsch: »Was ist jetzt Hias, haben die hier rumgeschnüffelt, ja oder nein?« Knotter erkannte seinen alten Freund nicht wieder. In einem solchen Ton hatte der noch nie mit ihm gesprochen. »Ich weiß nicht«, antwortete er zögernd, »ich habe mich um den Commissario gekümmert. Der bekam keine Luft mehr. Allergie halt. Kennst du doch auch. Was die anderen beiden gemacht haben, weiß ich nicht. Der eine hat die Ambulanz gerufen. Und dein Labor haben sie versiegelt. Das gibt Ärger, wenn die morgen hier wieder auftauchen.« Holzleitner wühlte weiter in den Schubladen und fand schließlich, was er gesucht hatte. Er hielt ein schwarzes Notizbuch in Händen. Er atmete hörbar tief ein. »Das hätten wir schon mal. Das haben sie also nicht.« Er nahm jetzt einen Karton auf und stellte ihn auf den Labortisch. Dann begann er, einzelne Fläschchen aus den Regalen zu nehmen und in den Karton zu packen. Das Notizbuch legte er oben drauf. »Hör mir jetzt gut zu, alter Freund. Du sagst denen morgen, dass du wie ein Murmeltier geschlafen hast. Du hast nichts gehört und auch nichts gesehen. Ich verschwinde jetzt. Man wird mich dann in Deutschland finden. Aber das ist dann die deutsche Polizei. Und das dauert. Bis dahin habe ich meine Angelegenheiten geregelt.« Er schaute Knotter tief in die

Augen, soweit das die Dunkelheit zuließ. »Die haben jetzt nichts in der Hand. Beweisen können die mir nichts. Und der Commissario hat zwar einen guten Riecher, aber auch der braucht Fakten und Beweise. Und die hat er nicht. Also geht das alles gut aus. Und in einiger Zeit kann ich dich vielleicht auch wieder besuchen.« Knotter stand unbeweglich in der Tür. Er fühlte sich sehr unwohl. Was war es, was sie seinem Freund nicht beweisen konnten? »Hast du die alten Bauern umgebracht?«, platzte es aus ihm heraus. In Holzleitners Gesicht zuckte es. »Haben sie dir das erzählt? Was wissen denn die schon.« Holzleitner setzte sich auf den einzigen Stuhl im Raum. »Du kennst meine Geschichte. Du weißt, dass meine Eltern damals verraten worden sind. Und da treffe ich diese zwei alten Bauern, wie sie jeden Nachmittag ihren Roten im Gasthaus trinken. Wir plauderten über die Bienen, ich lieferte deine Bienenstöcke in ihre Obstplantagen und wir gingen gemeinsam einen trinken. Sie kamen ins Politisieren, beklagten sich über die Einwanderungspolitik der Regierung. Sie waren gegen die Fremden und das Fremde überhaupt. Und dann«, Holzleitners Gesichtszüge verhärteten sich, »dann rühmten sie sich ihrer Taten aus der Kriegszeit. Wie sie als junge Männer hier im Dorf aufgeräumt hätten, wie sie alle rausgeschmissen hätten, die nicht für Deutschland waren.« Holzleitner heulte auf. »Und dann erzählten sie mir haarklein, wie sie eine ganze Familie, meine Familie, verstehst du, meine Familie vertrieben haben – in allen Einzelheiten. Und sie wussten nicht, dass der einzige überlebende Sohn neben ihnen sitzt. Und genauso sollte man es jetzt auch wieder machen, mit all den Fremden und den Zigeunern. Raus aus dem Land und verrecken lassen. Das haben sie gesagt. Verrecken lassen.« Holzleitner hieb mit der Faust auf den Tisch: »Diese alten Verbrecher. Die hatten meine Eltern auf dem Gewissen. Die waren daran schuld, dass ich so früh meine Eltern verloren habe. Und sie waren auch heute nicht besser als damals. Die hatten nicht nur nichts dazugelernt, die fanden ihr Verhalten auch heute noch richtig.«

»Und dann hast du sie umgebracht?«

Holzleitner wirkte jetzt sehr müde. Er blickte auf den Boden des Labors. »Es war so. Damals experimentierte ich mit deinem Hausmittel, das gegen das Bienengift hilft. Ich extrahierte, verdampfte, kondensierte, mischte, was weiß ich. Steht alles in dem schwarzen Notizbuch. Da geschah es, dass Asko von einer Biene gestochen wurde und laut jaulend in meine Hütte geschossen kam. Ich beruhigte ihn und gab ihm zwei Tropfen von meiner neuen Mixtur auf die Zunge. Ich dachte, dass ich ihm damit helfe. Kurz darauf war er tot, wie du weißt. Ich wollte ihn nicht umbringen, ganz bestimmt nicht, ich wollte ihm helfen. Ich habe Asko dann untersucht und vor allem sein Blut. Ich habe keine Spuren von meiner Mixtur gefunden. Aber die Todesursache war mit Sicherheit eine Lähmung des Herzmuskels. Wie nach einem Infarkt. Und da reifte in mir der Gedanke, dass ich die Tropfen bei einem der zwei Alten ausprobieren könnte. Es war so wie russisches Roulette. Sollte doch das Schicksal entscheiden. Das Schicksal hat uns zusammengeführt, das Schicksal soll es richten.« Holzleitner blickte jetzt zu Knotter auf: »Das Schicksal hat entschieden. Und einmal damit begonnen, konnte ich nicht aufhören, bis ich alle drei erledigt hatte.« »Drei? Du sprachst von zwei Bauern.«

»Der dritte im Bunde wohnte in Prissian. Von dem haben mir die beiden erzählt. Der kam immer nachmittags mit seinem Trecker vom Berg heruntergefahren und setzte sich zu den beiden aus Nals. Er hatte ein steifes Bein. Ich wusste also, wie er aussah und wo er wohnte. Den habe ich zum Schluss erledigt. Dummerweise bin ich da dem Commissario begegnet, der durch einen blöden Zufall in derselben Pension wohnte wie ich. Und den habe ich mit deinem Hausmittel kuriert, als er von einer Biene gestochen worden ist. Und dann wollte es das Schicksal, dass ich ihm die Frau seines Lebens vermittelt habe, wenn man so will. Und ausgerechnet diese Frau führte uns auf einem Fachkongress in München zusammen. Und ich, nicht ahnend, dass er den Tod des letzten Bauern aus Prissian untersucht, erzähle ihm voller Stolz, dass ich ein Gift kenne, das tödlich wirkt, aber nicht nachzuweisen ist.« Holzleitner lächelte jetzt leicht: »Das Schicksal ist manchmal kurios. Und heute hat er mich mit seiner These konfrontiert. Der hat ins Schwarze getroffen, verstehst du. Wir standen hier in diesem Zimmer, alle Beweismittel in den Schubladen und auf den Regalen, und dann reißt der mir die Maske vom Gesicht. Ich wusste nicht, was ich machen sollte. Ich glaube, ich habe irgendetwas in die Hand genommen und ihm über den Schädel gezogen. Ich habe einfach nur reagiert. Nicht nachgedacht. Dann habe ich die Bienenklappe geöffnet, in der Hoffnung, dass die Bienen ihn erledigen, das stimmt. Und dann bin ich in Panik geflohen. Ich konnte ja nicht ahnen, dass die eine Wache postiert haben. Die hat auf mich geschossen.« Knotter konnte Holzleitner anmerken, dass ihn das jetzt noch sehr mitnahm. »Was habe ich bloß getan?« Holzleitner verbarg sein Gesicht in den Händen. Er rieb mit den Handflächen über die Wangen, die Augen, die Stirn hinauf über die Haare. »Verdammte Scheiße! Jetzt muss ich zusehen, dass ich da wieder rauskomme. Hör zu, du bist jetzt der Einzige, der alles weiß. Wirst du zu mir halten, kann ich mich auf dich verlassen?« Knotter nickte. Was er machen würde, wenn ihn die Polizei verhörte, wusste er nicht. Aber er hatte Angst, dass Holzleitner vielleicht auch ihn umbringen würde. Als einziger Zeuge war er für Holzleitner gefährlich. Aber als Mitwisser war er auch gefährdet. Dafür konnte ihn die Polizei drankriegen. Aber heute Abend galt es, diese Situation zu überstehen.

Knotter war innerlich entsetzt. Äußerlich ließ er es sich nicht anmerken. Sein Freund war in einer Ausnahmesituation. Dass er die Lage nicht kühl einschätzen konnte, zeigte sein unüberlegter Angriff auf den Commissario. Wenn er jetzt nicht zu ihm hielt, war es durchaus denkbar, dass Eduard, unberechenbar wie er war, ihn angriff. Es galt, Ruhe zu bewahren.

»Hast du alles, was dich belasten könnte, in dem Karton?«, fragte Knotter. Holzleitner nickte. »Die Polizei wird erst morgen hier wieder aufkreuzen und nach dir suchen. Die wollen Hunde einsetzen und sie auf deine Spur setzen. Dein Auto haben sie lahmgelegt, damit kommst du nicht weg. Sollen wir die

Sachen aus dem Karton nicht besser verstecken? Wir könnten sie in einem unserer alten Bienenstöcke im Wald deponieren. Die findet außer uns niemand. Wenn du den Weg nach Jenesien nimmst, gehst du den alten Weg durch den Knottenmooswald. Du weißt doch noch, wo wir die alten Bienenstöcke haben?« Holzleitner nickte. »Ich hole dir jetzt Verpflegung und Geld. Ab Jenesien kennst du dich ja aus. Jetzt gibt der Mond genug Licht für den Weg. Bei Sonnenaufgang bist du im Ort. Von dort runter nach Bozen und am besten mit dem Zug nach Deutschland, was hältst du davon? Und wenn morgen die Hundestaffel kommt, werden die sich wundern. Die beginnen dort, wo sie dich in den Wald haben laufen sehen. Du nimmst jetzt aber einen anderen Weg, den Fahrweg entlang und dann, beim Marterl rechts halten. Alles klar?« Holzleitner nickte. Wie es schien, war er dankbar. Aber es war schon eine echte Strapaze, die ihm bevorstand. Er war zwar fit für sein Alter, aber der Weg war nicht ohne, zumal die Dunkelheit die Sache erschwerte. Und ohne Schlaf? Nun ja, eine Wahl hatte er nicht. Knotter hatte kein Auto, das er »stehlen« konnte. Und ein anderes Auto stehlen? Nun, er wusste schlicht nicht, wie das ging. Die Idee, sich zu Fuß zu entfernen, war wahrscheinlich gar nicht schlecht. Das Versteck in den alten Bienenstöcken war gut durchdacht. Sie hatten diese Bienenstöcke vor drei Jahren aufgelassen und mitten im Wald stehen gelassen. Sie dürften mittlerweile verfallen und überwuchert sein. Ein ideales Versteck für seine Aufzeichnungen und Mixturen. Vernichten mochte er sie vorerst nicht. Sein Forscherherz hing dran. Allerdings waren die Aufzeichnungen in dem Notizbuch für ihn höchst gefährlich. Er hatte darin nicht nur die Entwicklung seiner Forschung, sondern auch die Wirkung des von ihm entdeckten Giftkonzentrats wissenschaftlich exakt beschrieben. Wann er wem wie viele Tropfen in welche Flüssigkeit gefüllt hatte und wie lange es gedauert hatte, bis sie gestorben waren. Es war auch verblüffend einfach gewesen. Einige Tropfen in einem unbemerkten Augenblick ins Glas getropft, und kure Zeit später waren sie tot. Beim ersten Bauern hatte er zehn Tropfen genommen. Er starb zehn Stunden später. Und wie man ihm berichtete, hatte er sich dabei gequält. Beim zweiten war er gestört worden, nachdem er fünf Tropfen ins Glas gegeben hatte. Der starb noch am Mittag während der Mittagsruhe. Schneller und friedlicher als der Erste. Die Wirkung der Tropfen war also umgekehrt proportional. Je weniger, desto schneller wirkten sie. Nicht viel hilft viel, sondern wenig wirkt tief. Beim dritten Bauern war das bestätigt worden. Zwei Tropfen und zwei Minuten später trat der Tod ein – fantastisch. Er hatte sich wie berauscht gefühlt, nachdem er das entdeckt hatte. Blöderweise hatte er damit angegeben, in München. Ausgerechnet dem Manne gegenüber, der ohnehin schon misstrauisch geworden war.

Da kam Knotter mit einem voll gepackten Rucksack und festen Bergschuhen. »Die wirst du brauchen. Ich habe dir noch eine Taschenlampe eingepackt. Aber sei damit vorsichtig. Der Wald hat viele Augen und wenn die Polizei morgen ihre Suche startet, dann weiß man nie, wer da ein Licht im Wald beobachtet hat.« Die Männer umarmten einander, und Holzleitner marschierte los. Knotter überlegte, ob er die Polizeistation anrufen sollte. Er entschied sich aber dagegen. Soll Eduard doch seine Chance haben. Ich will da nicht hineingezogen werden. Ich habe mit der Sache nichts zu tun. Tief in seinem Inneren war ihm aber klar, dass er einen Mörder nicht decken durfte. Auch wenn es sein Freund war.

Knotter blickte Holzleitner nach, wie er, beladen mit seinem Rucksack, im Wald verschwand. Die Tür zum Bienenhaus ließ er offen stehen. Die Polizei sollte es so vorfinden, wie Holzleitner es verlassen hatte. Sein Wohnhaus verriegelte er, entgegen seiner üblichen Gewohnheit von innen. Er setzte sich an den Küchentisch und dachte nach. Es war ungeheuerlich, was er soeben erfahren hatte. Wie konnte er sich nur in Eduard so getäuscht haben. Ihre Freundschaft war über die Jahre langsam gewachsen. Eines Tage stand er vor seiner Tür. Er hatte sich verlaufen und bat um ein Nachtquartier. Es wurde ihm gewährt und sie kamen ins Gespräch. Sie verstanden einander gut, auf Anhieb. Holzleitner war Wissenschaftler, Knotter wusste viel. Er wusste viel

über Bienen, über die Natur und ihren immergültigen Kreislauf. Holzleitner war fasziniert von der einfachen Sprache, mit der Knotter die ganz wesentlichen Fragen nach dem Sinn des Lebens, der Rolle des Menschen in der Natur anging. Für Knotter war alles Eins. Das Universum, die Erde, der einzelne Mensch. Er erkannte in jeder Biene das Muster, nach dem das Leben spielt. Der Wissenschaftler erforschte jedes Eckchen, der Naturbursche erfasste die Gesamtheit intuitiv. Das hatte die beiden verbunden. Holzleitner besuchte Knotter regelmäßig, und als er von seinen Bienen gestochen wurde, konnte Knotter ihn mit seinem Hausmittel kurieren. Das wiederum interessierte den Wissenschaftler, der sofort erkannte, dass dieses Hausmittel besser half als die gängigen Cortisonpräparate. Und als dann Knotter, der nie krankenversichert gewesen war, plötzlich Geld brauchte, um die Behandlung einer unvorhersehbaren Erkrankung zu bezahlen, sprang Holzleitner sofort ein. Damit begann aber auch seine finanzielle Abhängigkeit von Holzleitner. Er konnte es ihm nicht verwehren, dass er begann, mit seinem Hausmittel zu experimentieren. Im Bienenhaus richtete er sich den Geräteschuppen als Labor ein. Hatte Knotter den im Winter ruhenden Bienen das Gift aus den Stacheln entnommen, indem er eine Handvoll von ihnen »auskochte«, tötete Holzleitner ganze Völker, um an ihr Gift zu kommen. Aus einem ganzen Volk holte er gerade mal zwei bis drei Tropfen Konzentrat heraus. Und mit dieser aufwändig gewonnenen minimalen Menge experimentierte er. Knotter drehte sich jedes Mal der Magen um, wenn er ein gesundes Volk opfern musste. Aber Holzleitner war nicht mehr zu bremsen. Außerdem bezahlte er großzügig dafür.
Dass Asko von Bienen gestochen worden ist und er ihm hat helfen wollen, glaube ich nicht, dachte Knotter. Der Hund war nie von Bienen gestochen worden. Und wenn, dann hatte er das weggesteckt. Holzleitner hatte die Wirkung der Tropfen an ihm getestet, dessen war sich Knotter jetzt sicher. Groll kam in ihm hoch. Der ist das systematisch angegangen. Und genauso systematisch wird er mich verschwinden lassen, wenn die Sache vorbei ist und er alle Beweise vernichtet hat. Was hat er gesagt?

Wenn sich die Lage wieder beruhigt hat, kann ich dich vielleicht wieder besuchen kommen – um dann den einzigen Mitwisser zu beseitigen. Wie soll ich denn mit dem Mann an einem Tisch sitzen, wo ich nicht wissen kann, ob der auch mir einige Tropfen verabreicht, wenn ich nicht im Raum bin. Nein, sein Entschluss stand fest. Die Freundschaft hatte keinen Bestand mehr. Wer einmal mordet, der schreckt auch vor einem weiteren Mord nicht zurück. Morgen würde er die Polizei informieren.

Caruso erschien mit der Hundestaffel gegen zehn. Fameo war noch zur Beobachtung im Krankenhaus. Knotter erläuterte, was vorgefallen war. »Und warum haben Sie uns nicht sofort gerufen? Jetzt hat er einen Vorsprung«, warf ihm Caruso vor. Er war deutlich erkennbar verärgert. Knotter erwiderte, dass er sich erst darüber klar werden musste, wie vorzugehen war, und dass er außerdem Angst hatte, Holzleitner würde zurückkommen, um seinen einzigen Mitwisser zu beseitigen. Caruso nahm das hin. Die Geschichte gefiel ihm nicht. Wenn er jetzt Knotter zu den alten Bienenstöcken folgte, statt wie geplant mit den Hunden die Fährte zu verfolgen, könnte das auch eine Finte sein. Wenn die beiden unter einer Decke steckten, versuchte Knotter vielleicht, sie in die Irre zu führen, um seinem Freund einen Vorsprung zu verschaffen. Fürs Erste veranlasste er daher, dass die Carabinieri in Bozen den Bahnhof im Auge behielten. Er ließ alle Schalter, an denen man Zugfahrkarten kaufen konnte, im Auge behalten. Dann durchsuchte er das Labor, fand aber nichts, was interessant schien. Er ließ den Raum erneut versiegeln und unterrichtete die Spurensicherung, damit der Raum von den Experten untersucht würde. Außerdem telefonierte er mit Fameo.

Der hatte soeben die Visite im Krankenhaus hinter sich. Der Arzt hatte ihm mitgeteilt, dass er noch einmal Glück gehabt hatte. Er sei wahrscheinlich hochgradig allergisch gegen Insektengift. Wie es den Anschein hatte, reagierten seine Atemorgane auf das Gift und ihm drohe der Erstickungstod. Fameo bekam ein Präparat mit, das er möglichst schnell nach einem Stich einnehmen sollte. Egal, ob er glaube, dass es nötig sei oder nicht, sagte der Arzt, »Sie merken die Wirkung erst, wenn es für Sie vielleicht schon zu spät ist. Lieber einmal zu viel eingenommen, als einmal zu wenig, alles verstanden, Commissario?«

Als ihn die Nachricht von Caruso erreichte, war ihm klar, dass er diesen Tag nicht im Krankenhaus verbringen würde, so wie man es ihm nahegelegt hatte. »Ich bin in einer Stunde bei euch da oben. Wie viele Leute hast du? Schicke einen Teil mit den Hunden auf die alte Fährte. Du wartest auf mich. Wir gehen mit Knotter zu den alten Bienenstöcken. Die Fahndung ist schon raus? Gut! Vielleicht hast du noch Leute, die in Jenesien die Augen offen halten können. Da muss er ja durch. Vielleicht ist er noch nicht so weit. Nachts im Wald ist niemand schnell. Und Holzleitner ist nicht mehr der Jüngste.« Dann rief er die Rufbereitschaft der Questura an, bestellte einen Wagen und zog sich an.

Auf dem Weg nach Mölten rasten seine Gedanken. Ich hatte also Recht. Und ich habe jetzt einen Zeugen, dem man Glauben schenken wird. Aber dieser Zeuge ist ein schwacher Zeuge. In einem Prozess stünde Aussage gegen Aussage. Wenn es stimmt, dass Holzleitner alle seine Taten aufgezeichnet hat, dann wären diese Aufzeichnungen ein wichtiges Beweismittel. Hoffentlich hat er sie im alten Bienenstock deponiert und nicht vernichtet. Dann hätte ich ein Problem. Zur Not müssen die drei Leichen exhumiert werden. Vielleicht lässt sich doch etwas nachweisen. Ist ja nicht sicher, dass Holzleitner Recht hat. Am besten wäre es, wir würden ihn schnappen. Holzleitner ist zwar fit für sein Alter, aber die Strapazen einer Flucht steckt er bestimmt nicht so einfach weg. Wenn wir ihn schnappen, ist er vielleicht geschwächt und ich kann ihm ein Geständnis abringen.

Fameos Jagdfieber war erwacht. Darüber bemerkte er nicht, dass sein Fahrer noch rasanter den Wagen den Berg hinaufjagte, als es gestern Thaler getan hatte. Er dirigierte den Fahrer über die Feldwege und den kaum zu erkennenden Weg zu Knotters Lichtung.

Knotter und Caruso erwarteten ihn bereits. Caruso hatte den Hundeführer losgeschickt auf den Weg, den Holzleitner gestern bei seiner Flucht genommen hatte. Sie waren noch nicht zurück. Knotter hatte in der Zeit bis zu Fameos Ankunft dem Maresciallo sehr detailliert das nächtliche Geschehen geschildert. Caruso fand Knotters Aussage glaubhaft. Er unterrichtete Fameo knapp, aber präzise. »Wie weit ist es bis zu Ihren alten Bienenstöcken?«, fragte Fameo.

»Ich gehe eine knappe Stunde.«

»Kann man mit dem Auto fahren?«

»Nur ein kurzes Stück, danach geht es zu Fuß durch den Wald. Ein alter Trampelpfad, mehr ist da nicht. Ich war jetzt drei Jahre nicht mehr da, wird vielleicht überwuchert sein. Wir werden sehen.«

Knotter hatte Recht. Den Wagen mussten sie schon nach einem knappen Kilometer verlassen. Dann ging es auf einem Trampelpfad zu Fuß weiter. Fameo hätte die Abzweigung nicht als Pfad erkannt. Sie brauchten ortskundige Führung. Der Knottenmooswald war nicht besiedelt, hier bewegten sich nur Jäger, Pilzsucher und Wanderer. Er war dicht und wirkte urtümlich, der Pfad war in Teilen überwuchert und sie kamen nur mühsam voran. »Warum haben Sie die Bienenstöcke stillgelegt?«, wollte Fameo wissen. »Hat sich nicht mehr gelohnt«, war die knappe Antwort. Viel gesprochen wurde nicht. Knotter hüllte sich in Schweigen und versuchte den Weg zu finden. Im Dunkeln stelle ich mir das sehr schwierig vor, dachte Fameo. Wie das der alte Holzleitner geschafft haben mochte, war ihm ein Rätsel. Oder führte sie Knotter doch auf den berühmten »Holzweg«? War Knotter verlässlich? Carusos Informationen waren in sich schlüssig, demnach hatte Knotter für sich entschieden, mit der Polizei zu kooperieren, statt Holzleitner weiterhin Vasallentreue zu leisten. Wie dem auch sei, Fameo wurde der Weg langsam beschwerlich. Das Gift hatte ihn wohl doch mehr geschwächt, als es ihm in seinem Bett im Bozner Krankenhaus vorgekommen war. Für alle

Fälle hatte er aber sein »Notfallpaket« für Allergiker dabei, das ihm der Apotheker des Krankenhauses gegeben hatte.

Die Truppe musste eine Pause einlegen, als Caruso bemerkte, dass Fameo nicht mit Knotters Tempo mithalten konnte. »Ruf mal den Staffelführer an, ob die Hunde schon was gefunden haben.«, bat Fameo. Aber Carusos Handy hatte keinen Empfang. »Ist wohl ein Funkloch hier«, murmelte er. Dann sind wir also hier alleine mit unserem Glück, dachte Fameo.

Der Wald wurde immer dichter. Der unwegsame Steig führte sie immer höher hinauf. Nach einer knappen Stunde erreichten sie die Höhe des Bergrückens. Ab hier ging es eben weiter. Der Wald wurde lichter, und sie erreichten die alten Bienenstöcke.

Knotter war der Erste und verharrte in gebührendem Abstand. »Was ist?«, fragte Caruso, der ihm auf den Fersen gefolgt war. »Die Stöcke sind beflogen. Wie es scheint, haben wilde Bienenvölker die Stöcke angenommen.« Und zu Fameo gewandt, der mittlerweile aufgeschlossen hatte: »Seien Sie bitte vorsichtig. Die Stöcke sind wieder bewohnt. Die Bienen tun Ihnen nichts, wenn Sie nicht gereizt werden. Besser ich suche in den Stöcken nach den Unterlagen. Von mir aus können der Maresciallo oder die Carabinieri dabei sein. Aber lassen Sie mich die Stöcke durchsuchen. Ich weiß, wann Bienen aggressiv werden.« Fameo blieb also zurück und beobachtete die Gegend.

Die alten Bienenstöcke standen an einer lichten Stelle mitten im Wald. Der Bewuchs war hier auf der Kuppe des Bergrückens Wind und Wetter stärker ausgesetzt als hangabwärts. Die Krüppelkiefern, Zirbeln und niederes Buschwerk wuchsen zwischen Monolithen, teils von diesen vor den scharfen Winden geschützt. Die Szenerie wirkte zerzaust und wild. Sonnenstrahlen brachen durch das schüttere Dach aus Kiefern, Tannen und einzelnen Laubbäumen. Bienen und andere Insekten tanzten durch die Luft, beschienen von den einzelnen Lichtstrahlen, die gefiltert und gebrochen ihren Weg zur Erde suchten. Die Luft roch gut und frisch. Waldbodenduft, Verrottung, Tannennadeln, Harze vermischten sich mit der Brise, die über die Höhen strich. Eine unwirkliche Welt voller Schönheit und Ruhe. Knotter und die beiden Carabinieri näherten sich vorsichtig den alten Bienenstöcken. Knotter umrundete sie langsam und spähte in die offenen Ritzen und Gelasse der alten Kisten. Die beiden Carabinieri hielten sich in respektvollem Abstand zu dem Gesumse des Bienenvolkes.

Fameos Blick wanderte. Er überlegte, wohin sich Holzleitner gewendet haben mochte, nachdem er seine Sachen hier versteckt hatte. Wenn er der Empfehlung von Knotter gefolgt war, war er den Bergrücken weitergewandert. Irgendwann kam man in dieser Richtung nach Jenesien, einem kleinen Ort mit einigen Gasthäusern, der oberhalb von Bozen liegt. Von dort gab es einen Fahrweg hinunter nach Bozen. Es fuhren auch Busse bis dorthin. Also, wenn ich Holzleitner wäre, würde ich diesen Weg genommen haben, dachte Fameo und verfolgte ihn mit den Augen in den Wald hinein. Und ungefähr dort, wo sich der Blick in dem wieder dichter werdenden Wald verfing, entdeckte er etwas, was ihn stutzen ließ. Das passte nicht in die Szene. Es war eine Farbe, die hier nicht hingehörte: Blau. Dort leuchtete etwas Blaues. Ein Blau, wie es in der Natur nicht vorkam. Nicht Himmelblau, sondern Spielzeugblau, Plastikblau, dunkles schimmerndes Blau. Fameo beobachtete, wie Knotter vorsichtig in die Kisten griff. Ohne abzuwarten, ob er etwas gefunden hatte, und ohne abzuwarten, ob es interessant war, zog ihn seine Neugier oder eine innere Unruhe hin zu diesem Blau, das ihn – ungefähr 300 Meter von ihm entfernt – zu rufen schien. Er musste eine Senke durchschreiten, wobei er das Blau aus den Augen verlor. Als er mit dem Kopf aus der Senke auftauchte, sah er, dass es ein blauer Rucksack war, der seine Aufmerksamkeit erregt hatte. Und neben dem Rucksack lag, leicht gekrümmt und mit dem Kopf den Hang hinunter ein Mann: Holzleitner.

Fameo stürzte zu ihm. Er schien kaum zu atmen. War er gestürzt? In der Dunkelheit hingeschlagen, hatte er sich etwas gebrochen? Er sprach ihn an. Holzleitner stöhnte leise. Fameo rief nach den anderen und winkte sie wild herbei. Die drei kamen gelaufen, soweit das Gelände es zuließ. Außer Atem erreichte Caruso als Erster die Stelle. »Was zum Teufel?« Aber er reagierte sofort. Gemeinsam drehten sie Holzleitner auf den Rücken und versuchten ihn in eine angenehme Position zu bringen. Holzleitner war der Ohnmacht nahe. Er schien nicht bei sich zu sein. Caruso klatschte ihm leicht ins Gesicht. Keine Reaktion. Er zog die Lider der geschlossenen Augen hoch. Das Weiße der Augen trat hervor – »Schockzustand!« Caruso wandte sich an den Carabiniere: »Haben wir ein Erste-Hilfe-Paket dabei?« Der Mann verneinte. »Versuchen Sie, ob man hier telefonieren kann.« Der Carabiniere meldete: »Funkloch.« Knotter betrachtete die Szene: »Allergischer Schock. Eduard ist allergisch auf Bienengift. Der hat in der Nacht die Sachen im Bienenstock versteckt. Hier sind sie.« Damit legte er ein Bündel auf den Boden. »Er konnte ja nicht ahnen, dass der Stock wieder bewohnt war. Nachts ist da Ruhe. Die Bienen schlafen auch. Wenn man da hineingreift, wehren die Bienen den Angriff ab.« Knotter griff nach der rechten Hand Holzleitners. Sie war völlig zerstochen. »Dann hat er es noch bis hierher geschafft. Dabei ist bei seinen Mixturen bestimmt eine, die ihn hätte retten können. Er hat es wahrscheinlich nicht geschafft, das Fläschchen aus dem Stock zu holen.« Fameo begriff. Er hatte ja noch seine Notfallapotheke dabei. »Schnell, helfen Sie mir. Ich habe ein Cortisonpräparat dabei, vielleicht hilft das. Versuchen wir ihn zurückzuholen.« Caruso versuchte es mit Mund-zu-Mund-Beatmung. Und tatsächlich nahm Holzleitners Gesicht wieder etwas Farbe an. Seine Lider flackerten und ganz langsam öffnete er seine Augen. Es schien ihm schwerzufallen. Er hustete. »Hias«, murmelte er und schloss wieder die Augen. Caruso klatschte ihm wieder ins Gesicht. Fameo hatte inzwischen die Packung des Präparats aufgerissen. »Er muss es schlucken. Dafür müssen wir ihn wach bekommen, sonst erstickt er.« Knotter fühlte den Puls. »Oder er erstickt auch so. Ich fürchte, wir kommen zu spät. Der Puls ist kaum noch spürbar.« Holzleitner hustete erneut, diesmal heftig. Er versuchte sich aufzurichten. Caruso unterstützte ihn.

Holzleitner öffnete seine Augen, wie es schien mit letzter Kraft. Dann lief ein leichtes Lächeln über seine Lippen, zaghaft und mehr eine Andeutung. Mit kaum hörbarer Stimme sagte er: »Da haben mich die kleinen Dinger wohl geschafft. Das Schicksal ist manchmal kurios.« Dann erschütterte ein Hustenanfall seinen Körper. Es schien, als wollte ihn das umbringen. Aber er öffnete erneut seine Augen und blickte Fameo an: »Glückwunsch Commissario. Sie sind sehr klug. Aber ich bereue nichts. Ohne Sie hätte ich jetzt noch einige Jahre gehabt. Aber sei's drum. So ist es auch gut.« Dann drehten sich seine Augen nach hinten und Caruso spürte, wie die Körperspannung entwich. Knotter fühlte den Puls, zuerst am Handgelenk, dann am Hals. Schließlich schloss er seinem langjährigen Freund die Augenlider. Alle drei standen auf und blickten stumm auf den toten Holzleitner.

Vierundzwanzig

Fabio Fameo saß vor dem Vögele am Bozner Obstmarkt und freute sich auf seinen Veneziano. Es war Samstagvormittag und er war gut gelaunt. Seine Lieblingskellnerin brachte ihm den leicht bitteren Aperitif und schenkte ihm ihr schönstes Lächeln. Sie hatte hübsche Augen und eine atemberaubende Figur. Sie kam aus Rumänien, wie er längst in Erfahrung gebracht hatte.

»Was schert es dich«, fragte ihn sein anderes Ich. »Du bist doch jetzt bestens versorgt! Oder musst du dir immer noch Appetit holen, bevor du Elisabeth triffst?« Fabio schmunzelte. Sein anderes Ich hatte ja Recht. Appetit holen musste er sich bei dieser Traumfrau, die bald die Seine werden sollte, nicht. Elisabeth hatte ihn damit überrascht, dass sie ihm angeboten hatte, zu ihr nach Prissian zu ziehen. Ihre Wohnung sei groß genug und die Luft dort oben einfach besser. Und als Fameo fragte, ob in diesem katholischen Land so eine sündige Beziehung nicht wenigstens durch eine Verlobung teilweise akzeptabel werden könne, fiel sie ihm um den Hals. Die Verlobungsfeier auf dem Hof ihrer Eltern war jedenfalls geplant, seine Eltern eingeweiht, der Onkel aus München nebst Waltraud eingeladen. Alle freuten sich.

Und der Vicequestore? Der kam in der Woche nach dem tragischen Ereignis in den Bergen zu ihm mit der wichtigen Nachricht, dass er herausgefunden hatte, dass dieser Eduard Holzleitner, von dem ihm Fameo erzählt hatte, sich vor zwei Jahren vergeblich darum bemüht habe, alte Polizeiakten aus den vierziger Jahren einzusehen. Fameo hatte an diesem Tag seinen Bericht über den Fall fertiggestellt und der Vice staunte nicht schlecht, als er ihn prompt überreicht bekam. Wie es schien, hatte er ihn dann auch komplett gelesen, denn schon am nächsten Tag besprach er den Fall bei einem ausgiebigen Mittagessen mit Fameo und sparte nicht mit Komplimenten.

Auch sonst entwickelten sich die Dinge gut. »Das geht aufs Haus, Commissario. Wundern Sie sich nicht, aber Sie haben irgendwie dafür gesorgt, dass sich alles zum Guten gewendet hat.« »Wie darf ich das verstehen?« Der Brückenwirt lachte: »Magnus Maier hat Schloss Katzenzungen verkauft. Der Erlös, sagt man, hat über zwei Millionen betragen. Genau weiß ich das nicht. Aber in einem notariellen Vertrag hat er festlegen lassen, dass aus dem Erlös ein stolzer Betrag für die Alterssicherung von Georg und Maria abgezweigt wird. Die beiden wohnen jetzt hier, so wie Sie das damals vorgeschlagen haben. Das Geld reicht bis an ihr Lebensende. Ich bin als Verwalter bestimmt worden. Und es war so, wie Sie es vorhergesagt haben. Um genau die Hunderttausend, die ich vorher draufgeschlagen habe, hat mich der Magnus Maier heruntergehandelt, als ich ihm den Vorschlag gemacht habe. Woher haben Sie das nur gewusst?«

Fameo freute sich, dass auch diese Geschichte gut ausgegangen war. Georg traf er dann auch noch und bei passender Gelegenheit sagte er ihm, dass der alte Mann bei einem Unfall ums Leben gekommen sei und er nicht gegen einen Toten ermitteln könne. Georg schien damit zufrieden.

Südtirol hat einen neuen Commissario. Der Commissario vielleicht eine neue Frau und einen neuen Freund. Ich bin angekommen, dachte Fabio. Der Veneziano schmeckte gut.

Ein Nachwort

Als mein erster Krimiband im Frühjahr 2010 erschien, war das für mich eine große Freude. Das bereits im Jahr 2017 die sechste Auflage des ersten Bandes erscheint, zeigt, wie erfolgreich sich diese Krimireihe mit ihren inzwischen sechs Bänden etabliert hat.

An dieser Stelle möchte ich daher den vielen treuen Leserinnen und Lesern danken, die diesen Auflagen-Erfolg möglich gemacht haben.

Ich möchte aber auch den Blick der Leserinnen und Leser auf Folgendes richten:

Dieses Krimiprojekt hat eine Entwicklung genommen, die ich im Jahr 2010 selbst nicht vorhergesehen habe. Inzwischen hat sich eine Schar Südtirolerinnen und Südtiroler in die Krimis eingebracht, die mich nicht nur mit ihrem Wissen und ihrem Spaß an dem Projekt begleiten. Einige von ihnen spielen in den Krimis auch als von mir so genannte »eindimensionale Figuren« mit. Eindimensional deshalb, weil der Leser nur eine Dimension dieser Figur erfährt. Nämlich genau die, die er wahrnehmen würde, sollte er diesem konkreten Menschen begegnen. Beispiel: Der ehemalige Pfarrer von Tisens, Alexander Raich, tritt im Krimi nur in seiner Funktion als Pfarrer auf. Der Leser erfährt keine andere Dimension des Menschen Alexander Raich. Man könnte sagen, echte Südtiroler spielen als Statisten wichtige Nebenrollen und beobachten die fiktiven Figuren bei ihrer Arbeit.

Inzwischen wird der Krimistoff auch von Künstlern adaptiert. So hat die aus Südtirol stammende Künstlerin Lissy Pernthaler sich des Stoffes angenommen und eine lebendige Krimiwanderung an Originalschauplätzen organisiert. Das Niederrheintheater aus Brüggen (Nordrhein-Westfalen) veranstaltet zusammen mit mir »Lebendige Lesungen«. Hierbei werden die Dialoge in kleine Schauspielstücke umgewandelt, die Krimifiguren werden während der Lesung lebendig und spielen mitten im Publikum. Die SingerSongWriterin Alexandra Schönewolf hat Balladen zu verschiedenen Krimiszenen geschrieben, die ganz schön ans Gefühl gehen können. Sie begleitet mich mit Ihren Balladen bei Lesungen.

Es ist seit 2010, als dieser Band auf dem Büchermarkt erschienen ist, viel passiert. Nichts von dem hatte ich vorausgesehen. Und jetzt liegt die sechste Auflage des ersten Bandes in den Buchhandlungen. Ich bin gespannt, wie sich die Dinge weiter entwickeln.

Ich wünsche Ihnen weiterhin viel Spaß beim Lesen dieser Krimireihe. Besuchen Sie mich auf facebook/Südtirolkrimi und auf meiner Seite www.südtirolkrimi.de

Ralph Neubauer
im April 2017

Literaturliste

Es gibt viel Literatur zu Südtirol und speziellen Südtiroler Themen. Hier meine subjektive Auswahl, die nach der Lektüre von „Rache ist honigsüß“ für Sie, liebe Leserin, lieber Leser, von Interesse sein können:

Claus Gatterer, Schöne Welt – Böse Leut / Kindheit in Südtirol
gibt es inzwischen in einer Neuauflage. Ich nutzte die Ausgabe des Molden Taschenbuchverlags von 1969 (ISBN 3-217-05061-4)

Arnold F. Kienzl, Südtirol aus meiner Sicht, Athesia Touristik – Ferrari Auer GmbH, Bozen, 2002 (ISBN 88-87272-34-4)

Joseph Zoderer, Die Walsche, Fischer Taschenbuchverlag 2009 (5. Auflage), (ISBN 978-3-596-13249-2)

Sabine Gruber, Sillbach oder die Sehnsucht, C.H.Beck 2011 (3. Auflage), (ISBN 978-3-406-62166-6)

Fancesca Melandri, Eva schläft, Heyne Taschenbuch 2012 (4. Auflage), (ISBN 978-3-453-40936-1)

Leseprobe aus Band 2

Der Raum, den Fabio betrat, war dunkel, fast schwarz. Die kleinen Fenster ließen das Tageslicht nur spärlich herein und das Licht wurde von den dunklen Wänden sofort geschluckt. Es gab nur wenig in dem Raum, was das Licht widerspiegelte. Da waren ein weiß emaillierter Herd und einige Büchsen, die Lebensmittel enthielten. Als sich Fabios Augen an das Halbdunkel des Raums gewöhnt hatten, sah er, dass dieser Teil des Hauses die Küche sein musste. Und die Wände waren hier nicht aus Holzbalken, wovon er zunächst ausgegangen war. Die Küche hatte Wände aus Steinen. Die Steine waren allerdings schwarz. Schwarz vom Ruß, denn neben dem weißen Herd gab es eine Räucherstelle, die noch dunkler als der Rest des Raumes war. An der Decke hingen drei Schinken und einige Würste. Es roch rauchig, aber auch würzig. Die Möbel waren aus Holz und wirkten grob zusammengebaut. Der Herd war für den kleinen Raum recht groß. Ein dickes Rohr führte von ihm nach oben, knickte im rechten Winkel ab und verschwand in seinem weiteren Verlauf in der Wand nach außen. Ein Holzherd alter Bauart. Fabio hatte so einen schon mal im Museum gesehen. Unten eine Schublade für das Feuerholz, eine Klappe, um an die Asche zu gelangen, ein Backrohr und das eigentliche Feuerloch, direkt unter der großen Herdplatte. Auf einem schwarzen Tisch stand allerlei Zeug: Teller, Tassen, Dosen mit Tomatensugo, eine Flasche ohne Etikett mit einem Inhalt, der aussah wie Schnaps.

Fabio rief in das Dunkel: »Ist jemand zu Hause?« Nichts rührte sich. Der Bauer schien fort zu sein. Offensichtlich hatte er keine Angst, seinen Hof unversperrt zu lassen. Wahrscheinlich kam hier nie jemand herauf. »Und wenn, dann kennt man sich«, vermutete Fabio. Die Decke war niedrig, und als Fabio weiter in den Raum ging, musste er aufpassen, dass er nicht die an den Balken hängenden Schinken mit dem Kopf berührte. »Wenn ich schon mal da bin, dann will ich mir wenigstens ein Bild machen«, dachte er sich. Außerdem war es ihm, als betrete er eine vergangene Welt. Da kochte der Mann noch mit Holz und räucherte seine Schinken selbst. Eigentlich ganz klar, denn hier oben gab es sicher keinen Strom und kein Wasser floss aus dem Hahn, es sei denn, man hatte eine Quelle. Fabio erinnerte sich an die Hütte im Ultental, die er mit Elisabeth und später mit ihrem Vater besucht hatte. Das war urig und gemütlich – für eine Nacht. Vielleicht auch für zwei Nächte. Aber ein Leben lang? Das konnte er sich für sich selbst nicht vorstellen. »Da muss man hineingeboren werden und nichts anderes kennen, dann geht das vielleicht«, dachte er, während er den Raum rechts neben der Küche betrat. Das war so was wie die gute Stube, vermutete er. Es gab einen Kachelofen und eine grob gezimmerte Bankreihe lief an den Wänden entlang. In einer der Ecken standen ein Tisch und zwei Stühle. Eine kleine Kommode war zu entdecken, sonst gab es keine Möbel. Hier waren die Wände aus den dunklen Holzbalken, die Fabio von außen gesehen hatte. Auch hier fand das Tageslicht zwar Eingang durch zwei sehr kleine Fenster, wurde aber von den dunklen Balken sofort geschluckt. Über dem Kachelofen gab es eine Ofenbank. Jedenfalls sah der hölzerne Aufbau so aus, als ob man sich dort oben hinlegen konnte.

Von der guten Stube ging noch eine Tür ab, die sogleich Fabios Neugier weckte. Er drückte die Klinke – die Tür war verschlossen. Und hinter der Tür regte sich etwas. Da war ein Geräusch. Leise zwar, aber wahrnehmbar. Eine verschlossene Tür in einem ansonsten offenen Haus? Machte das Sinn? Das Geräusch konnte Fabio nicht einschätzen. Es war ein Schaben, ein leises Kratzen vielleicht, so wie ein Schuh über eine Oberfläche schabte, wenn man den Fuß nachzieht. Oder war es doch nur Einbildung?

Fabio klopfte. Keine Reaktion. Er klopfte noch einmal. »Hallo, ist da jemand. Hier ist Fabio Fameo von der Polizei in Bozen. Ich möchte den Schafbauern sprechen? Sind Sie da drin? Machen Sie doch bitte auf!« Zunächst hörte Fabio nichts. Dann ein leises und mit der Zeit etwas lauter werdendes Schluchzen. »Da ist jemand! Und dieser Mensch ist eingesperrt oder hat sich aus Angst vor mir dort eingeschlossen«, schoss es ihm durch den Kopf. »Die Hinkende vielleicht? Dann gibt es sie also doch! Oder der ängstliche Schafbauer?« Aber das Schluchzen, das er vernahm, war untypisch für einen Mann. Es passte besser zu einer Frau. Angst war daraus zu hören – nackte Angst.

Leseprobe aus Band 3

Der alte Rallyefahrer hatte ihm gestern gezeigt, wie man mit seinem neuen Wagen in die Kurven fuhr. Das Auto war ein echtes Kurvenwunder. Unglaublich leicht zu lenken und spurtreu. Dabei hatte der Wagen einen ordentlichen Biss, wenn es bergauf ging. Der leichte Wagen nahm die Steigungen mit einer grandiosen Geschwindigkeit. Da, wo andere Autos ihr Gewicht mit viel Kraft wuchten mussten, schien es, dass seines leichtfüßig vorankam. Außerdem hatte ihm der alte Rallyefahrer gezeigt, wie robust das Auto war. Sie waren über holprige Waldwege gefahren. Fabio wusste jetzt, wo die Belastungsgrenze seiner Wirbelsäule war. Die Belastungsgrenze des kleinen Autos schien aber weit jenseits davon zu sein. Der Wagen war unglaublich robust gebaut. Der konnte einiges wegstecken, mehr als eine menschliche Wirbelsäule vertrug.

»Sarntal. Da ist es kurvig. Ich fahre ins Sarntal. Mal sehen, wie weit ich komme. Das Penser Joch wird wohl gesperrt sein. Ich fahre einfach, so weit es geht.«

Als Fabio die Talferschlucht erreichte und die leicht verschneiten Porphyrwände am Eingang zum Sarntal sah, hüpfte sein Herz vor Freude. Die Straße war geräumt, die Sonne schien und um diese Zeit war taleinwärts wenig Verkehr. Der Spaß konnte beginnen. Er wusste, dass jetzt eine kurvenreiche Strecke mit 19 kleinen und größeren Tunnels vor ihm lag und er gab Gas. Der Lancia Fulvia schien sich zu freuen. Der Drehzahlmesser hüpfte durch alle Drehzahlbereiche, der Motor röhrte laut und Fabio konzentrierte sich auf das ständige Wechseln der Gänge, versuchte ein Gefühl dafür zu bekommen, wann er auf dem Gas bleiben und wann er den Wagen laufen lassen konnte. Das Holzlenkrad fühlte sich gut an. Die Gurte saßen stramm am Körper. Fabio fühlte sich ein bisschen wie ein Formel-1-Pilot.

»Ist doch Quatsch«, sagte er zu sich selber. Aber Adrenalin floss und die Füße tanzten auf Kupplung, Gas und Bremse. Bei Kurve vier sah er im Rückspiegel, wie sich eine große dunkle

Schnauze schnell näherte. Bevor er erkennen konnte, um was für einen Fahrzeugtyp es sich handelte, schaltete der Fahrer das Fernlicht ein und blendete ihn damit. Die Schnauze kam unaufhaltsam und sehr schnell näher. Da fuhr Fabio in den nächsten Tunnel. Das Licht hinter ihm kam näher und näher.
»So ein Idiot!«, schimpfte er. »Der will mich doch nicht etwa im Tunnel überholen?!«
Der Tunnel war zu Ende, der nächste schon in Sichtweite, da rempelte die fremde Schnauze Fabios Heck. Dieser registrierte sofort, was los war:

»Der will dich in die Schlucht schubsen!!«

Er gab Gas. Die Fulvia drehte in den roten Bereich und ging ab wie eine Rakete. Sofort war der Abstand wieder größer. Die Schnauze nahm die Verfolgung auf. Sein roter Flitzer jagte durch den Tunnel. Fabio hatte Mühe, das Lenkrad zu beherrschen. Seine Finger wurden feucht und verloren den Halt am Holzlenkrad. Er musste fester zugreifen. Sein Puls raste. Seine Gedanken rasten.

»Wie komme ich hier raus? Es kommen noch viele Tunnels. Es gibt keine Alternative, keinen Ausweg. Rechts geht es tief bergab in die Talferschlucht. Wenn er dich rammt, dann stürzt du ab. Oder er drückt dich an die Tunnelwand. Er darf mich nicht überholen. Ich muss ihm davonfahren. Ich brauche eine Kurve und dahinter eine Abzweigung. Wenn es mir gelingt, da hineinzufahren, bevor er hinter der Kurve hervorkommt, kann ich entkommen.«

Fabio versuchte sich in Erinnerung zu rufen. wie die Straße ins Sarntal verlief. Er war noch nicht oft hier gewesen. Einmal, im vergangen Herbst, war er mit Elisabeth im Durnholzer Tal, Forellen essen.

»Mist! Abzweigungen gibt es hier noch lange nicht.« Der Gedanke fuhr ihm jetzt durch den Kopf. »Dann sitze ich in der Falle. Entweder ich finde eine günstige Abzweigung oder ich muss so lange vor ihm bleiben, bis ich in einen größeren Ort komme. Da kann er mich nicht mehr bedrängen, ohne dass andere darauf aufmerksam werden.«

Der Abstand zur Schnauze hatte sich ein wenig vergrößert. Aber der fremde Wagen klebte an seiner Fulvia. »Ein Fehler und er holt mich ein, ist neben mir und drängt mich ab«, fuhr es Fabio durch den Kopf. »Bis Sarnthein hat er mich. Ich muss vorher abbiegen.« Er überlegte fieberhaft. Es gab irgendwo an Ende der Tunnelserie eine kleine Abbiegung. Er erinnerte sich deshalb so gut daran, weil er damals bei seinem Ausflug mit Elisabeth beinahe einen Unfall gehabt hätte. Kurz vor dem letzten und längsten Tunnel war ihm ein Holztransporter ganz knapp auf seiner Fahrbahn entgegengekommen. Der war von links gekommen und hatte einen großen Wendekreis. Auf der rechten Seite war ein Hotel. Fabio hatte jetzt das Bild klar vor Augen. Sein Plan war in Sekunden entstanden. Er gab Gas und baute seinen Vorsprung aus. Sein Wagen war in den Tunneln und bei Steigungen dem Verfolger überlegen. Und gestern hatte der alte Rallyefahrer seinen Spaß daran gehabt, Fabio zu zeigen, wie man damit rasant in die Kurven ging: Kurz in die Mitte der Straße, Lenker rum und Gas geben. Das Auto fand die Kurve dann fast von allein. Jetzt kam eine Reihe von kleinen Tunnels, die Strecke war extrem kurvenreich. Die Sonne blendete, verstärkt durch das gleißende Weiß des Schnees, sobald Fabio aus einem Tunnel fuhr. Doch gleich schluckte die Finsternis des nächsten Tunnels das Licht. Die Augen durchlebten ein schnelles Wechselspiel von Hell und Dunkel. Der Verfolger schien auch darunter zu leiden, jedenfalls vergrößerte sich der Abstand zunehmend. »Das ist meine Chance«, dachte Fabio. Nach der Serie kleiner und kleinster Tunnel, so erinnerte er sich, gab es einige längere Tunnels und die Straße war nicht mehr so extrem kurvenreich. Da musste er noch mehr Gas geben, um zu entkommen. Denn ganz zum Schluss kam der längste Tunnel, rechts das Hotel. Und dann scharf links, so dass der Verfolger es nicht sah. Der würde dann in den Tunnel rasen. Bis der merkte, dass Fabio nicht mehr vor ihm war, würde einige Zeit verstreichen. Dann würde er aber zurückkommen.

Band 2

Liebe macht zornesblind

Ralph Naubauer
352 Seiten, 13,5 x 21 cm
broschiert
ISBN 978-88-6011-150-0

Zwei grausame Morde im Pfossental, hoch oben in den einsamen Bergen. Commissario Fameo kommt ins Spiel, nachdem die erste Leiche gefunden worden ist. Bei seinen Ermittlungen stößt er auf eine Partnervermittlungsagentur, über die ein Einsiedlerbauer aus dem Pfossental seine Frau aus Rumänien vermittelt bekommen hat …

Band 3

Wie du mir so er dir

Ralph Naubauer
272 Seiten, 13,5 x 21 cm
broschiert
ISBN 978-88-6011-158-6

Zwei mysteriöse Morde, in Meran und Bozen – mit zeitlichem Abstand. Tötungsart identisch. Der ersten Leiche fehlen die Augen, der zweiten Leiche fehlt die Zunge. Der erste Ermordete ist in das Plagiieren von Medikamenten verstrickt. Commissario Fameo und seine Assistentin geraten in eine verzwickte Geschichte mit hochexplosivem Hintergrund. Nichts ist, wie es scheint. Verworrene Fäden und Varianten von Abhängigkeiten, das sind die Zutaten dieses Südtirolkrimis.

Band 4

Der Schein betrügt

Ralph Naubauer
304 Seiten, 13,5 x 21 cm
broschiert
ISBN 978-88-6839-163-8

Der internationale Kunsthandel, Fälschungen, Betrug, der schöne Schein und Geldwäsche sind die Delikte mit denen sich Commissario Fabio Fameo, Tommaso Caruso und Francesca Giardi in diesem Südtirolkrimi befassen müssen. Todesfälle, die zunächst kein Verbrechen ahnen lassen, ein Künstler als Opfer und ein mysteriöser Verkehrsunfall lassen die Ermittler erahnen, dass sie es diesmal mit Verbrechern eines besonderen Kalibers zu tun haben.

Band 5

Kommt Zeit kommt Tat

Ralph Naubauer
256 Seiten, 13,5 x 21 cm
broschiert
ISBN 978-88-8266-995-9

Eine kalte Spur, die Fabio Fameo zu den Akten legen wollte, wird wieder heiß, als man in Meran die Leiche einer Unbekannten findet.
Und ein Toter in Glurns wirft Fragen auf. Zunächst deutet alles auf einen Selbstmord hin. Doch die Spur führt die Ermittler weit in die Vergangenheit zurück.
Südtiroler Geschichte, komplizierte menschliche Verstrickungen, Angst und Gier sind die Antriebsfedern für abscheuliche Verbrechen und die pikanten Zutaten dieses Südtirolkrimis, dessen Handlungen alle an Originalschauplätzen spielen.

Band 6

Der Tod zahlt alte Schulden

Ralph Naubauer
304 Seiten, 13,5 x 21 cm
broschiert
ISBN 978-88-6839-049-5

Ein Mann verschwindet spurlos im Gebiet der Seiser Alm. Ein spektakulärer Reitunfall gibt Rätsel auf. Eine Geschichte, die aus der Vergangenheit kommt und die Gegenwart ausleuchtet.
Commissario Fabio Fameo ermittelt vor der Kulisse des »Oswald-von-Wolkenstein-Rittes«. Dabei bekommt er unerwartet Konkurrenz. Das Geschehen reißt alte Wunden auf. An heikle Seilschaften soll angeknüpft werden. Wer dem im Wege steht, kommt zu Schaden. Die Tragik des Falls rührt aus Südtirols Geschichte her und findet ihr Ende in der mythischen Landschaft des Schlerngebiets.

UNGEWÖHNLICHE KRIMINALFÄLLE
ORTS- UND DETAILSICHER
SPANNENDES LESEVERGNÜGEN

BRUNECK – PUSTERTAL

CHLERNGEBIET

Südtirol
Krimi

Erläuterungen

Damit insbesondere die Leserinnen und Leser aus Deutschland verschiedene Begriffe aus der italienischen Polizeiwelt besser verstehen, seien diese Erläuterungen angefügt – die Polizei ist in Deutschland nämlich anders organisiert als in Italien.

Das Polizeisystem in Italien besteht aus mehreren nationalen Polizeikörpern.

Da gibt es die zivile Staatspolizei, die **Polizia di Stato**. Dieser gehört Fabio Fameo an.

Die **Carabinieri** sind eine militärische Einrichtung, unterstehen dem Verteidigungsministerium und versehen nach Weisung des Innenministeriums Polizeidienst. Daraus ergibt sich ein ganz eigenes Selbstbewusstsein. Dieser Einheit gehört Tommaso Caruso an.

Dann gibt es noch die **Guardia di Finanza**. Das ist eine militärisch organisierte Finanz- und Zollpolizei. Sie untersteht dem Wirtschafts- und Finanzministerium. Sie ist insbesondere für die Bekämpfung der Wirtschaftskriminalität zuständig. Schwerpunkt ist die Steuer- und Zollfahndung.

Weiters gibt es besondere Polizeibehörden wie die Gefängnispolizei, die Forstpolizei und die Küstenwache, sowie – auf Gemeindeebene – die Gemeindepolizei (**Polizia Municipale**). Diese prägen häufiger als andere Einheiten das Stadtbild, denn sie kümmern sich u.a. um die Parkraumbewirtschaftung, den örtlichen Straßenverkehr und die kleinen Kümmernisse der Bevölkerung.

Diese nicht ganz vollständige Aufzählung zeigt, dass das Polizeiwesen in Italien komplizierter ist als in Deutschland.

Für die Leser der Krimireihe ist es vielleicht wichtig, sich vor Augen zu halten, dass zwar sowohl Polizia di Stato als auch Carabinieri Polizeieinheiten sind, aber nicht so betrachtet werden sollten wie Kriminalpolizei und Schutzpolizei in Deutschland. Es besteht ein relativ ausgeprägtes Konkurrenzverhältnis zwischen diesen beiden Polizeieinheiten. Deshalb ist die Freundschaft zwischen Fameo und Tommaso auch etwas Besonderes. Im richtigen Leben kann es vorkommen, dass sie an ein und derselben Sache dran sind, sich aber gegenseitig nicht helfen, sich nicht in die eigenen Karten schauen lassen und Ermittlungsergebnisse nicht austauschen.

Sinn dieser Konstruktion ist, dass man in Staaten wie Italien (Vergleichbares gibt es auch in Frankreich und Spanien) eine Machtkonzentration der Polizei in einer Hand vermeiden wollte. Dafür nimmt man bis heute in Kauf, dass unter Umständen doppelt gearbeitet wird. Allerdings koordiniert die Staatsanwaltschaft die Einsätze der verschiedenen Polizeieinheiten. So ist in der Realität gewährleistet, dass die Konkurrenz nicht ausartet.

Blickt man heute auf diese Polizeieinheiten, nimmt man wahr, dass die Polizia di Stato (Zivilpolizei) vorwiegend in den Städten anzutreffen ist, während die Carabinieri (als militärische Gendarmerie) mit einem engmaschigen Netz von Carabinieri-Stationen auch auf dem Land stark vertreten sind. Das ist in Südtirol augenfällig.

In Bozen findet sich die **Questura** (vergleichbar einem Polizeipräsidium in Deutschland) in unmittelbarer Nähe zum Bozner Hauptsitz der Carabinieri. Auch deshalb habe ich Caruso im zweiten Band hierher »befördert«, weil er dann enger mit Fameo zusammenarbeiten kann. Kurze Wege eben.

Fameo arbeitet als **Commissario Capo** in der **Questura**. Ein Commissario Capo ist in etwa mit einem deutschen Polizeirat zu vergleichen. Sie können seine Position also so einschätzen, dass er durchaus noch Karriere machen kann. »Kommt Rat, kommt Oberrat«, sagt man in Deutschland. Aber er soll ja Vicequestore werden. Das hat man ihm in Rom versprochen, als man ihn in die Provinz nach Bozen versetzt hat. Ein **Vicequestore** ist vergleichbar einem deutschen Polizeioberrat/Polizeidirektor/Leitenden Polizeidirektor. In Italien gibt es dafür so schöne Namen wie Vicequestore Aggiunto, Vicequestore Vicario und Dirigente Superiore (Questore).

Ich habe den fiktiven Leiter der Questura in Bozen zu einem Vicequestore gemacht. Damit ist er zwar ein hoher Offizier, aber noch nicht im Generalsrang. Und dieses Ziel hat man Fameo in Aussicht gestellt. Mal sehen, wann er es erreicht. Das hängt vor allem davon ab, was aus dem Vicequestore wird. Lassen Sie sich insoweit überraschen.

Nun zu Tommaso Caruso. In Band 1, »Rache ist honigsüß«, war er noch ein **Maresciallo Capo** in Terlan und leitete dort die Carabinieri-Station. **Maresciallo** heißen in Italien ganz allgemein die Chefs der örtlichen Carabinieri-Stationen. Ihr militärischer Rang ist der eines Unteroffiziers mit Portepee – also ab Feldwebel aufwärts in der Rangordnung. In der deutschen Polizeiwelt wäre ein Maresciallo Capo vergleichbar einem Polizeihauptmeister. In Deutschland hätte er vier grüne Sterne auf der Schulter. Caruso ist also schon wer, als er die Station in Terlan leitet – aber auch so ziemlich am Ende der Karriereleiter angekommen.

Deshalb und weil ich ihn ab Band 2 in der Nähe von Fameo haben wollte, habe ich ihn nicht nur in den Carabinierisitz von Bozen versetzt, sondern ihn auch zum **Maresciallo Aiutante** befördert, so eine Art »Fachoffizier«. Jedenfalls ist er jetzt im Rang eines Polizeihauptmeisters mit den Funktionen eines Polizeikommissars – nicht ganz gleichrangig mit des Commissarios neuer Assistentin Francesca Giardi, aber (mit Blick auf seine langjährige Erfahrung) mit ihr auf Augenhöhe.

Francesca Giardi ist **Vicecommissario**. In Deutschland wäre das mit einer Polizeikommissarin zu vergleichen, die noch eine Probezeit zu absolvieren hat, bevor sie endgültig zur Kommissarin ernannt wird.

Dieses Dreiergespann stellt also drei Stufen in der Hierarchie der Polizei dar: Unteroffizier (Tommaso Caruso), Offizier (Francesca Giardi), Stabsoffizier (Fabio Fameo). Oder – aus Sicht der Beamten – Mittlerer Dienst, Gehobener Dienst, Höherer Dienst.

Und ab Band 4 ist Eduard Thaler Mitglied unserer Ermittlergruppe. Er ist noch im Rang eines Assistente, vergleichbar einem Polizeihauptwachtmeister. So hat Tommaso auch mal angefangen.

Dass unsere vier Ermittler so eng zusammenarbeiten, ist wegen der oben beschriebenen Konkurrenzsituation der beiden Polizeien nicht selbstverständlich. Insoweit beschreibe ich einen Zustand, wie man ihn im richtigen Leben wahrscheinlich nicht antrifft. Aber das ist das Schöne an fiktionalen Texten: Man kann als Autor (fast) alles erfinden, wenn es das Kino im Kopf entzündet.

Und manchmal holt das richtige Leben den fiktionalen Text ein. Es gibt derzeit Überlegungen die Polizeieinheiten in Italien zusammenzulegen, um europäische Vorgaben zu erfüllen. Das »Pilotprojekt Fabio-Tommaso« scheint sich durchzusetzen.

Ralph Neubauer

Ralph Neubauer, 1960 in Düsseldorf geboren, lebt seit 1987 in Haan, Rheinland. Er ist verheiratet und hat zwei erwachsene Kinder.

Er arbeitet seit 1988 im Justizministerium in Düsseldorf, u.a. als Statistiker, Pressesprecher, Koordinator für die Rechtskunde an Schulen.

Seit dem Jahr 2010 erscheint im Athesia Verlag, Bozen, seine erfolgreiche Krimireihe »Südtirolkrimi«, die er im Jahr 2015 mit dem sechsten Band, »Der Tod zahlt alte Schulden«, fortsetzt.

Mit der Krimireihe schafft Ralph Neubauer eine Plattform, um Geschichten von Menschen zu erzählen. Die Leser erhalten einen Einblick in Tradition und Brauchtum, die Lebens- und Denkweise in Südtirol.

Bisher erschienen in der Reihe »Südtirolkrimi«:

Band 1: »Rache ist honigsüß« (2010)
Band 2: »Liebe macht Zornesblind« (2010)
Band 3: »Wie du mir so er dir« (2011)
Band 4: »Der Schein betrügt« (2012)
Band 5: »Kommt Zeit kommt Tat« (2013)
Band 6: »Der Tod zahlt alte Schulden« (2015)

Den Autor erreichen Sie über ein Kontaktformular auf seiner Homepage:
www.südtirolkrimi.de (nur mit »ü« ist es echt!)
Der Autor pflegt auch eine Facebook-Seite: »Südtirolkrimi«.
Hier erfahren Sie auch die aktuellen Lesetermine.